Moon Notes

CHRIS KASPAR

PRIDE & PRETTY

EINEN TOD MUSST DU STERBEN

MOON NOTES

Liebe*r Leser*in,
wenn du traumatisierende Erfahrungen gemacht hast,
können einige Passagen in diesem Buch triggernd wirken. Sollte es dir damit
nicht gut gehen, sprich mit einer Person deines Vertrauens. Auch hier kannst
du Hilfe finden: www.nummergegenkummer.de

Schau gern auf S. 319, dort findest du eine Auflistung der potenziell triggernden Themen in diesem Buch. (Um keinem*r Leser*in etwas zu spoilern, steht der Hinweis hinten im Buch.)

Dieses Buch wurde klimaneutral produziert. Dadurch fördern wir anerkannte Nachhaltigkeitsprojekte auf der ganzen Welt. Erfahre mehr über die Projekte, die wir unterstützen, und begleite uns auf unserem Weg unter www.oetinger.de

Originalausgabe
1. Auflage
© 2022 Moon Notes im Verlag Friedrich Oetinger GmbH,
Max-Brauer-Allee 34, 22765 Hamburg
Alle Rechte vorbehalten
© Text: Chris Kaspar
Lektorat: Yvonne Lübben
© Einbandgestaltung: Zero Werbeagentur, unter Verwendung
von shutterstock.com: © Alexander Baidin / © MetroMaps
© Innenillustrationen: unter Verwendung von
shutterstock.com: © MaksFly / © mamanamsai
Satz: Sabine Conrad, Bad Nauheim
Druck und Bindung: GGP Media GmbH,
Karl-Marx-Straße 24, 07381 Pößneck, Deutschland
Printed 2022
ISBN: 978-3-96976-026-0

www.moon-notes.de

Für Mario.
Weil ich bei dir so sein kann, wie ich bin.

*»Bacon's not the only thing that cured
by hanging from a string.«*
                    Hugh Kingsmill

The London Eyes:
Londoner Gossip App

In-App-Käufe

4.6 Sterne | **Mehr als 80 Mio.** | **USK**
1 Mio. Rezensionen | Downloads | ab 16 Jahren

Installieren

Über diese App:
Social Media goes Gossip! London hat Augen – was sie sehen, erfährst du auf TLE. Tauche ein in das Privatleben der Stars, in laufende Kriminalfälle oder erstelle eigene Rooms, in denen du brisante Informationen via Fotos, Videos, Livestreams oder einfach im Chat mit den TLE-Usern teilst.

Bewertungen & Rezensionen:
Monica Steward: ✹✹✹✹✹
Genial! Hier erfährt man all das, was BBC & Co verschweigen oder viel zu spät bringen!

Howard Baker: ✹
Von wegen ab 16! Seit Monaten hat meine Tochter Albträume, weil sie Fotos von einer Leiche in einem C&I-Room gesehen hat. Diese App gehört verboten!

Jaspal Kumar: ✹✹✹✹✹
Wer wissen will, was in London wirklich abgeht, braucht diese App! Vor allem die Crime & Investigate Rooms sind mega und die Beweise (Tatortfotos, Befragungsprotokolle, Videos von Augenzeugen ...) sind echt nichts für schwache Nerven

The London Eyes

- 🏠 Bacon's Last Will
- 🔍 Crime & Investigate
- 🔒 Status: closed
- 🎟 - £
- 👤 Bacon
- 💬 0
- 👁 1
- 📅 Sunday, 13th June

Bacon hat ein Video in den Room geladen
 00 £ pro View

Willkommen in Bacon's Last Will, liebe Pretty Pennies! Schön, dass ihr auf Play gedrückt habt. Ja, ich meine euch: Evie Watson, Patrick Kennedy, Vincent Murray und Lynn Bailey.

Wenn ihr in diesen Room eingeladen wurdet, ist es Montag. Also für mich morgen. Und obwohl wir Montage alle aus dem gleichen Grund hassen, wird meiner morgen ganz besonders beschissen laufen. Denn wenn ihr dieses erste Video seht, habt ihr euer Ziel erreicht. Glückwunsch, ihr habt mich killt: Bacon, euren Dorn im Auge.

Die Welt wird sehr bald erfahren, was ihr getan habt. Von wem? Na, von mir! Ich werde es allen Zuschauern höchstpersönlich erzählen!

Häppchenweise.
Video für Video.
Und das hier ist das erste.

So viel Wahrheit – und dazu kostenlos. Noch kann niemand außer euch diesen Room betreten und meine Videos anschauen. Noch.

Aber keine Sorge, ich hinterlasse Bacon's Last Will jemandem, der sich um mein Vermächtnis kümmert. In wenigen Stunden wird der Status hier auf open gestellt. Ihr wisst, was das bedeutet: freier Eintritt für alle The London Eyes äh ... TLE-User! Jeder wird erfahren, was ihr getan habt. Nicht nur die Leute vom Graham. Auch eure Eltern, ach was, eure ganzen Familien, Nachbarn, Freunde, die Freunde eurer Nachbarn – einfach A.L.L.E.

Und dann passiert das, was halt passiert, sobald die Leute Blut geleckt haben: Bacon's Last Will geht viral.

Euer Ruf wird durch den Fleischwolf gedreht und der eurer Familien gleich hinterher.

Wie lange es wohl dauert, bis die Cops auf meine Videos aufmerksam werden? Hallo, Gerichtsverfahren! Selbst wenn ihr es schafft, euch aus einer Anklage freizukaufen – euer Image könnt ihr nur schwer wieder zusammenkleben. Es wird Risse haben, die kein Anstrich der Welt überdecken kann.

Zum ersten Mal in eurem Leben seid ihr machtlos. Geld hilft euch jetzt nicht weiter. Einen Toten könnt ihr nicht zum Schweigen bringen.

Bald seid ihr nirgends mehr sicher.

Die Stadt hat Augen, vergesst das nicht. Ganz London wird eure Namen und Gesichter kennen. Die Pretty Pennies werden zur Legende. Ist es nicht genau das, was ihr immer wolltet?

Was denkt ihr, wem glauben sie am Ende mehr? Euch oder einem Toten? Schade, dass ich nicht dabei sein kann, um euren Untergang live mitzuverfolgen.

Nur ein Gedanke tröstet mich: Bacon's Last Will verursacht den Sturm, aus dem bald ein Haufen Scheiße auf euch regnet. Und die wird alles andere als pretty sein, versprochen.

Aber einen Tod muss man sterben, richtig?

Wenn ihr das hier seht, habt ihr über meinen entschieden.

Was ist mit euch, Pretty Pennies? Bereit, draufzugehen?

SATURDAY, 12TH JUNE

Zwei Tage vor Bacon's Last Will

Gruppenchat der Pretty Pennies

EVIE:
❊ @Lynn was bildest du dir eigentlich ein?!

PAT:
Hast du wirklich gedacht, wir kriegen es nicht raus?

EVIE:
Facebook weiß ALLES

LYNN:
Oh

EVIE:
OH? Du erzählst einem sozialen Netzwerk aus der Steinzeit, wann du Geburtstag hast, deinen Freunden aber nicht? 😲 😲 😲

PAT:
Babe, wenn Fb aus der Steinzeit ist, warum hast du dann überhaupt ein Konto?

EVIE:
Weil ich sonst keine Ads auf Insta schalten kann. Zurück zum Thema: Was hast du dir nur dabei gedacht @Lynn?

VINCE:
Sagt die, die nicht mal wusste, wann ihre neue beste Freundin Geburtstag hat 😂

PAT:
Autsch 😂 😂 😂

LYNN:
Evie kann nichts dafür! Ich hab wohl einfach ... vergessen, es zu erwähnen 😳

EVIE:
VERGESSEN???! Wie sollen wir uns jemals wieder gegenseitig die Haare flechten??? 😖

PAT:
Oooh, Evie verwendet zu viele Satzzeichen – geht in Deckung! 💀 💀 💀

VINCE:
@Lynn hast du noch mehr schmutzige Geheimnisse?

LYNN:
Mein Keller ist voller Leichen. Komm und such sie 😉

PAT:
Nehmt euch ein Zimmer – ist ja ekelhaft! 🙄

EVIE:
Dann steigt da schon mal nicht die Party

LYNN:
Party?

EVIE:
YOUR SUPER SWEET SIXTEEN!!!!!!

PAT:
Schrei doch nicht so, Babe!

LYNN:
Hmm, ich wollte eigentlich keine große Sache draus machen …

PAT:
Aha, daher weht der Wind also

EVIE:
Vergiss es! Die Party bist du mir schuldig!!!

LYNN:
Äh, ich dachte, ICH hätte Geburtstag?

VINCE:
Pass auf, gleich dreht Evie eine Insta-Story über dich

LYNN:
Sorry, Leute, ihr kennt doch meinen Dad ...

VINCE:
Nee, eben nicht ...

EVIE:
1:0 für die Pretty Pennies 😆😆😆

LYNN:
Sehr witzig!

PAT:
Keine Panik. Wir werden euer Fort Knox nicht stürmen

LYNN:
Sehr nett, danke vielmals!

PAT:
Dafür müssten wir erst mal eine Ahnung haben, wo es steht 😑

LYNN:
Mein Dad bringt mich um, wenn ich es jemandem erzähle

VINCE:
Wissen wir doch!

PAT:
Und wir wollen ja nicht, dass er dich vom Graham nimmt und wieder in seinen Rapunzelturm sperrt. Seit du dabei bist, ist Evie beinahe handzahm

EVIE:
😲

PAT:
Ich sagte BEINAHE 😁

LYNN:
Privatunterricht sucks!

EVIE:
Mach dir keinen Stress, niemand außer uns weiß, wer du wirklich bist

LYNN:
Und so soll es auch bleiben

EVIE:
Was hat dein Dad dir eigentlich zum Geburtstag geschenkt?

PAT:
Bestimmt einen Tarnumhang 😁

VINCE:
Oder einen Ring, um sie zu knechten – der macht ja auch unsichtbar 💍

LYNN:
Brüller, echt! Seh ich etwa aus wie Frodo?

PAT:
Ne, Gollum 😂

VINCE:
Ein Dad mit Verfolgungswahn ist einfach eine zu gute Vorlage!

PAT:
Okay, also kein Tarnumhang. Ein Cabrio?

LYNN:
Damit das Teil wie dein Tesla ewig in der Garage steht und Rost ansetzt?

PAT:
Noch drei Monate! Und dann ist das Baby immer noch wie neu 😎

EVIE:
Genug Detektiv gespielt, Sherlock!

PAT:
Geht klar, Watson

VINCE:
Spinner!

PAT:
Klappe!

EVIE:
JUNGS!!!

PAT:
Also, was ist jetzt mit der Party? Heute Abend bei mir? Ich hab sturmfrei!

EVIE:
Du hast IMMER sturmfrei!

PAT:
Neidisch?

EVIE:
Babe, du bist mein Freund. Wenn du sturmfrei hast, profitiere auch ich davon 😊 😊

PAT:
Wie konnte ich das nur vergessen …

EVIE:
Ist deine Mum im Strandhaus?

PAT:
Klar, macht wie immer Cornwall unsicher. Und Dad ist in New York

VINCE:
😂 😂 Irgendjemand muss ja mal das Penthouse lüften

LYNN:
Äh … meint ihr HEUTE? Ist das nicht ein bisschen kurzfristig?

EVIE:
Und wer ist schuld daran??? 😼 😼 😼

LYNN:
Jaja, schon gut

VINCE:
Lass das mal unser Problem sein!

PAT:
Du gehörst jetzt zu den Pretty Pennies. Find dich damit ab, dass wir eine Party für dich schmeißen!

LYNN:
Aber keine große Sache, ja?

EVIE:
Geht klar 😊

LYNN:
Kannst du das auch ohne einen 😊 schreiben?

EVIE:
Natürlich, Süße 😊

LYNN:
@Pat bitte sorg dafür, dass deine Freundin nicht eskaliert

PAT:
Sie ist genauso deine Freundin!

LYNN:
Deine war sie zuerst

EVIE:
Ich finde euch auch ganz toll, Leute ...

LYNN:
Nur wir vier, ja?!

PAT:
@Lynn ich werde deine Privatparty verteidigen wie eine Löwenmutti ihr Baby

EVIE:
Das sehen wir dann ...

PAT:
Ich liebe dich auch, Babe ♡♡

VINCE:
Wann soll's denn losgehen?

LYNN:
9? Meine Family will heute Abend noch mit mir essen gehen. Danach?

EVIE:
Wo?

LYNN:
Bei Pat, dachte ich?

EVIE:
Ne, ich meinte: Wo geht ihr essen? 😊

LYNN:
Weiß nicht ...

PAT:
Boah, muss bei euch echt ALLES topsecret sein? 😣😣😣

LYNN:
Frag meinen Dad

PAT:
Haha 😆😣 Jetzt steht's unentschieden!

EVIE:
Also um 9 bei Pat. Ach und @Lynn?

LYNN:
Ja?

EVIE:
Wehe, du verpennst noch mal so was Wichtiges! Wie stehe ich denn da, als beste Freundin?

PAT:
Merkt man, dass sie eine Ewigkeit nur Vince und mich um sich hatte? Die arme Evie wäre fast vereinsamt 😆

EVIE:
Vergisst du da nicht ein paar Hunderttausend Leute?

VINCE:
Also, @Lynn sei schön brav. Sonst hetzt dir Evie ihre Beauty-Community auf den Hals!

EVIE:
180k – Angst, Murray?

VINCE:
 Tierisch!

»I got this from the five finger discount.«

Canary Wharf Shopping Mall, Canada Place

»Stehen bleiben!«

Ich renne.

Den von Touris und Shoppingwütigen verstopften Seitenarm der Einkaufspassage runter in Richtung Underground. Dort springe ich in die nächste Tube und bin auf und davon. So ist zumindest der Plan.

Gut, die Verkäuferin aus dem Vision Express Store habe ich eindeutig unterschätzt, aber wer hätte ahnen können, dass sie auf ihren Zehn-Zentimeter-Absätzen die Verfolgung aufnimmt?

Ein Händchen haltendes Paar springt auseinander, als es mich anrasen sieht. Ich bin ein Schneepflug, nur dass es Hochsommer ist und ich statt Schnee Menschen aus dem Weg räume. Eine Diebin hat für Höflichkeiten keine Zeit.

Mein Atem geht stoßweise, die Muskeln in meinen Beinen brennen, mein Herz rast. Wenn ich dieses Rennen gewinne, lande ich nicht im Verhörzimmer der Shoppingmall, muss den Cops nicht erklären, warum in meiner Handtasche eine Prada-Sonnenbrille liegt – neu, ohne Kaufbeleg. Werde nicht mit der Aufnahme einer Überwachungskamera konfrontiert, auf der man beobachten kann, wie ich an der Kasse des Optikers das Brillenetui einer Kundin einstecke. Muss mir keine Strafpredigt von Mum anhören.

Ich durchbreche die Schlange der Wartenden vor Krispy Kreme und fühle mich gleichzeitig, als wäre ich gegen eine unsichtbare Frittierfett-Wand gelaufen. Ein Schauer aus empörten Rufen und Beschimpfungen prasselt auf mich herab. In Gedanken aktiviere ich meine Scheibenwischer. Wegwischen, weiterlaufen.

»Platz da!«

Irgendwo hinter mir höre ich Lady High Heel fluchen. Ihre Stimme klingt leiser. Gutes Zeichen. Ich hab sie fast abgehängt.

Eine Lücke tut sich im Gedränge vor mir auf. Ich lege einen Zahn zu und donnere Vollgas gegen einen Kinderwagen. Er kracht zu Boden, reißt mich mit sich. Airbags hat der Schneepflug leider keine, die Bremsen sind meine Unterarme und Ellenbogen. Das Resultat: höllischer Schmerz.

Ein in pinkes Papier eingewickelter Blumenstrauß, eine Rassel und ein Schlappohrhase schlittern an mir vorbei. Erschrocken sehe ich auf. Die Mutter, die ihr Baby – Thank God! – auf dem Arm trägt, starrt mich mit offenem Mund an.

»Sorry!« Keuchend hebe ich die Hände.

Mein Herz rennt weiter, hängt mich ab.

Leute bleiben stehen. Glotzen. Lady High Heel ist nicht unter ihnen. Noch nicht. Oder hat sie etwa das Handtuch geworfen? Wäre fast zu schön.

Ohne ein weiteres Wort rapple ich mich auf, den Schmerz in den Armen blende ich aus.

»Hey, warte mal!«, ruft die Mutter mir hinterher.

Zu spät, ich bin weg. Nach ein paar Metern habe ich das Ende der Einkaufspassage erreicht und stolpere rechts um eine Ecke direkt auf die Rolltreppe zu. Davor hat sich eine Menschentraube gebildet.

Innerlich stöhne ich genervt auf. Musste mein Geburtstag unbedingt auf einen Samstag fallen, wenn halb London unterwegs ist? Shoppingbag reiht sich an Shoppingbag, und sogar das sonst so eisern eingehaltene Gesetz »rechts stehen, links gehen« scheint heute außer Kraft gesetzt zu sein.

Entschlossen fahre ich die pochenden Ellbogen aus. »Darf ich mal? Sorry! Ich muss da durch!«

Unten angekommen, rase ich weiter zur Canary Wharf Station. Unerbittlich knallt die Sonne auf die riesige Glaskuppel über mir. Während ich auf die Reihe Metalltüren zulaufe, die mich immer an die Startboxen bei Pferderennen erinnern, taste ich nach der Oyster Card im Seitenfach meiner Umhängetasche. Die elektronische Ticketkontrolle und eine zweite Rolltreppe sind jetzt alles, was mich von den Gleisen trennt. Machbar, ja, ich kann es schaffen.

Ich erwische die Karte, aber meine Hände zittern so sehr, dass sie direkt vor dem Lesegerät zu Boden fällt.

»Haltet das Mädchen auf!«

Lady High Heel scheint das Durchhaltevermögen einer Marathonläuferin zu besitzen!

Hastig kratze ich die Karte vom Boden und halte sie an den Scanner. Die LED leuchtet. Rot!

Mein Herz steht still. Habe ich genug Geld auf der Karte?

Ein Piepsen! Das Lämpchen wird grün, und die beiden Metalltüren vor mir klappen zur Seite.

Ohne mich noch einmal umzudrehen, jage ich hindurch.

»Mind the gap, please«, schnarrt eine unhöflich klingende Männerstimme aus den Lautsprechern.

Am Gleis steht eine Tube, doch die ersten Türen schließen sich bereits. Sie ist randvoll. Die Leute, die dichter beieinanderstehen als die Emoticons bei WhatsApp, weichen meinem Blick aus. Als könnten sie mich durch Nichtbeachtung davon abhalten, zu ihnen einzusteigen.

Keine Chance!

Ich quetsche mich zwischen einen Jungen, der ein Hoverboard unter den Arm geklemmt hat, und einen Geschäftsmann, auf dessen Anzug und eng sitzende Krawatte ich alles andere als neidisch bin.

Bitte, bitte, bitte, flehe ich innerlich, bis der nervtötende Signalton – heute Musik in meinen Ohren – ankündigt, dass die Schiebetüren sich hinter mir schließen.

Endlich! Ich drehe den Kopf zur Seite und schaue durch die Fensterscheibe hinaus auf den Bahnsteig. Keine Spur von Lady High Heel. In Canary Wharf sollte ich vorerst wohl nicht mehr aufkreuzen. Kurz zwickt mich das schlechte Gewissen, aber ich schiebe es schnell weg. Momentan hab ich echt genug andere Probleme.

Mit einem sanften Ruck fährt die Tube an. Sofort stolpere ich nach links. Die Räder des Hoverboards drücken in meine Seite, und vom Anzug kassiere ich einen bösen Blick. Ich setze ein entschuldigendes Lächeln auf und zwänge mich zwischen den beiden durch, um an die nächste Haltestange zu gelangen.

Die Luft im Waggon ist zäh wie zu lang gebackener Plumpudding. Nur dass der hier nach Metall, Dreck, Schweiß und anderen Dingen riecht, über die ich lieber nicht genauer nachdenken möchte. Aber all das ist erst mal egal. Ich hab's geschafft!

Jetzt brauche ich nur noch eine glaubhafte Geschichte, die erklärt, wie ich meine Unterarme so zugerichtet habe. Denn dass ich Evie, Vince und Pat die Wahrheit erzähle, kommt nicht infrage. Dafür habe ich MEINEN Memory Palace. Es ist nämlich verdammt schwer, bei so vielen Lügen den Überblick zu behalten. Jede einzelne ist in MEINEM Gedächtnispalast fest verankert. In Räumen, Gegenständen, Bildern. Je absurder, desto besser zu merken – und genau darum geht es ja schließlich.

Ich weiß auch schon, welcher Raum perfekt zu meinen aufgerissenen Unterarmen passt. Ein Fitnessstudio. Es zu bauen, dürfte kein Problem sein. Also schließe ich die Augen und verschwinde dorthin.

Memory Palace

Fitnessstudio

ICH reiße die Tür zu MEINEM Fitnessstudio auf. Sofort entsteht vor MEINEN Augen ein Raum. Hantelbank für DAD, Cardiogeräte für MUM und MICH. Einmal blinzeln, und *zack!*, trage ICH Sportsachen.

ICH steige aufs Laufband, beginne zu joggen. Und dann passiert es: eins MEINER Schuhbänder löst sich. ICH trete darauf, gerate ins Stolpern, stürze und knalle mit den Unterarmen auf das stetig weitersurrende Band. Ehe ICH die Arme hochreißen kann, hat das Band schon die oberste Hautschicht abgeschürft.

ICH stoße einen Schrei aus, renne zum Waschbecken, das neben der Tür befestigt ist, und lasse kaltes Wasser über die Wunden laufen. Sie brennen höllisch.

Dann tupfe ICH die schmerzenden Stellen ganz vorsichtig mit einem Handtuch ab.

Die Szene beginnt von Neuem.

ICH steige wieder aufs Laufband.

Jogge.

Eins MEINER Schuhbänder löst sich.

ICH falle, schürfe MIR die Unterarme auf.

Von vorne. Wieder und wieder. So lange, bis die Erinnerung aus der Shoppingmall verblasst und allmählich von der neuen überschrieben wird. Bis die Antwort auf die Frage, wie ICH MIR die Unterarme aufgeschürft habe, sitzt.

Ich bin auf dem Laufband hingefallen.
Ich bin auf dem Laufband hingefallen.
Ich bin auf dem Laufband hingefallen.

MEIN Leben ist wie Vokabeln lernen. Wiederholung ist das A und O.

»Don't judge a book by its cover.«

Mister Sandman's Café, Southwark

Natürlich komme ich zu spät zu meiner Nachmittagsschicht. Jerome, aka Mister Sandman, runzelt nur die Stirn, als ich mit einem »Sorry« nach hinten stürme. Offensichtlich reicht ihm ein Blick, um zu erkennen, dass ich den Beginn meiner Schicht nicht verpasst habe, weil mein Nagellack zu lange zum Trocknen gebraucht hat.

Im viel zu kleinen Pausenraum, der wegen fehlender Fenster eher den Charme einer Abstellkammer hat, werfe ich meine Tasche in den Spind. Hastig ziehe ich das karamellfarbene Arbeits-T-Shirt über, auf dessen Rückseite das Rezept für unsere berühmten Chocolate Death Brownies abgedruckt ist. Für den Fall, dass jemand danach fragt. Und das passiert oft, sehr oft.

Ich binde die mokkabraune Schürze an der Taille zu, schnalle die stylishe Bauchtasche mit dem Wechselgeld um meine Hüfte und hake das Kartenlesegerät ein wie ein Waffenholster.

Ein prüfender Blick in den Spiegel verrät: Ich fühle mich nicht nur wie frisch ausgekotzt, ich sehe auch so aus. Völlig im Einklang mit mir selbst, könnte man sagen. Der Pony klebt an meiner verschwitzten Stirn, die roten Flecken, die mein Gesicht bis zum Hals überziehen, wirken wie eine Kampfansage an die unzähligen Sommersprossen. Meine Unterarme und Ellenbogen brennen wie Hölle, aber bluten zum Glück nicht.

Als ich nach vorne ins Café gehe, nickt Jerome mir zu. Mister

Sandman ist echt in Ordnung, vor allem, weil er keine blöden Fragen stellt. Auch als ich in einer Tour Bestellungen vergesse, Tische verwechsle und Tee verschütte, ernte ich nichts als besorgte Seitenblicke. Wie lange diese Schonfrist noch anhält, kann ich nicht abschätzen. Jedes Fünkchen Konzentration geht dafür drauf, mich nicht selbst zu ohrfeigen.

Das heute war mein erster Ladendiebstahl ever, und ich hab's total vermasselt. Normalerweise halte ich MICH mit Secondhandklamotten über Wasser, Sachen aus dem Outlet oder von eBay. Ist zwar trotzdem unverschämt teuer, aber besser als das No-Name-Zeug in meinem Kleiderschrank.

Ab und zu bestelle ich auch etwas bei Shops wie Zalando, trage es ein paarmal und schicke es wieder zurück. Zu oft kann ich das allerdings nicht bringen, die vielen Lieferungen würden Mum auffallen. Und dann muss man auch noch das Preisschild verstecken und das neue Teil vor jedem ach so kleinen Fleck bewahren. Sonst ist man ein paar Hundert Pfund leichter – Blitzdiät für die Geldbörse.

Zum Glück stand ich den Pretty Pennies nicht live gegenüber, als sie mich mit meinem Geburtstag konfrontiert haben. Sie hätten mir bestimmt angesehen, dass der Witz mit den Leichen im Keller keiner war. Im Gegenteil, ich hab ein ganzes Haus voller Lügenleichen. Trotzdem! Hätte ich wenigstens eine Woche Vorlauf gehabt. Aber so hatte ich nur ein paar Stunden, um ein angemessenes Geschenk für MICH aufzutreiben. Und das, obwohl ich ziemlich knapp bei Kasse bin. Wie immer halt.

Das Netflix-Abo, das Mum mir heute Morgen geschenkt hat, hätte keinen vom Hocker gerissen. Und ein gebrauchtes Teil aus der vorletzten Kollektion hätte vor allem Evie misstrauisch gemacht. Auch die Sonnenbrille in meiner Tasche reicht allein natürlich nicht aus. Sie dient lediglich als vorzeigbares Accessoire, als handfester Beweis zur Untermauerung einer Story. Ein Stück

Wahrheit, damit die Lüge besser schmeckt. Da hatte ich bei den Pretty Pennies bisher leichtes Spiel. Sie sind einfach zu hungrig. Vor allem Evie hat geradezu danach gegiert, endlich eine neue beste Freundin zu finden. Und die hat sie bekommen! Also ... fast. Sie hat keine Ahnung, warum ich wirklich mit ihr und den Jungs befreundet bin. Und so soll es bleiben – zumindest vorerst.

Jerome winkt mir zu, als er wie jeden Samstagabend nach hinten ins Büro verschwindet. Zum Glück muss ich nur bedienen, für Abrechnungen und Dienstpläne hätte ich jetzt absolut keinen Nerv.

Ich schaue auf die Uhr. Gleich sechs, gleich Feierabend, was allerdings auch bedeutet, dass Bacon bald hier aufkreuzt. Kotz! Der wird meine Laune ganz bestimmt nicht heben.

Das Glöckchen über der Eingangstür klingelt. Ich hebe den Blick, erwarte Bacon zu sehen, aber es ist Priya.

»Hi, Jacky!« Priya zieht ihre buschigen Augenbrauen nach oben. »Wem bist du denn vors Auto gelaufen?«

Meine Kollegin ist ein paar Jahre älter als ich, hat Rundungen, mit denen sie Kim Kardashian Konkurrenz machen könnte, und übernimmt meist die Abendschichten, um »den Kopf vom Uni-Gestank zu entlüften«. Und sie nennt mich Jacky. Nicht Lynn. Nicht Jacklynn. Nicht Bloody Jacky. Nur Jacky. Und das ist okay.

»Frag nicht!«

Priya grinst. »Na gut.« Sie deutet nach hinten. »Ich zieh mich schnell um, und dann kannst du Feierabend machen.«

Sie verschwindet, und ich kassiere ein Pärchen ab, das sich gerade eine doppelte Portion Chocolate Death gegönnt hat. Als die beiden das Sandman's verlassen haben, ist es ungewöhnlich still. Es kommt selten vor, dass kein Gast da ist, also nutze ich die Gelegenheit, schnappe mir einen Putzlappen und wische alle Tische ab. Jeromes Ex-Frau war es, die eine komplette Inneneinrichtung in Weiß wollte – das behauptet er zumindest immer, wenn ich beim wöchentlichen Großputz leise vor mich hin fluche. Weiße Tische, Stühle, weiß lackierte Holzdielen, weiße Theke – selbst von außen ist das Sandman's weiß gestrichen. Trotzdem wirkt es nicht kühl, eher heimelig – was hauptsächlich an den großen weißen Kerzen liegt, die überall unter weißen Metallglocken stehen. Auch jetzt, wo die Sommerhitze teilweise den Asphalt draußen schmelzen lässt, brennen sie und werfen verspielte Muster an die Wände. Für diesen Look hat das Sandman's es sogar in einige bekannte Reiseführer geschafft. Sicher hat Jerome deshalb alles so gelassen, obwohl er den Namen seiner Ex nicht in den Mund nehmen kann, ohne im gleichen Atemzug Würgelaute von sich zu geben.

Als ich fertig bin, hole ich mein Handy hervor und öffne Insta. Sofort springt mir Evies neuester Post entgegen. Sie steht in ihrer auf Hochglanz polierten Küche und hat eine Schürze mit rosa Rüschen umgebunden. Die knallpinken Punkte auf dem Tuch in ihren Haaren sind perfekt abgestimmt auf ihren Lippenstift. Der fingerdicke Lidstrich rundet den Anblick des sexy Sechzigerjahre-Looks ab.

Evies Mum ist ein gefeiertes Supermodel und hat ihrer Tochter die ganze Palette an Einstellungskriterien für diesen Job weitervererbt: gertenschlank, kilometerlange Beine, Haut, die wie von Weichzeichner glatt gebügelt aussieht, große, leuchtend grüne Augen, ein Gesicht, das so symmetrisch ist, als hätte man es in der Mitte gespiegelt, gekrönt von einer brünetten Wallemähne. Ein wahrer Sechser im Genlotto.

Ich zoome den glänzenden Anhänger von Evies Halskette heran: eine goldene Pretty-Penny-Münze. Vince und Pat haben auch eine, allerdings sind ihre in Lederarmbänder eingelassen.

Auf der Arbeitsplatte vor Evie thront eine kunstvoll verzierte, dreistöckige Torte. Aber um die geht es eigentlich nicht. *Lynn* steht in handgeletterter Buttercreme obendrauf.

Das Bild hat jetzt schon über zweitausend Likes. Evie hat mich getaggt. Auf der Torte. Also MICH, mit meinem gefakten und auf privat eingestellten Inkognito-Account. Die über 180k von Evies Beauty Paradise können mich nicht sehen. Gut so. Bestimmt ist nicht nur ein Follower aus meinem alten College Teil ihrer Community.

Im Text unter dem Foto schwärmt Evie von ihrem neuen Lippenstift, den sie später – Zwinkersmiley – mit @Pat_o_Meter noch auf seine Kussechtheit testen wird. Thx @KissThisLips. Den Konditor der Torte hat sie nicht verlinkt, die ist natürlich #homemade.

Immer wenn ich auf Evies Insta bin, tut sie mir fast ein bisschen leid. Fast! Das reiche Mädchen, das sich online kaum vor Freundschaftsanfragen retten kann – jeder will ein Stück von Evie und ihrem Fame abhaben. Doch all die Leute haben keine Ahnung, wer die Evie hinter dem Filter ist. Wüssten ihre Follower, wie es Evies ehemaligen Besties, Amanda und Rachel, ergangen ist, würden sie es sich bestimmt zweimal überlegen, ob sie wirklich mit ihr befreundet sein wollen, wenn auch nur digital.

Als ich anfing, mich mit den Pretty Pennies zu treffen, warnte mich ein Mädchen aus der Stufe unter meiner vor Evie. Sie konnte nicht ahnen, dass ich sehr genau wusste, worauf ich mich einließ. Auf der Schultoilette fing sie mich ab und erzählte mir, was mit Evies letzten Freundinnen geschehen war. Ein Gerücht machte die Runde, dass Amanda etwas mit Evies damaligem Crush angefangen hat. Kurz darauf musste Amanda das Graham verlassen, man hatte Pep Pills in ihrem Spind gefunden – der Klassiker. Alle wussten, wie die Partydrogen dort reingekommen waren, nur wagte es niemand, mit dem Finger auf Evie zu zeigen. Niemand, bis auf Rachel. Nur einen Tag später nahm sie ihre Anschuldigung zurück und verließ freiwillig das Graham. Freiwillig … wer's glaubt! Seitdem fiel es Evie schwer, neue beste Freundinnen zu finden. Woran das wohl lag?

Ich weiß, das Mädchen auf der Schultoilette wollte nur nett sein – mich vor einer Freundin bewahren, die stets ein Messer hinter dem Rücken versteckt. Und wäre alles anders, wäre ich ihr sogar dankbar gewesen. Deshalb war es umso schrecklicher, sie Evie zum Fraß vorzuwerfen. Aber es war nötig – für MICH, um Evies Vertrauen zu gewinnen und das der Jungs gleich dazu. Also steckte ich Evie, dass das Mädchen mich vor ihr gewarnt hatte. Das war meine Eintrittskarte, die ich nicht einfach ausschlagen konnte. Trotzdem tat es mir leid, was danach geschah. Wenigstens habe ich jetzt eine leise Ahnung davon, was Evie mit einer Bildbearbeitungs-App so alles anstellen kann.

Ich tippe zweimal hintereinander auf das Tortenbild – Herzchen – und ...

Die Türklingel läutet. Ich sehe auf. Diesmal ist es Bacon. Wie jeden Samstag wird er von Peanut begleitet. Der Jack Russel Terrier wedelt freudig mit dem Schwanz und zerrt an der Leine, die sein Herrchen sich ums Handgelenk gewickelt hat.

Bacons Blick huscht unruhig zwischen den Tischen umher, bis er an mir hängen bleibt. Hat er es eilig, oder warum wirkt er so ... gehetzt? Er nickt mir zu.

Ich stecke mein Handy weg. »Du bist spät dran«, sage ich, was irgendwie klingt, als würde Bacon hier arbeiten oder als hätte ich sehnsüchtig auf ihn gewartet. Pah!

»Musste vorher was erledigen.«

Trotz der abartigen Hitze trägt Bacon Jeans und Sneakers. Am Kragen seines hellblauen, verwaschenen T-Shirts fehlt der mittlere Knopf. Der Saum ist wellig. Noch ein paarmal waschen, dann wird er ausfransen. Kein Used-Look vom Designer, so viel steht fest.

Jeden Samstag sehe ich ihn ohne seine Schuluniform und werde daran erinnert, dass wir uns ähnlicher sind, als mir lieb ist. Am Graham sind wir alle gleich. Na ja, das ist es zumindest, was die Uniform uns glauben lassen soll. Als ob die einheitliche Farbe und die Länge unserer Röcke und Hosen etwas daran ändern könnten, wer wir sind oder wo wir herkommen. Dabei war es doch genau diese Schuluniform, die Bacon zu seinem Spitznamen verholfen hat.

Unsere Kleidung soll keinen Unterschied zulassen. Wir sind Soldaten. Für MICH ist das gut. Es bedeutet, ich muss nur für die Wochenenden andere Outfits parat haben. Outfits, die sehr wohl einen Unterschied machen.

Mal ganz abgesehen von den abgetragenen Kleidern ist das treffendste Wort, das mir bei Bacons Anblick durch den Kopf schießt: unauffällig. Das war früher schon so und hat sich nicht geändert, seit er am Graham ist. Bacon ist mittelgroß, ein bisschen schlaksig, hat braune kurz rasierte Haare. Alles in allem wirkt er einfach … normal. Er gehört zu der Sorte Schüler, die man bei einem Klassenausflug an der Raststätte vergisst.

Nur eine Sache lässt ihn aus der Masse herausstechen – zumindest im Sommer, wenn er die Schuluniform nicht trägt. So wie heute. Wie wohl seine Eltern darauf reagiert haben, als Bacon mit einem Stück Londoner Straßenkarte auf der Haut nach Hause gekommen ist? Oder haben sie ihm das Tattoo etwa erlaubt? Die vielen feinen Verästelungen winden sich wie Risse in einer gesprungenen Scheibe über seinen blassen Oberarm. Nur das breite schwarze Band der Themse durchschneidet das weit verzweigte Straßennetz. Direkt darunter befindet sich ein Leberfleck, fast größer als eine Ein-Pfund-Münze, dessen Form mich an eine auf dem Kopf stehende Bade-Ente erinnert.

Bacon reibt sich mit der Hand über den Oberarm. Schnell wende ich den Blick ab und gehe in die Hocke.

»Hallo, mein Großer!« Ich kraule Peanut hinter den braunen Ohren. Bis auf sie und den kreisrunden Fleck um sein rechtes Auge ist sein Fell schneeweiß. Dazu steht das rote Lederhalsband im krassen Kontrast.

Peanut hechelt und wirkt irgendwie glückselig. Hund sollte man sein. Seinem Herrchen kann ich nicht halb so viel Wiedersehensfreude entgegenbringen. Am liebsten würde ich ihn sofort rauswerfen. Aber ich kann nicht, und das weiß er ganz genau.

Jetzt bemerke ich auch den unverkennbaren Geruch, der Bacon stets wie ein unsichtbarer Mantel umgibt: Männer-Deo. Maskulin, leicht süßlich und einfach nur viel zu viel. Alle, die ihn nicht kennen, denken bestimmt, er hätte die Werbung des Deo-Herstellers zu ernst genommen. Nur weiß ich genau, dass er das Zeug nicht als Frauenmagnet benutzt. Seinen Spitznamen wird er trotzdem nicht mehr los.

Ich gehe hinter die Theke und bereite den doppelten Vanille-Milchshake zu. Wie immer.

Bacon lässt sich an seinem Stammplatz hinten am Fenster nieder, die Hundeleine hängt er über die Stuhllehne. Wie immer. Peanut rollt sich neben Bacons Stuhl zu einem braun-weißen Fellball zusammen.

Wie immer.

Ich stelle den Milchshake vor Bacon ab und lege eine Zwanzig-Pfund-Note daneben. Bacon trinkt einen Schluck, rührt das Geld aber nicht an. Merkwürdig, normalerweise kann er es nicht schnell genug einstecken.

Gerade als ich gehen will, packt Bacon mich am Handgelenk. »Möchtest du dich ... setzen?«

Ich winde mich aus seinem Griff. »Setzen?«, frage ich und klinge genauso schockiert, wie ich bin.

Er lächelt mich an, so als könnte er das Problem nicht verstehen. Als würde er hier nicht jeden Samstag aufkreuzen, um mich zu erpressen. Weil er weiß, dass ICH nicht echt bin. Weil er weiß, wer in MEINEM Keller eingesperrt ist. Weil er meine Beziehung zu den Pretty Pennies mit einem Fingerschnippen beenden kann – bevor ich mein Ziel erreicht habe. Ausgerechnet Bacon!

»Ja.« Er deutet auf den Stuhl ihm gegenüber. Seine Hand zittert. Ist ihm etwa ... kalt? Bei der Hitze?

Erst jetzt fällt mir auf, dass er ungewöhnlich blass im Gesicht ist. Was ist hier los? Will er etwa den wöchentlichen Betrag erhöhen? Wenn er das tut, arbeite ich bald nur noch dafür, sein Schweigen zu bezahlen. Wobei ... das ist eigentlich kein Grund, um auszusehen, als wäre er gerade seiner toten Großmutter begegnet.

Ich lasse mich auf den Stuhl fallen. »Was willst du, Bacon?« Das letzte Wort rutscht so schnell zwischen meinen Lippen hindurch, dass ich es nicht mehr runterschlucken kann.

Er kneift die Augen zusammen. Peanut hebt die Schnauze, als könnte er wittern, wie sich ein Unwetter der Stärke fuck-off zusammenbraut.

»Äh, ich meine ...« Ich bewege mich auf sehr dünnem Eis. Mir wird heiß, das Eis knistert unheilvoll unter meinen Füßen, als ich begreife, dass ich Bacons richtigen Namen vergessen habe. Ich kenne ihn, immerhin waren wir früher jahrelang Kontrahenten im Kampf um den besten Notendurchschnitt des Jahrgangs, damals, als wir beide noch nicht am Graham waren. Aber sein Name will mir ums Verrecken nicht einfallen. Dabei weiß ich selbst nur zu gut, wie es ist, wenn alle deinen echten Namen vergessen und sich ständig über dich lustig machen. Manche Leute riechen nach geräuchertem Speck, andere tragen am falschen Tag eine weiße Hose. Bacon und Bloody Jacky – das Traumpaar.

Ich sollte Mitleid mit Bacon haben, aber davon trennt mich eine dicke Schicht Wut. Er hat mir etwas weggenommen, das viel wichtiger war als ein Name. Etwas, das ich mir verdient hatte. Das ich gebraucht hätte, um den fiesen Sprüchen an unserem alten College zu entkommen. Und jedes Mal, wenn ich Bacon leiden sehe, wird ein winziges bisschen meiner Wut abgetragen. Ob sie jemals ganz verschwinden wird, steht in den Sternen.

Das Beste ist, dass ich mich einfach zurücklehnen und die Show genießen kann. Crusty, East-End-Loser, Porkface, Fat-Fug, Donkey-Dork ... so habe ich Bacon nie genannt. Ich starre ihn nicht an, halte mir nicht die Nase zu, grunze bei vorgehaltener Hand oder lache über ihn. Ich bin taub, blind und stumm. Wie die drei Affen. Mache ... nichts, überlasse den Pretty Pennies die Drecksarbeit und lächle dabei in mich hinein. Ich könnte sie davon abhalten, aber ich will nicht. Jeder kriegt das, was er verdient.

Bacon schiebt mir die zwanzig Pfund zu. »Ich will dir einen Deal vorschlagen, *Lynn*«, presst er zwischen zusammengebissenen Zähnen hervor.

Mir entgeht nicht, wie er meinen Namen betont. Sein Blick sagt: *Siehst du, ich nenne dich nicht Bloody Jacky, auch wenn ich es könnte.*

Misstrauisch beäuge ich das Geld. »Was soll das für ein Deal sein?«

»Wenn du mir hilfst, Pats Tesla zu klauen, lasse ich dich für immer in Ruhe.«

The London Eyes

🏠 Bacon's Last Will
🔍 Crime & Investigate
🔒 Status: closed
🗝 - £
👤 Bacon
💬 0
👁 1
📅 Sunday, 13th June

Bacon hat ein neues Video in den Room geladen
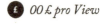

Ha! Ich wusste, ihr würdet wieder auf Play drücken! Weil ihr neugierig seid, was ich alles über euch auspacke. By the way, für mich ist es ein bisschen merkwürdig, die ganze Zeit mit der Kameralinse an meinem Laptop zu quatschen. Jetzt weiß ich, wie sich Leute fühlen, die Vlogs drehen. Total strange. Wisst ihr, was mir dabei hilft? Ich stelle mir eure dummen Gesichter vor, während ihr diese Videos anschaut.

Wo war ich stehen geblieben?

Ah, richtig! Wenn ihr das hier seht, liebe Pretty Pennies, habt ihr mich bereits auf dem Gewissen. Mein Zeitplan sagt, ihr werdet mich Montagmorgen umbringen, um acht Uhr fünfunddreißig, um genau zu sein. Aber natürlich will ich nicht, dass alle anderen Zuschauer hier denken, ich würde euch zu Unrecht beschuldigen.

Kurz nach meinem Tod wird Bacon's Last Will für die Massen freigeschaltet. Damit die restlichen TLE-User kapieren, wie alles anfing, müssen sie euch besser kennenlernen. Euch: meine zukünftigen Mörder.

Es hilft nichts, ich muss ganz am Anfang starten. Damals wart ihr Pretty Pennies noch zu dritt – Lynn kam erst später dazu.

Viele fragen sich bestimmt, wer die Clique ist, die sich selbst als ein »nettes Sümmchen« oder »eine Stange Geld« bezeichnet. Und wozu? Als kleine Gedankenstütze? Für alle, die bisher nicht kapiert haben, dass euren Mummys und Daddys die Moneten nur so aus den Ohren quellen? Oder damit jeder sofort weiß, in welche Schublade er euch stecken soll? Als wäre jeder Mensch ein Song, den man nur verkaufen kann, wenn er sich einem Genre zuordnen lässt. Weil nichts schlimmer ist als das Undefinierbare. Denn was passiert mit einem Track, der kein Genre hinterlegt hat? Genau: Er wird in die Kategorie »Unbekannt« geschoben.

Ein Song, der sich einem Genre unterordnen lässt, ist ein guter Song. Berechenbar. Ohne böse Überraschungen.

Ich war kein guter Song.

Also habt ihr mich gleich an meinem zweiten Tag am Graham in eine Schublade gestopft.

Man könnte auch behaupten, eine Kombi beschissener Zufälle hätte zu meinem neuen Namen geführt. Aber am Ende verdanke ich es euch Pretty Pennies, dass Bacon an mir kleben geblieben ist. Ihr hättet mich genauso gut damit bewerfen können – ah, richtig, habt ihr ja.

Zufall Nummer eins: Mein Boss bei Burger Heart ruft mich an meinem ersten Tag am Graham in der Mittagspause an. Einer aus der Nachmittagsschicht ist krank, ich soll direkt nach Schulschluss einspringen.

Zufall Nummer zwei: Mir bleibt keine Zeit, nach Hause zu fahren, um mich umzuziehen. Also stehe ich an diesem Tag in Schuluniform hinter dem Grill.

Zufall Nummer drei: Meine restlichen Schuluniformen werden erst eine Woche später geliefert – Größe M war vergriffen. Am nächsten Tag muss ich also in denselben Klamotten zum College, in denen ich am Tag zuvor stundenlang am Burgergrill gestanden und Speck und Pattys gewendet hab.

So weit, so gut.

Und da kommst du ins Spiel, liebe Evie.

Wie viele Sekunden habe ich am Tisch neben dir gesessen, ehe du angewidert das Gesicht verzogen, dir die Nase zugehalten und »Igitt, Bacon«, gerufen hast? Fünf? Zehn? Lange hat es jedenfalls nicht gedauert.

Igitt, Bacon.

Pat und Vince fanden das so witzig, natürlich mussten sie gleich mit einsteigen. Igitt, Bacon. Igitt, Bacon. Alles nur Spaß, versteht sich – hey, Bacon, mach dich mal locker!

Ich war der Neue am Graham. Keiner hatte sich bisher meinen Namen gemerkt. Und nach diesem Morgen hat mich nie jemand nach meinem echten Namen gefragt. *Bacon* – das bleibt hängen.

Ab da wurde diese ganz spezielle Art, mich zu grüßen, zum Trendsport am Graham. Soldaten salutieren, wenn sie ihrem Boss begegnen. Sobald ich einen Raum betrete, halten sich alle die Nase zu. Igitt, Bacon.

Kurz darauf kam das Grunzen dazu. Auch das habt ihr salonfähig gemacht, Pretty Pennies. Das war allerdings kein Spaß mehr. Zum Grund dafür kommen wir später.

Ihr habt mich aus dem Genre »Unbekannt« in »Widerlich« verschoben. Umgetauft. Und damit habt ihr mir meinen Platz am Graham zugewiesen. Ganz unten, bei den Schweinen.

Als wäre es nicht so schon schwer genug gewesen, der erste und einzige Quotenassi unter euch Goldlöffel-Schnullern zu sein. Der Pilot-Sozialfall. Der Stinkekäfer, den jeder nur so lange harmlos findet, bis er einem über den Fuß krabbelt. Dabei hatte ich meinen Platz am Graham verdient – mehr als ihr alle. Ich wurde nicht in einen Haufen Privilegien reingeboren, ich musste mir das Stipendium erarbeiten.

Soll ich euch Pretty Pennies mal in Schubladen stecken? Vielleicht hilft das den restlichen Zuschauern, das große Ganze zu verstehen ...

Also los!

Auf Evies Schublade schreibe ich: schön, oberflächlich, kommandiert gerne ihren Freund Pat herum.

Auf die von Pat: muskelbepackt, selbstbewusst, würde für Evie von jeder Klippe springen, egal wie hoch sie ist.

Und bei Vince steht: einsamer Frauenmagnet, immer damit beschäftigt, seinen Frust an anderen auszulassen.

Aber wenn ich mich mit diesen Aufschriften zufriedengeben würde, wäre ich keinen Funken besser als ihr. Deshalb ergänze ich die Etiketten noch um Details, die ich mir im letzten Jahr zusammengereimt habe.

So müsste ich bei Evie dazuschreiben, dass sie verflucht paranoid ist. Über hunderttausend Follower auf Insta und TikTok. Trotzdem lässt sie kaum jemanden wirklich an sich heran. Vielleicht hat sie Angst, die Leute hätten es nur auf ihr Geld oder ihren Ruhm abgesehen – beides würde zu ihr passen.

Pat wiederum tut alles dafür, ja nicht schwach zu wirken. Dabei vergisst er eine entscheidende Sache: Jeder hat einen wunden Punkt – seiner ist Evie. Wie ein Schoßhündchen dackelt er hinter ihr her, bis er irgendwann blind in einen Abgrund rennt. Die Letzte, die ihn da rausholen wird, ist Evie.

Und Vince? Der ist so versessen darauf, sich in die Wunschvorstellung seiner Eltern zu quetschen, dass er bald keine Luft mehr bekommt. Dabei hat er die Macht, alle Brücken hinter sich abzufackeln – er braucht nur den Arsch in der Hose, um ein Feuerzeug zu kaufen, das nicht von Daddy finanziert wurde.

Was euch drei am Ende zusammenhält, ist – ihr ahnt es schon – das liebe Geld. Ihr glaubt, es macht euch stark, dabei ist es eure größte Schwachstelle.

Wer mitgezählt hat, dem ist aufgefallen, dass ich einen Penny vergessen habe. Lynn. Aber keine Sorge, zu ihrer Schublade komme ich später noch, versprochen.

Was meint ihr, Evie, Pat und Vince? Ist es mir gelungen, den restlichen Zuschauern einen passenden ersten Eindruck von euch zu vermitteln?

Nein?

Keine Sorge, es bleiben genügend Videos, um ihn weiter zu vertiefen. Denn ihr seid so pretty, wie ich Bacon bin. Und Pennies sind höchstens das, was ich euch liebend gerne säckeweise gegen den Kopf donnern würde.

Aber wie ihr wisst, ist es dafür zu spät. Bacon ist nicht Jesus, ich werde nicht von den Toten auferstehen. Genauso wenig, wie ich euch vergebe. Im Gegenteil, mein Tod soll nur einem Zweck dienen: euch zu vernichten! Also betrachtet dieses Video hier als ersten Hieb.

Der nächste ist nur einen Klick entfernt.

»Once a liar, always a liar.«

Mister Sandman's Café, Southwark

»Ich soll WAS?« Entgeistert starre ich Bacon an. Als er angefangen hat, jede Woche im Sandman's aufzutauchen, um sein Erpressergeld einzutreiben, dachte ich schon, ich könnte ihn nicht noch mehr hassen. Da habe ich mich wohl getäuscht. Ist das für ihn so eine Art Challenge? *Wie bringe ich Lynn dazu, richtig durchzudrehen?*

»Mir dabei helfen, Pats Karre zu klauen.« Bacon mustert mich so eindringlich, als könnte er durch meine Augen in MEINEN Memory Palace sehen. Er weiß nicht, was ich in meinem Kopf verstecke, welche Gefühle ich dort wegschließe, weil ich auf der Stelle zusammenbrechen würde. Trotzdem kennt er die Wahrheit. Bloody Jacky. Mich.

»Klar, wenn's weiter nichts ist ...« Abwehrend verschränke ich die Arme vor der Brust. Der hat sie ja wohl nicht mehr alle!

»Warum tust du dir das an?«, wechselt er das Thema.

»Was?«, frage ich, weiß aber ganz genau, worauf er hinauswill.

Er deutet mit dem Zeigefinger auf mich und vollführt einen Kreis in der Luft. »Das alles. Du. Dieses ganze Theater.«

Ich presse die Lippen aufeinander. Wir haben noch nie darüber gesprochen, und Bacon ist wirklich der Allerletzte, dem ich mein Herz ausschütten möchte. Doch wir beide wissen, dass ich am kürzeren Hebel sitze. »Vince.«

»Was ist mit ihm?«

»Er hätte mich nie beachtet, wenn er gewusst hätte, dass ich nicht reich bin.« Jetzt ist es raus. Zum ersten Mal hab ich einen Teil MEINES Plans ausgesprochen, leider fühlt es sich kein bisschen befreiend an. Im Gegenteil. Bacon sitzt hier, mit einer unsichtbaren Pistole bewaffnet, und ich liefere ihm die Munition – um MICH zu vernichten. Dabei sollte es andersrum sein!

Bloody Jacky stößt einen gequälten Schrei aus. Sie trommelt mit ihren Fäusten gegen die Innenseite MEINER Kellertür. Zum Glück ist sie fest verschlossen, und den Schlüssel habe ich weggeworfen.

Ich sehe Bacon an, und für einen Moment glaube ich, er hätte etwas bemerkt. Natürlich ist mir klar, dass er Bloody Jacky nicht hören kann, und wenn ich ehrlich bin, beneide ich ihn darum. Wäre es für mich doch auch still. Aber so läuft das nicht.

Hätte ich den Keller nicht, würden mich meine Emotionen vermutlich auf der Stelle ausknocken. Trauer, Angst, Verzweiflung, Wut, ja sogar Mitleid – für Bacon –, obwohl ich das niemals laut zugeben würde. Keins dieser Gefühle kann ich mir leisten. Ich habe mich für einen Racheplan entschieden, und Bloody Jacky wegzuschließen, war der Preis.

»Na, den hast du ja ordentlich um den Finger gewickelt. Glückwunsch.« Wir wissen beide, wie er das meint. Doch Bacon scheint noch nicht zufrieden zu sein. Durchdringend sieht er mich an. »Das ist alles? Du verknallst dich in einen Typen, der drei Kaliber zu groß für dich ist, und sofort wirfst du dein ganzes Leben über den Haufen, um jemand zu sein, der du nicht bist?«

Wut kocht in mir hoch. Was bildet der sich eigentlich ein? Glaubt er wirklich, ich schütte ihm mein Herz aus?

»Spielst du jetzt den Moralapostel?« Ich tippe auf den Zwanziger. »Ist ja nicht so, als würde dir mein kleines Geheimnis kein nettes Taschengeld einbringen.«

In seinen Augen blitzt etwas auf, aber es ist zu schnell verschwunden, um es zu deuten. »Die Einzige, die allen etwas vorspielt, bist du, *Lynn*.«

Wieder betont er meinen Namen, wieder weiß ich ganz genau, warum.

»Wir hätten Freunde sein können, am Graham.« Bacon lehnt sich vor und saugt an dem Pappstrohhalm, der mitten im Sahneberg des Milchshakes steckt.

»Freunde? Wir? Zwei Außenseiter gegen den Rest am Graham, oder was? Nein, danke.«

Bacon zuckt mit den Schultern, aber ich weiß genau: Meine Worte haben ihn getroffen. Dort, wo sie wehtun. Wären wir an unserem alten College anders auseinandergegangen, würde es mir jetzt vielleicht sogar leidtun. Doch die Vergangenheit ist mit unlöschbarer Tinte geschrieben.

»Wie hast du es eigentlich geschafft?«, fragt er.

»Was?«

»Dass sie dir glauben? Niemand am Graham kann sich zusammenreimen, was dich qualifiziert, eine Pretty Penny zu sein.«

»Ich hab sie nur sehen lassen, was sie sehen wollten.«

»Heißt?« Bacon runzelt die Stirn.

»Schon mal von The London Eyes gehört?«

»TLE? Die Gossip-App?«

Ich nicke. »Der Erfinder ist total paranoid und lebt sehr zurückgezogen. Man weiß fast nichts über ihn, nur, dass er eine Tochter hat.«

Jetzt scheint ihm ein Licht aufzugehen. »Verstehe. Du hast sie glauben lassen, du wärst …?«

»Die Pretty Pennies glauben, was sie glauben wollen. Du musst sie nur dazu bringen, dass sie das Geheimnis selbst entdecken.« Und genau das habe ich getan. Als Pat, Evie und Vince dahintergekommen sind, wer MEIN Vater ist, mussten sie mir schwören, niemandem etwas zu erzählen. Es gibt keine bessere Möglichkeit, eine Lüge aufrechtzuerhalten, als die Belogenen zu angeblichen Mitwissern in einem Geheimclub zu machen.

Ein Hauch Männer-Deo schwappt zu mir rüber.

»Warum fährst du eigentlich nie bis zur Bond Street?«

Verwirrt blinzle ich ihn an. »Was?«

»Na, morgens, auf dem Weg zum College. Du steigst zwar mit mir am Oxford Circus aus, nimmst dann aber nicht die Central bis zum Graham. Klar, das ist nur eine Station, trotzdem kapiere ich nicht, warum du die Strecke jeden Morgen freiwillig laufen solltest.«

Ich verschränke die Arme vor der Brust. »Beschattest du mich etwa?«

Bacon zieht die Augenbrauen hoch. »Wir fahren nun mal mit derselben Linie.«

Natürlich muss er mich daran erinnern. Wir kommen aus der gleichen Gegend. Wo genau Bacon wohnt, weiß ich zum Glück nicht, er ist morgens immer schon in der Bakerloo, wenn ich einsteige.

»Kannst du dir das nicht denken?«

Er lehnt sich auf seinem Stuhl zurück, als müsste er für das, was er als Nächstes loswerden möchte, Raum zwischen uns schaffen. »Die Pennies sollen nicht erfahren, dass du die Tube nimmst. Reiche haben das nicht nötig.«

Ich presse die Lippen aufeinander.

»Ah, verstehe! Und natürlich soll niemand uns beide zusammen ankommen sehen.«

Mein Schweigen dürfte Antwort genug sein. Es gibt zwar einen dritten Grund, aber den braucht er nicht zu kennen. Denn wenn mir in der Nähe von reichen Leuten etwas aufgefallen ist, dann eins: Geld riecht. Man kann noch so schicke Kleider tragen, begleitet von einer Wolke Billig-Parfüm wird einem keiner die Millionärstochter abkaufen. Deshalb mache ich jeden Morgen auf dem Weg zum Graham einen Abstecher in die Drogerieabteilung von Debenhams. Inzwischen habe ich es perfektioniert, so zu tun, als würde ich mich durch die neuesten Düfte riechen, wobei ich eigentlich nur zielgerichtet nach den teuersten Flakons greife.

Bacon und ich liefern uns ein Blickduell. Je länger wir uns anstarren, desto mehr Dinge fallen mir an ihm auf. Kleinigkeiten. Zum Beispiel, dass seine Wimpern für einen Jungen verhältnismäßig dicht und lang sind. Oder der Farbton seiner Iris. Grau. Wie Stahl, Beton, Asphalt oder der Himmel nach einem heftigen Gewitter. Eine harte Farbe. Trostlos.

»Der geht aufs Haus!« Wie aus dem Nichts steht Priya vor uns. Sie stellt einen Teller mit einem Chocolate Death und zwei Gabeln in die Tischmitte. Die Kuchenkruste glänzt vom karamellisierten Zucker. Momentan klingt der Name des Brownies zu verlockend. Bacon muss nur einen Bissen nehmen, und ich bin alle Probleme los. Wie bei Schneewittchen und dem Apfel der bösen Hexe. Nur bin ich keine Prinzessin, die Bacon wach küsst.

»Danke.« Ich zwinge meine Mundwinkel nach oben und hoffe, es sieht wenigstens ein bisschen ehrlich aus. Ein Blick reicht, um zu kapieren, dass Priya glaubt, zwischen Bacon und mir hätte es gefunkt. Ich verkrampfe mich noch ein Stückchen mehr. Priya nickt mir verschwörerisch zu und zieht wieder ab. Glück gehabt.

Bacon schaut Priya stirnrunzelnd nach. »Sie ist nicht besonders gut darin, Körpersprache zu lesen, was?«

Keiner von uns rührt den Brownie an. Er symbolisiert die unsichtbare Mauer, die seit meinem ersten Tag am Graham, also seit knapp zehn Monaten, zwischen uns steht.

Underdog vs. Falsches Upperclass-Girl.

East End vs. Fake West End.

Eigentlich stehen wir auf derselben Seite, und doch trennen uns Welten. Welten, die ich erschaffen habe und die auf nichts als

Lügen erbaut sind. Und Bacon hat die Macht, MEINE Mauern für immer einzureißen.

»Schon verrückt, zum ersten Mal hab ich Mitleid mit den Pretty Pennies.«

Meint er das ernst? »Warum? Sie sind nicht gerade ...« Ich stocke, weiß nicht, wie ich den Satz beenden soll, ohne dass Bacon wütend wird oder sich gedemütigt fühlt. Beides will ich vermeiden, weil ich auf einer Bombe sitze und er den Fernzünder hat. Ein Fingerzucken, und er killt MICH.

»Nett zu mir?«

Ich nicke stumm. Wenn ich jemals den Begriff Euphemismus erklären muss, wäre »Sie sind nicht gerade nett zu mir« ein perfektes Beispiel für Psychoterror.

»Aber man kann ihnen nicht vorwerfen, sie würden mir was vormachen. Sie sind ehrlich. Du dagegen belügst sie am laufenden Band.«

Da ist sie wieder: die Wut. Sie kitzelt in meinen Fingerspitzen. Ich will den Zwanziger zusammenknüllen und Bacon ins Gesicht werfen. Er hat keinen blassen Schimmer, was er da sagt!

»Weißt du, warum ich jeden Samstag herkomme?«

Was soll denn die Frage jetzt? »Na, wegen der Kohle.«

»Falsch.« Bacon schüttelt den Kopf. »Ich wollte dir einen Grund geben.«

»Einen Grund?«

»Um auszusteigen. Du solltest selbst die Reißleine ziehen.« Er starrt mich mit seinen Asphalt-Augen an. Trotz der harten Farbe meine ich, Mitleid in ihnen zu erkennen.

In dieser Sekunde hasse ich ihn noch viel mehr. Alles an ihm. Die Art, wie er mich ansieht, das Geräusch, wenn er schluckt, und vor allem diesen abartigen Deo-Geruch.

Ich will ihn anschreien, doch mein Mund ist zugeklebt, meine Zunge verknotet. Fehlt nur, dass jemand meine Füße in Beton gießt und mich in die Themse wirft. Wahrscheinlich habe ich genau das verdient. Weil ich ein Mensch geworden bin, der ich nie sein wollte.

»Aber egal, wie oft ich hier auftauche, du klammerst dich immer weiter an diese ganze Show, die du da abziehst.«

»Wie praktisch, dass meine *Show* bei dir ordentlich die Kasse klingeln lässt«, gifte ich zurück.

Bacon kramt in seiner Jeanstasche, legt einen Stapel zerknitterter Geldscheine auf den Tisch und schiebt ihn zu mir rüber. Lauter Zwanziger.

»Was soll das?«

»Heute ist mein letzter Besuch im Sandman's. Du bekommst jeden Penny zurück und siehst mich hier nie wieder. Alles, was du tun musst, ist, mir dabei zu helfen, Pats Auto zu stehlen.«

»Das hast du schon gesagt.« Ich hebe den Blick. »Aber warum?«

»Was denkst du denn?«

»Geld?«

Er nickt.

»Wie viel?«

»Neunzig.«

»Das ist alles?« Ich deute auf den Geldhaufen, den ich nicht angerührt habe.

»Tausend.«

»NEUNZIGTAUSEND PFUND?« Ich starre ihn an, als hätte er mir eben gestanden, den Namen Bacon in seinen Reisepass eintragen lassen zu wollen. »Soll das ein Witz sein?«

Diesmal kein Zupfen an seinen Mundwinkeln. »Schön wär's.«

Ich beiße mir auf die Unterlippe, bis sie wehtut. Es kostet mich jeden Funken Zurückhaltung, Bacon nicht den Geldhaufen ins Gesicht zu werfen.

Er stößt ein langes Seufzen aus. »Ich brauche das Auto bis spätestens morgen. Und du willst dein Geheimnis für dich behalten.«

Er wiegt seine Hände vor sich auf und ab, als wären sie Waagschalen. In der einen liegt sein Schicksal, in der anderen meins. »Klingt, als könnten wir uns gegenseitig aus der Scheiße helfen.«

Der Blick, mit dem er mich mustert, gefällt mir nicht. Seine Worte noch weniger. Wenn ich jemandem nicht aus der Scheiße helfen will, dann Bacon! »Du sagst mir, du hörst auf, mich zu erpressen, indem du mich erpresst?«

»Ein Gefallen unter Außenseitern. So würde ich es nennen.«

»Ich bin keine ...«

»Nicht mehr, aber das kann sich bald ändern.«

Die Drohung lässt mich schlucken. »Wozu brauchst du das Geld? Und warum so schnell? Reicht dir das Stipendium etwa nicht? Ich dachte, das hätte all deine Probleme gelöst?« Wie sehr ich mich bei den letzten beiden Sätzen zusammenreißen muss, scheint er nicht zu bemerken. Gut so. Er hat keine Ahnung, wie viele Probleme das Stipendium für mich hätte lösen können. Mein Name stand darauf, ich hätte es bekommen sollen, nicht Bacon!

»Und ich dachte, dein Name wäre Jacklynn. Oder ist dir Jacky lieber?«

Ich zucke zusammen und schaue mich gleich darauf verstohlen um. Inzwischen sind wieder alle Tische an der Fensterfront besetzt. Niemand beachtet uns, Priya begrüßt zwei neue Gäste.

»Wie kannst du dir eigentlich das Graham leisten?«, fragt er. »Immerhin hattest du dich doch auch für das Stipendium beworben.«

Ich verkrampfe mich. Noch nie habe ich mit Bacon über das Stipendium gesprochen, obwohl es der Ursprung allen Übels war. Er hat keine Ahnung, was geschehen ist, seit er es sich unter den Nagel gerissen hat. Ich könnte ihm sagen, dass Dad zwei Monate nach Bacons Abgang gestorben ist. Dass ich Mum überredet habe, mir vom Geld der Lebensversicherung das letzte Collegejahr am

Graham zu finanzieren, damit ich an den Unis bessere Chancen habe. Aber ich will nicht. Weil auch das nur die halbe Wahrheit wäre und ich wahrscheinlich kotzen müsste, wenn ich noch mehr Mitleid in Bacons Augen sehe. Ausgerechnet von ihm!

»Du weißt, dass ich das Stipendium verdient hatte.« *Mehr als du*, hänge ich in Gedanken hintendran.

»Am Ende war es ein Kopf-an-Kopf-Rennen.«

»Ja, nur dass ich dir eine Nasenlänge voraus war.« Und es stimmt. Mein Notenschnitt war besser als seiner.

Bacon zuckt mit den Schultern. »Jetzt bist du ja trotzdem am Graham, also ist doch alles irgendwie gut gegangen.«

Ich lache auf. Weil nichts gut gegangen ist – gar nichts! Er hat ja keine Ahnung!

»Erzähl mir lieber, wie du das anstellen willst«, sage ich schnell, bevor ich ihm noch den Milchshake ins Gesicht schütte. »Mit Pats Auto, meine ich.«

»Ganz easy.« Er stützt die Ellenbogen auf dem Tisch ab und beugt sich zu mir vor. »Lass mich heute Nacht in Pats Garage, und sorg dafür, dass keiner etwas davon mitbekommt.«

Klar, ganz easy.

»Du hast doch überhaupt keinen Führerschein.«

»Echt jetzt?« Er lacht auf. »Das macht dir Sorgen?«

Um ehrlich zu sein, nein, aber es war ein Strohhalm, nach dem ich greifen konnte. »Pats Auto ist kein normaler Wagen. Eher eine Art Raumschiff.«

»Auch mein Problem.«

»Und danach lässt du mich in Ruhe? Das soll ich dir glauben?«

Sein Grinsen bekommt etwas von dem eines Grusel-Clowns. »Da musst du mir wohl einfach vertrauen.«

»Toll.«

Welche Wahl habe ich? Entweder tanze ich nach Bacons Pfeife, oder Bloody Jacky übernimmt wieder, und mein Racheplan war völlig umsonst. Gut, momentan trete ich bei der Umsetzung etwas auf der Stelle, aber das wird sich bestimmt bald ändern.

Ich überlege, wie der Deal ablaufen könnte. Garagentor auf. Bacon rein. Schlüsselübergabe. Auto raus. Fertig. Eine Sache von ein paar Minuten. Ich weiß sogar, wo Garagenöffner und Autoschlüssel hängen, weil Pat mir bei meinem ersten Besuch ganz stolz seinen Wagen vorgeführt hat. »Da muss jeder durch«, hat Vince gelacht, und Evie hat nur die Augen verdreht.

Mehr als reinsetzen, in Schrittgeschwindigkeit aus der Garage fahren, wenden und wieder zurück, war allerdings nicht drin. Trotzdem hat Pat sich gefreut wie Gollum, der seinen *Schatzzz* gefunden hat. Wahrscheinlich verwächst er mit dem Auto, sobald er den Führerschein hat.

Peanut stößt ein Kläffen aus. Unruhig tapst er von einer Pfote auf die andere. Er scheint zu wittern, dass die Luft zwischen seinem Herrchen und mir knistert – nicht im romantischen Sinne.

Bacon tätschelt ihm dem Kopf, schaut aber zugleich mich an. »Wenn du mir die Autoschlüssel besorgst und das Garagentor öffnest, muss ich nicht mal durchs Haus. Niemand würde mich sehen. Niemand würde es mitbekommen. Und niemand würde erfahren, was für eine Lügnerin du bist.«

Klar, den letzten Satz musste er mir natürlich noch reindrücken.

Meine Gedanken kreisen um Bacons Worte wie Fliegen um gammeligen Schinken. Das Gefühl, keine Wahl zu haben, engt meine Brust ein. Helfe ich Bacon und werde dabei erwischt, ist alles aus. Das gleiche Schicksal droht mir, sollte ich mich weigern, ihm die Garage zu öffnen.

Also bleibt nur eine Möglichkeit: Ich darf mich nicht erwischen lassen! Ganz einfach.

»Heißt das Ja?« Bacon sieht mich überrascht an.

Ich bin es auch, denn erst jetzt bemerke ich, wie mein Kopf

hoch- und runterwippt. Ich nicke. »Schätze schon«, sage ich langsam und klammere mich an die Hoffnung, dass Bacons wöchentliche Besuche im Sandman's heute enden.

»Um elf bei Pat. Warte vor dem Garagentor.« Ich werfe ihm einen scharfen Blick zu. »Und wenn die Sache erledigt ist …«

»… kannst du wieder Lynn sein.«

Wärme macht sich auf meinem Gesicht breit, doch ich korrigiere Bacon nicht. Den müden Versuch, so zu tun, als wäre es nicht die Wahrheit, erspare ich uns beiden.

»Weißt du überhaupt, wo Pat wohnt?«, frage ich.

Er schüttelt den Kopf. »Komisch, bisher war ich nie auf einer seiner Partys. Hab einfach viel um die Ohren …«

Ich probiere mich an einem Lächeln, aber es misslingt mir genauso wie sein blöder Witz.

Wir tauschen Nummern aus. Ich speichere Bacon als Ben ab. Fängt immerhin auch mit einem B an.

Er streckt mir seine Hand hin, und ich ergreife sie zögernd. Sein Händedruck ist fest und warm.

»Verrätst du mir jetzt, wozu du so viel Geld brauchst?«

»Verrätst du mir, warum du allen etwas vormachst?«

Ich lasse ihn los. »Das hab ich doch schon.«

»Wenn du meinst.«

Mein Mund klappt auf und wieder zu. Als wäre ich eine Figur in einem Zeichentrickfilm.

Bacon wirft einen Blick auf sein Handy.

»Was soll das eigentlich?«, frage ich, nur um irgendetwas zu sagen, und deute auf die Londoner Straßenkarte auf seinem Oberarm. »Hast du Angst, dich zu verlaufen?«

Bacon wackelt mit dem Kopf, und ich kann nicht erkennen, ob es ein Nicken oder ein Schütteln sein soll. »Meine Mum liebt diese verdammte Stadt.«

Fragend sehe ich ihn an.

»Sie würde niemals hier weggehen.« Er streicht mit den Fingerspitzen über das Tattoo, zärtlich, als hätte er Angst, die Straßen unter seiner Berührung zu zerdrücken. »Die Stadt verliert niemanden.«

Ich frage nicht, was mit seiner Mum passiert ist. Es geht mich nichts an. Und ich will nicht noch einen Grund geliefert bekommen, Mitleid mit ihm zu haben. Denn würde ich einmal damit anfangen, könnte ich nie wieder in MEINE Rolle schlüpfen.

Bacon zuckt zusammen und schaut auf sein Handy. Hat es vibriert? Tiefe Falten durchschneiden seine Stirn. Sonst sehe ich sie immer nur, wenn er Pat, Vince, Evie und mir auf dem Weg zum nächsten Kurs oder in der Cafeteria begegnet. Ist das Angst in seinen Augen?

»Ich muss los.« Bacon springt auf, ruckt an Peanuts Leine und eilt zur Tür. Die Hand schon auf der Klinke, dreht er sich doch noch einmal zu mir um. »Bis später, Lynn.«

Mein Blick bohrt sich in seine Brust. Für einen Moment wünsche ich mir, ich hätte Superkräfte und könnte Laserstrahlen aus meinen Augen schießen. Grilled Bacon.

Und dann geht er. Einfach so.

Den Stapel Zwanzig-Pfund-Noten hat er auf dem Tisch liegen gelassen.

Memory Palace

The London Eye

ICH betrete eine der Gondeln des weltberühmten Londoner Riesenrads. Der Boden ist übersät mit Geldscheinen. Dagobert Duck hätte hier drin seine wahre Freude.

»Hi, Schatz.« DAD sitzt auf einer Palette gebündelter Geldscheine und lächelt MIR zu. In der Hand hält ER ein Smartphone. Unaufhörlich spuckt es Einhundert-Pfund-Noten direkt in SEINEN Schoß. Eine kleine Gelddruckmaschine.

Die Türen schließen sich hinter MIR, die Glasgondel setzt sich in Bewegung. Draußen wird die Themse immer schmaler.

»Hey.« ICH gehe zu DAD, wobei jeder MEINER Schritte Geldscheine aufwirbelt. Das Rascheln klingt, als käme es von Laub. Sehr teurem Laub.

Neben der Palette bleibe ICH stehen. ICH kann sehen, welche App auf DADs Handy geöffnet ist: The London Eyes. »Was gibt's Neues in der Schlammschlacht-Welt?«

Blitzlicht erfüllt die Gondel.

»Nicht schon wieder!«, stöhnt DAD und nickt in Richtung Glasfront. Draußen hat ein Mann die Füße gegen unsere Gondel gestemmt. Er trägt einen Klettergurt und wird von einem Seil gehalten. Vor sein Gesicht hält er eine Kamera.

»Manchmal wünsche ich mir, ich hätte diese verdammte App nie erfunden.« DAD greift in den Haufen Geldscheine zu SEINEN Füßen und zieht eine Gartenschere hervor. Seufzend erhebt

ER sich, öffnet ein Fenster und beugt SICH hinaus zu dem Reporter. ICH beobachte, wie DAD das Seil schnappt. Der Mann wehrt sich nicht, fotografiert einfach weiter.

Klick. Klick. Klick, klick, klick. Jeder Schuss ein Treffer.

Schnapp!, ein Schrei, dann ist Ruhe.

»So, das hätten wir.« Lächelnd dreht DAD SICH zu MIR um.

An SEINEM Pullover hängt eine Einhundert-Pfund-Note. ICH zupfe sie ab und will sie einstecken, da reißt die Gondel aus ihrer Verankerung und stürzt in Richtung Themse.

ICH schreie.

DAD rupft MIR das Geld aus der Hand.

Der freie Fall wird abgebremst.

DAD schüttelt den Kopf, knüllt den Schein zusammen und wirft ihn auf den Geldhaufen. »Du kennst die Regeln.«

Niemand darf wissen, dass MEIN DAD der Erfinder von The London Eyes ist.

Niemand darf wissen, dass MEIN DAD der Erfinder von The London Eyes ist.

Niemand darf wissen, dass MEIN DAD der Erfinder von The London Eyes ist.

»Blood is thicker than water.«

Wohnung der Baileys, Elephant and Castle

Ich schließe die Tür auf und werde beinahe von einem Schwall stickiger Luft erschlagen. In der Wohnung ist es dunkel, nur ein paar verirrte Lichtstrahlen schaffen es durch die Ritzen der runtergelassenen Rollläden. Wir haben keine Klimaanlage, weshalb die Verdunklungstaktik unsere einzige Waffe im Kampf gegen die Sommerhitze ist.

Ich streife meine Schuhe ab und husche barfuß in die Küche. Selbst der Fliesenboden ist lauwarm. Mein Körper schreit nach einem Glas Cola mit Eiswürfeln. Als ich das Gefrierfach öffne, wabert mir kühle Luft entgegen. Seufzend schließe ich die Augen und gehe in Gedanken meinen Kleiderschrank durch, auf der Suche nach einem passenden Outfit für …

»Überraschung!«

Erschrocken schlage ich das Gefrierfach zu und wirble herum. Hinter mir, am Küchentisch, sitzt eine Gestalt im Halbdunkel. »Mum! Warum erschreckst du mich so?« Mein Herzschlag hämmert in meiner Kehle.

»Das haben Überraschungen so an sich.« Ein Ratschen ist zu hören, dann lodert eine Flamme auf. Im Licht des brennenden Streichholzes erscheint Mums Gesicht. Die Schatten um ihre Augen wirken dunkler als sonst, die Müdigkeit hat sich tief eingegraben. Lächelnd hält sie die Flamme an den Docht einer Kerze.

»Musst du heute nicht zur Arbeit?« Meine Stimme klingt viel

zu sehr nach Vorwurf, dabei sollte ich mich eigentlich freuen. Seit Dad nicht mehr da ist, jongliert Mum mit zwei Jobs. Unter der Woche arbeitet sie morgens bis mittags im Breakfast Club, und nach dem Abendessen geht es ins Nine Lives, eine Bar, in der Mum meist auch am Samstag bedient. Mum verdient ganz okay, trotzdem müssen wir uns sehr einschränken, seit Dad nicht mehr da ist. Vor allem die Miete reißt jeden Monat ein riesiges Loch in Mums Bankkonto. Wir könnten umziehen, die Wohnung ist ohne Dad sowieso zu groß für uns zwei, doch keine von uns hat das Thema je angesprochen. Wir wissen beide, warum. Zum Beispiel wegen des Klopfens in den Rohren, wenn man das Wasser in der Küche aufdreht, und bei dem Dad und ich immer in hitzige Diskussionen ausgebrochen sind, wer oder was dafür verantwortlich sein könnte. Dads letzter Tipp waren Morsezeichen aus der Wohnung unter unserer. Aber die alte Lewandowska macht mir nicht den Eindruck, als hätte sie Ahnung vom Morsealphabet. Dad meinte, ihr Rollator wäre nur Tarnung.

»Ich fange heute erst um halb acht an, ist mit Oscar abgemacht. Oder glaubst du etwa, ich lasse dich mit dieser Köstlichkeit allein?« Mum deutet auf die brennende Kerze. Erst jetzt erkenne ich, dass sie in einer Mini-Schokotorte steckt. Kein Chocolate Death, aber wer will schon an seinem Geburtstag das Zeitliche segnen?

»Klingt super, Mum.« Ich setze mich. Mir ist überhaupt nicht nach Essen, was meinen Magen allerdings nicht vom Knurren abhält.

Mum deutet auf die Kerze. »Du musst dir was wünschen.«

Dieser Satz reißt ein Loch in mein Herz, weil er aus dem falschen Mund kommt. Natürlich weiß ich, Mum meint es nur gut, und so schließe ich die Augen und puste.

Als ich sie wieder öffne, starrt mir Dunkelheit entgegen.

»Und?«, wispert Mum.

»Was und?«

»Na, was hast du dir gewünscht?«

Noch eins von Dads Ritualen. Aber ich will keinen Streit, also entscheide ich mich für eine Lüge. »Dass ich den Kuchen beim Essen sehen kann.«

»Nichts leichter als das.« Ich höre, wie ein Stuhl zurückgeschoben wird und Schritte ertönen. Mit einem Ruck platzt Tageslicht in den Raum. Mum steht am Fenster und zieht den Rollladen ein Stück hoch. »So schnell werden Wünsche wahr.«

Ich schnappe mir das Brotmesser von der Küchenablage und schneide ein Dreieck aus dem Kuchen.

»Schätzchen!«, ruft Mum und fasst mich am Arm. »Was hast du denn da gemacht?«

»Bin auf dem Laufband hingefallen«, spule ich meine vorgefertigte Antwort ab und würde mir im selben Moment am liebsten mit der flachen Hand auf den Mund schlagen.

Mum runzelt die Stirn. »Welches Laufband denn?«

Bloody Jacky giggelt. Natürlich findet sie das lustig.

»Äh ...«, mache ich, während ich panisch nach einer plausiblen Geschichte suche. »Ich war heute Morgen beim Probetraining in diesem neuen Fitnessstudio um die Ecke.«

»Bei der Hitze wolltest du Sport machen? Freiwillig? An deinem Geburtstag?«

Sie hat recht, das passt wirklich überhaupt nicht zu mir. Mist, Mist, Mist!

»Das war übrigens für dich im Briefkasten.« Mum deutet auf einen kleinen Plastiksack, der verdächtig nach meiner letzten Kleiderbestellung aussieht. Die hab ich bei dem ganzen Stress total vergessen, kommt aber wie gerufen!

»Oh, okay.« Ich weiche Mums Blick aus, während die Lügenmaschine in meinem Kopf anfängt zu rattern.

»Ist das ein Geschenk? Willst du es nicht aufmachen?«

Die Lügenmaschine spuckt einen Satz aus. »Nee, nur Unterwäsche«, sage ich ein bisschen zu hastig. Das sündhaft teure Top von Ralph Lauren und der Jeansrock von Superdry gehen nicht ansatzweise als Unterwäsche durch, doch Mum würde nur Fragen stellen, wenn sie die Sachen zu Gesicht bekäme. »Oh verdammt, es ist ja schon voll spät!«, rufe ich, noch bevor mein Blick auf die Uhr über der Küchentür trifft.

»Ich dachte, du wolltest heute Abend nichts mehr unternehmen?« Die Falten auf Mums Stirn werden tiefer.

»Ein paar Freunde aus dem Graham haben mich zu sich eingeladen.«

Mums Lächeln bricht mir das Herz. Sie freut sich für mich, weil ich endlich Anschluss gefunden habe. Weil im Gegensatz zu ihr wenigstens eine von uns beiden Dads Tod verarbeitet hat. Offenbar bin ich eine bessere Schauspielerin als sie.

»Nächstes Mal kannst du sie auch zu uns mitbringen. Ich back euch Pizza, und wenn ich im Nine Lives bin, habt ihr die Wohnung ganz für euch.«

Zur Antwort wackle ich völlig uneindeutig mit dem Kopf, während ich hoffe, Mum sieht mir nicht an, welche Horrorvorstellungen ihr Vorschlag in mir auslöst. Ich springe auf. »Muss noch duschen und was anderes anziehen ... und meine Haare ... und ...«

Mum lacht. »Schon verstanden. Dann verschieben wir das Torteessen eben auf morgen früh.«

Erleichtert atme ich auf, beuge mich zu Mum runter und drücke ihr einen dicken Schmatz auf die Wange. »Torte zum Frühstück klingt ganz wunderbar!«

»Keep your friends close, but your enemies closer.«

Stadtvilla der Kennedys, Mayfair

Mein Finger schwebt über dem Klingelknopf. Ich zögere, atme tief durch. Keine Ahnung, ob es an der Nähe zu Londons größter Grünanlage liegt, aber die Luft in Mayfair wirkt seltsam sauber. Hier bekommt man was für sein Geld.

Die zweistöckige Stadtvilla der Kennedys hat eine schneeweiße Fassade und ist – bis auf die Garageneinfahrt – von einem Eisenzaun eingerahmt, dessen Spitzen an in den Himmel ragende Lanzen erinnern. Frei stehende Häuser findet man im Zentrum nur selten. Allein diese Lage kostet ein Vermögen.

Ganz am Anfang, als der Memory Palace in die Planung ging, hab ich mich durch die Angebote auf den Webseiten der Luxus-Makler geklickt. Ich wollte sehen, wie die Upperclass Londons lebt. Die ersten zwei Anzeigen fand ich noch ganz amüsant, bis ich eins begriff: Die Makler haben sich bei den Preisen nicht um mindestens drei Kommastellen vertan. In der Welt der Reichen und Schönen ist kein Platz für Tippfehler.

Die Haustür vor mir geht auf.

»Happy birthday!«

Ich schaue einem der Gründe für den Bau MEINES Memory Palace direkt in die haselnussbraunen Augen.

»Bist du der neue Hausherr?«, bringe ich heraus und schaffe es gerade so, meine Hände davon abzuhalten, den in den Ruhestand versetzten Haarvorhang vor meinem Gesicht zuzuziehen. Es hat Monate gedauert, diesen Tick loszuwerden. Aber in Vince' Nähe ist die Chance, einen Rückfall zu erleiden, immer noch am größten. Weil ich meinen Händen nicht traue, verschränke ich die Arme vor der Brust.

»Der Hausherr hat mich geschickt. Pat muss wieder mal Fotograf für Evies Insta spielen, du kennst das ja.« Grinsend tritt Vince zu mir raus auf den obersten Treppenabsatz.

Ich weiche nicht zurück, aber komme ihm auch nicht entgegen, bleibe, wo ich bin, und das ist anstrengend genug. Die ersten Sekunden sind die schlimmsten. Es dauert jedes Mal einen Moment, bis ich mich daran gewöhnt habe, dem Feind so nah zu sein. Sofort beschleunigt mein Herzschlag auf Sprint-Geschwindigkeit – und zwar nicht aus dem Grund, den ich mir gerne einreden würde. Mein Herz freut sich, Vince zu sehen. Und dafür hasse ich es.

»Was hast du denn mit deinen Armen gemacht?« Vince deutet auf die aufgeschürfte Haut an meinen Ellenbogen.

»Bin auf dem Laufband hingefallen«, spule ich meinen Text ab und verziehe das Gesicht zu einer Grimasse aus verlegenem Lächeln und Schmerzen.

»Autsch!« Vince beugt sich zu mir vor und umarmt mich. »Und das an deinem Geburtstag!«, murmelt er in meinen Haaransatz. Sein warmer Atem verursacht eine Gänsehaut. Zu gerne würde ich behaupten, es wäre ein schlimmes Gefühl. Aber das stimmt nicht.

Vince hält mich. Seine Arme sind eine Zwangsjacke, in die ich mich freiwillig habe einwickeln lassen. Ich könnte mich aus ihr befreien, weiß jedoch, dass zu viel davon abhängt, es nicht zu tun.

In mir tobt ein Kampf, wie jedes Mal, wenn ich Vince gegenüberstehe. Er ist mein Feind, nur mein Herz scheint das anders zu sehen. Ich verkrampfe mich nicht, zucke nicht zusammen, löse sogar meine verschränkten Arme, schlinge sie um seine Mitte. Zugleich fühle ich mich wie eine elendige Verräterin.

»Danke«, murmle ich in Vince' Shirt.

Sein vertrauter Duft umfängt mich. Minzshampoo, begleitet von einer süßlichen Tabaknote. Diese Mischung hat seit unserer ersten Begegnung am Graham einen Abdruck in meinem Gedächtnis hinterlassen. Stetig wird er tiefer. Irgendwann wird er einem Krater gleichen, der mich verschlingt, sollte ich jemals hineinfallen. Deshalb muss ich verdammt gut aufpassen, sonst bricht mein Herz meinem Racheplan das Genick.

Ich schließe die Augen, höre Bloody Jacky gegen MEINE Kellertür hämmern. Das tut sie immer, wenn ich bei Vince und den Pretty Pennies bin. Sie fühlt sich verraten. Hintergangen. Ich verstehe sie. Aber sie muss auch mich verstehen. ICH muss durchhalten. Stark sein. MEINEN Memory Palace gut verschließen, sobald Vince in der Nähe ist. Vielleicht gelingt es mir, MEINEN Keller demnächst schalldicht zu machen. Vince darf Bloody Jacky niemals hören. Sonst ist alles aus.

Ich stelle mich auf die Zehenspitzen und presse mein Ohr direkt auf Vince' Brust.

Bummbumm, bummbumm, bummbumm.

Da ist es. Sein Herz.

Er hat eins, auch wenn ich lange versucht habe, es zu ignorieren.

Bummbumm, bummbumm, bummbumm.

Ich höre ihm gerne zu, brauche die Gewissheit. Vince' Herz ist da. Schlägt. Bald werde ich es brechen. Ich weiß noch nicht, wie. Aber es ist nur eine Frage der Zeit, bis ich finde, wonach ich schon seit Monaten suche. Auch wenn ich in Vince' Nähe oft nicht mehr sicher bin, ob ich dieses Etwas überhaupt noch finden möchte. Bloody Jacky weiß das. Sie hat Angst, ich gebe die Suche irgendwann komplett auf. Bis dahin bleibt ihr nur die Hoffnung. Die ist besser als nichts, denn an nichts kann man sich nur schwer festhalten.

Jeder hat mindestens eine Leiche im Keller. Ich muss nur eine ausgraben, die alle drei Pretty Pennies zusammen versteckt haben – und die gibt es ganz bestimmt. Da kann Evie ihre Fingernägel täglich manikürenen lassen – ich weiß, auch sie hat Dreck an den Händen, genau wie Pat und Vince.

»Du riechst gut«, murmelt Vince in meine Haare.

Und du erst, antwortet mein Herz.

Ein verrückter Film kommt mir in den Sinn, den ich mal mit Dad gesehen habe. Ein Glucksen rutscht mir heraus.

»Was ist so komisch?«, fragt Vince.

»Ach, nichts.«

»Sag schon!«

»Hab nur überlegt, ob es sich lohnt, dich zu ermorden und dann von oben bis unten mit Fett zu bestreichen.«

»Äh … okay. Will ich wissen, warum?«

»Na, um Parfüm aus dir zu machen.« Aber das ist nur die halbe Wahrheit. Mal wieder.

»Klar. Wie dumm von mir.« Seine Brust vibriert dumpf, als er lacht. »Und wie würdest du das Parfüm nennen?«

»Ist doch klar!«

»Ach?«

»Loki natürlich.«

Vince gibt ein Schnauben von sich. »Erstens heißt das Lokesh, und zweitens hätte ich dir niemals von meinem zweiten Vornamen erzählen sollen!«

»Und drittens?«

»Wie drittens?«

»Aller guten Dinge sind doch immer drei, oder?«

»Na gut – und drittens: Wer soll Murray & Murray übernehmen, wenn du mich für ein Parfüm abgemurkst hast?«

Ich hebe den Kopf. In Vince' Augen flackert etwas auf. Bedauern? Reue? Oder etwa Trotz? Es ist zu schnell wieder verschwunden, als dass ich es zuordnen könnte. Ich glaube, zu wissen, an wen er gerade denkt: seinen Dad, dem er nämlich den Namen Lokesh zu verdanken hat.

Wir beide – na ja, besser gesagt Vince und ICH – sitzen im selben Boot, zumindest, was unsere Dads angeht. Sie bestimmen unsere Leben, sind unsere Gemeinsamkeit. Nur musste ich bei MEINEM DAD ein bisschen nachhelfen.

Als Vince' Großvater Mitte der Sechziger aus Indonesien nach England floh, hatte er nichts außer sein Schulenglisch, ein paar Kleider und jede Menge Arbeitswillen.

In London jobbte er in einer Wäscherei und fing nebenher eine Ausbildung zum Rechtsanwaltsgehilfen bei Murray & Murray an – bloß, dass es damals nur ein Murray war. Und *zack*, verliebte er sich in die Tochter des Kanzleibesitzers. Klingt nach einem Märchen, war es aber nicht wirklich. Denn der alte Mister Murray hielt nicht viel von seinem Schwiegersohn in spe – was vor allem mit dessen Hautfarbe und Herkunft zu tun hatte.

Vince' Großvater und Murrays Tochter heirateten heimlich, ohne Ehevertrag. Ob es diese Info war, die Mister Murray viel zu früh an einem Herzinfarkt hatte dahinscheiden lassen, oder seine Neunzig-Stunden-Arbeitswoche, weiß niemand so recht. Spätestens wenn er erfahren hätte, dass sein ungeliebter Schwiegersohn den Familiennamen übernommen hatte, wäre der alte Rassist wahrscheinlich aus den Latschen gekippt.

Inzwischen ist Murray & Murray die Anwaltskanzlei der Stars und Sternchen – als Normalsterblicher braucht man dort nicht mal nach einem Termin zu fragen. Wen wundert es da, dass Vince' Kreditkarte kein Limit hat? Nur hat auch dieses Leben einen Preis. Vince wurde schon als Nachfolger seines Vaters fest eingeplant, da wusste man noch nicht mal, ob der kleine Punkt auf dem Ultraschallbild ein Mädchen oder Junge wird. Die Fußstapfen, in die Vince treten soll, sind überdimensional und führen nur in eine

Richtung. Entweder er folgt ihnen, oder er verliert alles, was sein Leben bisher so pretty gemacht hat – und vieles mehr.

Natürlich erklärt das nichts, rechtfertigt nichts. Doch es tut gut, zu sehen, dass auch ein Pretty Penny sein Päckchen zu tragen hat.

Vince löst sich von mir und gibt mir einen Kuss auf die Stirn. Der Vince-Abdruck in mir sinkt ein paar Zentimeter weiter nach unten. Manchmal kommt es mir so vor, als hätte Vince einen Liebesfilm-Marathon zu Recherchezwecken durchgemacht. Er weiß genau, was er tun muss. Was er sagen muss. Wie er sein muss. Um perfekt zu sein. Mein Herz konnte er damit schon um den Finger wickeln, meinen Verstand nicht.

»Ist alles okay?« Er mustert mich. »Du wirkst irgendwie ... anders.«

Shit! Die LYNN-Maske – ich habe sie noch nicht aufgesetzt!

»Äh ...« Ich schließe die Augen, renne in den Memory Palace und zwinge MEINE Maske auf mein Gesicht. »Nein, nein, alles okay«, sage ich schnell und mache die Augen wieder auf.

Vince lächelt zufrieden. »Warum hast du nichts gesagt?«

Wieder bin ich verwirrt. »Was meinst du?«

Ein Grinsen huscht über sein Gesicht. »Na, wegen deinem Geburtstag.«

Ach so! »War keine Absicht, wirklich. Ich wollte keine große Sache daraus machen.«

»Genau das mag ich so an dir, Lynn.« Er legt die rechte Hand an mein Gesicht und fährt mit dem Daumen über meine Wange. Seine Berührung hinterlässt ein Brennen auf meiner Haut.

»Was denn?« Mein Herz macht einen Sprung gegen meine Rippen.

»Du bist so bescheiden. Reich zu sein, bedeutet dir nichts.«

Nichts? Mist. Hätte ich Evie doch lieber eine fette Party organisieren lassen sollen? Das halbe Graham einladen?

»Du weißt schon, mein Dad ...«, greife ich nach Ausrede Nummer eins für solche Fälle, damit klar wird, dass ich nichts dafürkann, sondern so erzogen wurde.

»Schhh!« Er fährt mit der Hand unter mein Kinn und hebt es an. Ich will mich losreißen, bleibe aber wie erstarrt stehen. »Du musst dich nicht immer wieder rechtfertigen.«

Ich beiße mir auf die Unterlippe. Hab ich übertrieben? Meine Ausrede Nummer eins zu oft gezückt?

Ich muss Vince ablenken, seine Gedanken von MEINEM DAD auf seinen lenken. »Fragst du dich manchmal, wer wir sein könnten, wenn wir die Wahl hätten?«

»Wie meinst du das?«

Mir entgeht nicht, dass seine Stimme ein paar Grad kälter wird. Er lässt mein Kinn los. Die Stelle kribbelt, als wäre alles Blut aus ihr gewichen und würde jetzt zurückfließen.

»Wenn es Murray & Murray nicht geben würde«, sage ich langsam, »wer wärst du dann?«

Vince sieht an mir vorbei, als stünde die Antwort direkt hinter mir. »Ich bin genau da, wo ich sein soll.« Ein Achselzucken, nicht mehr und nicht weniger.

Ich weiß, das ist der Grund, weshalb er sich vor den Orientierungspraktika gedrückt hat. Weil es am Ende nur einen Bürostuhl gibt, auf dem Vince sitzen wird. Wozu sich also vorher die Hände schmutzig machen? Aber dieses Fass werde ich nicht öffnen.

Vince scheint mir anzumerken, dass ich eine Antwort herunterschlucke. »Genau das meine ich.« Er lacht auf, nur klingt er diesmal nicht wirklich fröhlich. Ich weiß, dass seine vorherbestimmte Zukunft an ihm nagt. Sie ist wie eine sich selbst erfüllende Prophezeiung. »Du bist so anders, und das hat mich vom ersten Moment an umgehauen. Als wärst du irgendwie ... echter und wir anderen nur fake.«

Seine Worte dringen in mich ein und hämmern gegen die Eingangstür des Memory Palace.

Echter.

Wenn er wüsste ...

»So ein Quatsch!« Ich schüttle den Kopf, schüttle die fiesen Gedanken ab.

»Schluss mit den tiefgründigen Gesprächen.« Er hält meine Hand fest und beugt sich zu mir runter.

»Ach, wirklich?« Mein Blick rutscht von Vince' Augen zu seinen Lippen. Ich weiß, was jetzt passiert. Ein Teil in mir freut sich darüber, der andere fürchtet sich.

Vince und ich sind nicht zusammen – zumindest nicht offiziell. Noch nicht. Wie lange ich dieses Spiel durchhalte, ohne ihn zu vergraulen und damit meinen Platz bei den Pretty Pennies riskiere, weiß nur mein zukünftiges ICH. Bisher hat Vince mir abgekauft, dass DAD mir einen festen Freund verboten hat, was die dümmste Lüge aller Zeiten war. Als ich ihm davon erzählt habe, hatte er diesen Ausdruck im Gesicht. Fehlte nur, dass er *Challenge accepted!* gerufen und in die Luft geboxt hätte.

»Wirklich.« Er kommt noch näher.

Jetzt weiche ich doch zurück, nur ein paar Millimeter. Mein Herz scheint einen neuen Rekord im Brustkorb-Boxen aufstellen zu wollen.

Bloody Jacky wird hinter ihrer Kellertür ganz still.

Vince' warmer Atem kitzelt über meine Lippen, und im nächsten Moment berühren sie meine. Er legt seine Hände an meine Taille und zieht mich ganz eng an sich. Sein Kuss wird drängender, fordernder, als wüsste er, die Welt geht in zwei Minuten unter.

Ich vergesse alles. Meine Sprache. Meinen Namen. Wie man atmet.

Vince' rechte Hand wanderte hinauf in meinen Nacken. Gänsehaut folgt ihr. Mein Herz setzt einen Schlag aus.

Zwei.

Lebe ich noch?

Da! Es schlägt wieder.

Als Vince den Kuss beendet, stürzen all meine Erinnerungen zurück an ihren Platz.

Ich stehe da, die Augen weiter geschlossen, und wünsche mir, ich könnte für immer vergessen.

Vince lacht leise. Ich spüre, wie er mit dem Daumen über meine Unterlippen streicht, als wollte er prüfen, ob sie verletzt ist. Und genau das ist sie – Blut spritzt aus ihr hervor. Er kann es nur nicht sehen.

»Wir sollten besser hochgehen, bevor Pat und Evie einen Suchtrupp losschicken.«

Ich blinzle. »Okay.«

Vince dreht sich um. Ich wische das unsichtbare Blut von meiner Lippe und lasse mich von Vince in den Eingangsbereich ziehen.

Wie immer, wenn wir bei Pat sind, fühle ich mich fremd und fehl am Platz. Ungefähr so muss sich ein Punkrocker vorkommen, der als alte Lady verkleidet zur Teeparty der Queen aufkreuzt. Wobei der Bass, der aus dem zweiten Stock zu mir herunter wummert, eher weniger nach Queen klingt.

Ich schaue zur Wanduhr, die neben dem Treppenaufgang hängt. Ein Designer-Teil, was sonst? Es besteht aus einer schwarzen, quadratischen Glasplatte und erinnert mich ein bisschen an die Anzeigetafeln auf dem Flughafen. In regelmäßigen Abständen sind Wörter in die Platte graviert, aber man kann immer nur die lesen, die von hinten weiß beleuchtet werden. Momentan steht da: *It is quarter past nine in the evening.*

Jedes Mal, wenn ich an diesem Teil vorbeigehe, muss ich daran denken, dass nur Leute mit Geld so eine Uhr kaufen würden. Nicht nur, weil sie bestimmt sündhaft teuer ist, sondern vor allem, weil man Zeit braucht, um sie zu lesen. Und die hat für gewöhnlich keiner, außer man kann es sich leisten.

Ich folge Vince die Treppe hinauf in den zweiten Stock. Pats Reich. Er hat das komplette Obergeschoss für sich allein. Na ja, eigentlich trifft das auf das ganze Haus zu. Aber wir halten uns die meiste Zeit oben auf, weil man sich da nicht wie in einem Museum fühlt.

Der Blick aus dem Fenster am Ende der Treppe haut mich um. Von der Sonne ist nichts mehr zu sehen, trotzdem liegt der Hydepark noch nicht im Dunkeln. Der Himmel hat eine rosa Färbung angenommen und wirkt wie durch einen Instagram-Filter gezogen.

Auf der anderen Seite, ein paar Blocks von hier, steht das Graham. Pat könnte jeden Morgen zum College laufen. Könnte. Natürlich tut er es nicht. Dass sich drei Häuser neben seinem ein Chauffeur-Service befindet, sagt alles, was man über diese exklusive Wohngegend wissen muss.

Ich stecke mir MEINE neue Sonnenbrille in die Haare und zwinge mich, zu lächeln. Aber die leuchtenden Wörter der Uhranzeige und die Gedanken, die sie im Schlepptau haben, machen dieses Vorhaben beinahe unmöglich.

Nur noch eine Stunde und fünfundvierzig Minuten, dann werde ich die mächtigste Clique am Graham College verraten. Und ich werde alles aufs Spiel setzen, was ICH mir aufgebaut habe.

MEIN Memory Palace verwandelt sich in ein Kartenhaus. Eine falsche Bewegung, ein Windstoß reicht, und das ganze Gebilde stürzt über mir ein.

Tick, tack.

Die Zeit rinnt mir durch die Finger.

The London Eyes

- Bacon's Last Will
- Crime & Investigate
- Status: closed
- £
- Bacon
- 0
- 1
- Sunday, 13th June

Bacon hat ein neues Video in den Room geladen
 00 £ pro View

Jetzt denken alle anderen Zuschauer bestimmt: Ein paar Leute am College nennen ihn Bacon? Ist das schon alles? Warum hat er sich nicht gewehrt? Er hätte sich Hilfe suchen können. Zum Beispiel bei einem Vertrauenslehrer.

Ratet mal, wo ich war!

Zu Miss Wilsons Verteidigung: Sie war an diesem Freitag krank. Dumm nur, dass ich das nicht wusste und mindestens zehn Minuten vor ihrem Büro gewartet hab. Holy crap, das hätte ich besser gelassen!

Aber wie hätte ich ahnen können, dass Miss Wilson am Montag einen Brief finden würde, den jemand unter ihrer Bürotür durchgeschoben hatte? Ohne Absender. Anonym.

Natürlich haben sofort alle Finger auf mich gezeigt. Bacon war's! Der Verräter! Er braucht es gar nicht zu leugnen, man hat ihn gesehen, als er am Freitag vor der Bürotür der Wilson rumgelungert hat.

Anfangs hab ich mich sogar gefreut. Schaut in meinen Handykalender, ich hab mir diesen Tag mit einem dicken Smiley markiert. Warum? Weil die Pretty Pennies da zum ersten Mal so richtig ihr Fett weggekriegt haben. Weil in dem Brief an Miss Wilson ein Geheimnis stand. Eins, das niemand hätte wissen dürfen. Aber jemand ist den Pretty Pennies auf die Schliche gekommen, hat ihre Lüge entdeckt und die Gelegenheit genutzt.

Ein Brief ist schnell geschrieben. Und noch schneller unter einer Tür durchgeschoben. Wahrscheinlich hätte ich es genauso gemacht. Manchmal wünsche ich mir, es wäre so gewesen. Dann wüsste ich wenigstens, dass sich die ganze Scheiße danach gelohnt hat. Irgendwie zumindest.

Ihr habt keine Ahnung, wovon ich rede? Macht nichts, ich geb euch eine kurze Zusammenfassung. Am Graham ist die Story längst eine Legende.

Wie gesagt: Die Pretty Pennies waren damals noch zu dritt, ihr neuestes Mitglied kam erst weit nach den Orientierungspraktika ans Graham. Mit meiner Namensgebung und dem ganzen Drum und Dran hat Lynn Bailey also nichts am Hut. Aber wäre sie zu der Zeit schon da gewesen, hätte sie bestimmt auch ihr Praktikumszeugnis fälschen lassen. Warum sich eine Woche lang abrackern, wenn man stattdessen einen Partymarathon in Pats Strandhaus feiern kann? Ist ja nicht so, als hätten die Pretty Pennies viel Arbeitserfahrung nötig, um später an einen Job zu kommen. Wenn du Kohle hast, holst du keinen Kaffee, du lässt ihn dir bringen. Kapiert?

Es hätte alles so gut laufen können. Ist es aber nicht. Irgendjemand hat den kleinen Ausflug der drei spitzgekriegt. Jemand, der

Pat, Evie und Vince genauso gern ans Bein pissen wollte wie ich. Wie er es herausgefunden hat, weiß keiner. Ist ja auch egal, oder?

Drei Anrufe haben gereicht, um den Schwindel auffliegen zu lassen.

Evie Watson? Praktikantin bei uns? Das wüssten wir!
Patrick Kennedy? Soll hier gearbeitet haben? Kennen wir nicht!
Vincent Murray? Nie gehört! Sie müssen sich verwählt haben!

Dabei war ihr Plan gar nicht mal schlecht. Keiner hat sich darüber gewundert, dass sich alle drei Pennies bei Unternehmen weit außerhalb der Stadt beworben hatten.

Alles Taktik.

Irgendwie mussten sie ja sichergehen, dass Mister Woodlane keinen seiner üblichen Kontrollbesuche bei ihren Unternehmen macht. Sonst hätte er ziemlich schnell festgestellt, dass die drei nicht wirklich dort arbeiten. Dank der Entfernungen hat er sich also nur telefonisch nach seinen Schützlingen erkundigt.

Und was glaubt ihr, was die angeblichen Verantwortlichen bei jedem Anruf gesagt haben?

Evie Watson? Die beste Praktikantin der Welt.
Patrick Kennedy? Fleißig wie eine Biene!
Vincent Murray? Wir würden ihn vom Fleck weg einstellen.

Die Pretty Pennies waren also die besten Praktikanten des Universums – zumindest, wenn man die drei Grafikstudenten gefragt hat, bei denen die Anrufe in Wahrheit gelandet sind. Die dazugehörigen iPhones waren sponsored by The Pretty Penny Factory. Fürs Fälschen der Praktikumszeugnisse gab's sicher noch ein paar Scheine on top.

Viel Aufwand, nur um einer Woche Kopier- und Kaffeedienst zu entkommen, oder? Nicht, wenn Geld keine Rolle spielt.

Tja, und dann landete dieser Brief bei Miss Wilson. Der, in dem jemand die drei und ihre gefälschten Praktikumszeugnisse auffliegen ließ.

Das Ende vom Lied war: Die Pretty Pennies wurden von Woodlane zu einem neuen Praktikum verdonnert. Nur diesmal durften sie sich die Jobs nicht selbst aussuchen. Und einen täglichen Kontrollbesuch gab's gratis dazu.

Woodlane hat sie dorthin gesteckt, wo man jemanden aus der Upperclass normalerweise vergeblich sucht und niemand Verständnis für ihre Wehwehchen hat. Die volle Breitseite an Unterschicht-Flair. Und das Beste war: Die Eltern der drei waren damit einverstanden!

So musste Pat eine Woche lang bei der Müllabfuhr anheuern, Vince in einem Schlachtbetrieb und Evie in einer Gebäudereinigung. Komisch, darüber hat sie gar keine Insta-Story gedreht, passte wohl nicht in ihren rosa Glitzer-Schicki-Feed. Hashtag Gummihandschuhe und Desinfektionsspray. Yeah!

Stellt euch das mal vor: Die drei, die sich nie die Hände schmutzig machen, gehörten eine Woche lang zum Abschaum der Gesellschaft – nicht meine Worte! Sie bekamen ganz exklusive Einblicke in die Wildnis, die andere Leute Leben nennen.

Kapiert ihr jetzt, warum ich diesen Tag im Kalender markieren musste? Warum ich mir stundenlang mein Grinsen nicht verkneifen konnte, als ich davon gehört hab?

Klar, dass das Kopfgeld auf den anonymen Tippgeber entsprechend hoch angesetzt war. Es hat keine fünf Minuten gedauert, da wurde ich schon schuldig gesprochen.

Im Zweifel für den Angeklagten ist ein Grundsatz, der nicht am Graham gilt. Ist wahrscheinlich an jeder Schule so. Da wirst du gesteinigt, wenn nur eine Person davon überzeugt ist, dass du Dreck am Stecken hast. Und den hatte ich. Was hatte ich sonst vor Miss Wilsons Büro verloren? Ich musste einfach derjenige gewesen sein, der den Brief unter ihrer Tür durchgeschoben hatte. Beweis genug! Und vergesst nicht, mein Motiv hat bis zum Himmel nach gebratenem Speck gestunken!

Na, noch Zweifel?

Am Graham hatte die keiner.

Das war die Zeit, in der die Leute anfingen zu grunzen, wenn sie mich gesehen haben. Aber wer denkt, dabei ist es geblieben, täuscht sich gewaltig. Genau das ist der Grund, weshalb die Pretty Pennies jetzt auf meiner Schlachtbank landen. Mit diesen Videos schlitze ich ihnen die Kehle auf und lasse sie ausbluten. Manchmal ist Karma eben doch 'ne Bitch.

»A penny saved is a penny earned.«

Stadtvilla der Kennedys, Mayfair

»Willkommen im Club der Sweet Sixteen!« Evie springt von Pats Ledercouch-Schlachtschiff, auf dem sie gerade für ein Foto posiert hat. Es ist so riesig, dass es mich nicht wundern würde, wenn man das Haus hätte drum herum bauen müssen.

»Happy birthday, Süße!«, quietscht Evie. Die Rüschenschürze hat sie abgelegt. Nun trägt sie Hotpants, die ganz knapp über ihrem Po enden, und dazu ein mit Tausenden Glitzersteinchen besetztes, trägerloses Oberteil. Wüsste ich es nicht besser, würde ich glauben, sie will heute noch in einen Club.

Bevor ich etwas sagen kann, fällt sie mir auch schon um den Hals. Ihre Parfümwolke von Chanel mischt sich mit meiner von Prada. Bestimmt hat sie für ihre keinen Abstecher in die Drogerie machen müssen.

»Gruppenkuscheln!«, höre ich Pat grölen. Zwei weitere Arme schlingen sich von hinten um mich. Zu unseren beiden Parfümwolken gesellt sich ein Hauch von Alkoholgeruch. Der Hauptgrund, weshalb Pats Partys die berüchtigtsten am Graham sind.

»Krieg ... keine ... Luft.« Ich stoße ein ersticktes Röcheln aus.

Pat drückt noch ein bisschen fester zu und treibt mir die Luft aus der Lunge. Er könnte mich zerquetschen, wenn er wollte, meinen Brustkorb knacken wie eine Walnuss.

Irgendwo hinter mir höre ich Vince lachen, aber er macht keine Anstalten, mich aus Pats Nussknacker-Griff zu befreien.

Pat gluckst.

Bloody Jacky dreht völlig durch, schreit, heult, hämmert gegen ihre Tür und bringt den gesamten Memory Palace zum Beben.

Ich bleibe still.

»Babe?«, höre ich Evies gedämpfte Stimme.

»Ja?«, murmelt Pat.

»Ich denke, wir sollten das Geburtstagskind nicht ersticken. Zumindest nicht heute. Wäre irgendwie uncool, und das Datum würde merkwürdig auf dem Grabstein aussehen.«

»Geht klar.«

Der Nussknacker lässt von mir ab. Langsam drehe ich mich um und schaue auf Pats hervortretende Brustmuskeln, die sein schwarzes T-Shirt zum Spannen bringen.

Ich bin die Ruhe selbst, atme ganz normal weiter, während Bloody Jacky immer noch tobt wie eine Irre. Sie will, dass ich meine Hände zu Fäusten balle und gegen Pats Brust boxe, so lange, bis er zu Boden geht. Aber das, was Bloody Jacky will, und das, was ICH tun werde, sind zwei völlig unterschiedliche Dinge.

Außerdem würde Pat mich wahrscheinlich sowieso nur auslachen. Keine Ahnung, wann er entschieden hat, seinen Körper in den von Hulk zu verwandeln. Fehlt nur die grüne Hautfarbe.

Manchmal frage ich mich, ob er auch schon das Terminator-Camp seines Dads durchlaufen hat. Personal Securitas oder so ähnlich heißt es. Dort werden tödliche Kampfmaschinen ausgebildet. Wer keine jahrelange Berufserfahrung im Polizeidienst, beim Militär oder eine andere vergleichbare Qualifikation vorzuweisen hat, braucht sich gar nicht erst zu bewerben. Und wie der Name schon sagt, lernt man dort nicht, Konflikte mit Worten zu lösen. Wer von Personal Securitas vermittelt wird, könnte es problemlos gleichzeitig mit Darth Vader, Pennywise, Sauron und dem Joker höchstpersönlich aufnehmen und nebenher aus einem Toaster und zwei Büroklammern einen Düsenantrieb bauen. Mindestens.

»Man muss wissen, was man verkauft«, hat Pat letztens seinen Dad zitiert. Kein Wunder also, dass beinahe jede Wand in Pats Reich mit Waffen bepflastert ist. Messer, Pfeil und Bogen, sogar ein Paar Wurfsterne, und hinter einer abschließbaren Vitrine befindet sich eine Pistole – echt durchgeknallt.

Ich bin Mister Kennedy noch nie begegnet, aber ein Mann, der seinem Sohn zum vierzehnten Geburtstag eine Pistole und einen Besuch auf dem Schießstand schenkt, könnte selbst mit dem freundlichsten Lächeln nicht mehr bei mir punkten. Das Ergebnis des Geburtstagsausflugs hängt eingerahmt über Pats Bett. Headshot – jeii ... im Gegensatz zu Vince ist Pat schon ganz scharf darauf, in die Fußstapfen seines Dads zu treten.

»Verzieh dein Gesicht nicht so, das gibt Falten.« Pat strubbelt mir durch die Haare.

MEINE Sonnenbrille rutscht. Ich kriege sie im letzten Moment zu fassen, damit sie nicht auf den Boden knallt. »Vielen Dank, sehr nett.« Ich will nicht wissen, wie es sich anfühlt, wenn Pat mich mal wirklich in den Schwitzkasten nimmt.

Während ich versuche, das Chaos auf meinem Kopf mit den Fingern zu ordnen, schnappt Evie sich MEINE Sonnenbrille. »Ist das die aus der neuen Kollektion?« Evie setzt sie sich auf. Sie steht ihr. Wer hätte es gedacht.

»Ja, die hat meine Mum –«

»Mann, Lynn, wusste gar nicht, dass du ein Maulwurf bist«, unterbricht Evie meine fein säuberlich zurechtgelegte Erklärung.

»Hä?«, platze ich heraus. Maulwurf? Wie meint sie das?

Schnell nimmt sie die Brille wieder ab und blinzelt hektisch. Ihre Augen sind ganz glasig. »Na, du bist ja wohl mindestens genauso blind wie einer.«

Blind? Mir wird schlagartig kalt. Ich denke an den Moment im Vision Express zurück. Hat die Frau, der ich die Sonnenbrille geklaut habe, eine Brille getragen? Ich kann mich nicht erinnern, war zu sehr damit beschäftigt, das Etui zu schnappen und loszurennen. Dass die Gläser eine Stärke haben könnten, auf die Idee bin ich überhaupt nicht gekommen. Warum habe ich das Teil nicht wenigstens einmal zu Hause anprobiert?

»Ja, äh ...« Was soll ich nur sagen?

Ich reibe mir die Schläfen, als hätte ich Kopfschmerzen. Je länger ich brauche, um zu reagieren, desto auffälliger wird es. Dabei liegt die einzig mögliche Antwort längst auf der Hand: ICH habe eine Sehschwäche. Basta!

»Hab Kontaktlinsen drin«, beeile ich mich zu erklären und sehe Evie direkt an, schließlich habe ich nichts zu verbergen. Im selben Moment erscheinen in MEINEM Zimmer eine Brille und ein Behälter für Kontaktlinsen auf MEINEM Nachtkästchen. Die Brille trage ICH nur zu Hause, sie steht MIR nicht besonders. »Meine Mum hat mir die Sonnenbrille zweimal geschenkt. Einmal mit Sehstärke und einmal ohne. Hab wohl die falsche eingepackt.«

Was zum Teufel rede ich da? Eine zweite Brille klaue ich ganz bestimmt nicht! Und die Gläser austauschen zu lassen, kostet sicher ein halbes Vermögen.

»Noch eine Leiche im Keller.« Vince' Kiefermuskulatur tritt kurz hervor. Sein Blick bekommt einen starren Ausdruck. Höre ich da Misstrauen in seiner Stimme? Ahnt er etwas?

»Ich stecke eben voller Überraschungen!«, sage ich, bemüht, ganz locker zu klingen. Der Tag wird echt immer besser.

Evie reicht mir die Sonnenbrille zurück. Ich klappe die Bügel ein und lasse sie im Etui in meiner Tasche verschwinden. Am liebsten würde ich das Fenster aufreißen und dieses blöde Teil in den Hydepark werfen. Auf Nimmerwiedersehen. Es sollte mir helfen, mein ICH zu untermauern, stattdessen hat es mir nichts als Ärger eingebracht.

»Falls du mal über eine OP nachdenken solltest, meine Mum kennt eine super Augenklinik.« Evie sieht mich so durchdringend an, als würde sie nach dem typischen feinen Ring suchen, den man manchmal bei Kontaktlinsenträgern um die Iris entdecken kann.

»Klingt gut«, murmle ich.

»Na?« Pat schüttelt sich seine langen blonden Haarsträhnen aus dem Gesicht. Sein Markenzeichen. Keine zwei Sekunden später rutschen die Strähnen an Ort und Stelle zurück.

Wenn man Pat und Evie nebeneinanderstellt, könnten sie als Barbie und Ken durchgehen, nur mit vertauschten Haarfarben. Unter ihren Pärchen-Bildern auf Evies Beauty Paradise überschlagen sich die Ihr-seid-so-ein-süßes-Paar-Kommentare geradezu.

»Was na?« Ich lasse mich von Evie aufs Couch-Schlachtschiff ziehen, wo ich mich von meiner Handtasche befreie. Das Preisschild von MEINEM neuen Rock pikst in meinen Hintern.

Auf dem Couchtisch stehen Sektgläser bereit, ein Metalleimer randvoll mit Eiswürfeln, in denen eine große Flasche Champagner steckt, daneben die *#homemade* Torte.

»Was hat dein Dad dir geschenkt?« Pat setzt sich neben seine Freundin, und Vince lässt sich links von mir fallen.

Gedanklich greife ich nach Teil zwei meiner zurechtgelegten Erklärung. »Einen neuen Ultra-HD-Flatscreen.« Innerlich stöhne ich laut auf. Das klang ja, als würde ich ein Gedicht aufsagen. Auswendig gelernt.

Pat holt aus und schlägt mit der flachen Hand aufs Sofapolster.

Ich zucke zusammen. Hat er mir die Lüge angemerkt? War der Fernseher doch nicht die richtige Wahl? Nicht teuer genug? Nicht außergewöhnlich genug? Nicht pretty genug?

Im selben Moment reckt Evie die Faust in die Luft, als hätte sie gerade als Erste das Ziel beim Hürdenlauf überquert. »Yes!«

Jetzt verstehe ich überhaupt nichts mehr.

Pat zieht eine Geldklammer aus der Tasche seiner Chino, nestelt einen der Scheine aus dem Bündel und hält ihn seiner Freundin hin. Die schnappt ihn sich grinsend.

»Äh, Leute?«, frage ich.

Evie wedelt sich mit der Hundert-Pfund-Note Luft zu und grinst breit. »Pat wollte unbedingt wetten. Er dachte wirklich, du kriegst ein Auto. Aber ich wusste, dass dein Dad dir so was nie schenken würde. Geht doch voll gegen seine Lynn-inkognito-Politik.«

»Die Hoffnung stirbt zuletzt.« Pat zuckt mit den Schultern und schiebt die Geldklammer zurück in die Hosentasche.

Klar, verstehe! Ich verkneife mir jeden weiteren Kommentar, zwinge meine Mundwinkel noch ein bisschen nach oben. Einhundert Pfund. Ein Viertel meines Monatsgehalts dafür, dass ich KEIN Auto geschenkt bekommen habe. Völlig logisch …

Vince köpft den Champagner, Evie schneidet die Torte an. Sie schaufelt mir das allergrößte Stück auf den Teller und sich selbst eins, durch das man fernsehen könnte, ohne besonders viel von der Handlung zu verpassen. Dann fotografiert sie mein Bilderbuch-Stück aus sämtlichen Blickwinkeln und wischt anschließend auf ihrem Smartphone rum. Ich kenne diesen entrückten Ausdruck schon, in den ihr Gesicht dabei rutscht. Vince nennt sie in solchen Momenten immer Hashtag-Zombie, was es ziemlich gut trifft.

Als Evie wieder zurück unter den Lebenden ist, stoßen wir an.

»Auf dich!«, rufen mir die drei Pretty Pennies im Chor zu.

Ich stürze mein Glas runter. Bitter. In meinem Mund zieht sich alles zusammen, und meine Zunge fühlt sich pelzig an. Für solche Gelegenheiten habe ich MEINE Maske. Genussvoll schließe ich die Augen. Wie überzeugend ICH bin, merke ich daran, dass Vince mir sofort nachschenkt.

Nummer zwei geht schon wesentlich leichter runter, und ich spüre, wie ich mich allmählich entspanne. Vielleicht besteht das Zeug in Wahrheit aus flüssigem Mut. Wer weiß.

Die Torte schmeckt süß. Und süß. Man sollte sie Shugar Death nennen. Diabetes ahoi!

»Bitte lächeln!«, ruft Evie, die schon wieder ihr Handy gezückt hat.

Die Kameralinse starrt mich direkt an.

Ich verschlucke mich an einem Bissen Torte. Sofort sehe ich vor meinem inneren Auge die Kommentare auf Evies Beauty Paradise:

Ist das nicht Bloody Jacky?
Was hast du denn mit der zu tun, Evie?
Opfer! 😂

Ich schüttle hustend den Kopf. »Keine Fotos!«, rufe ich mit Tränen in den Augen. Vince klopft mir auf den Rücken und wirft Evie einen bösen Blick zu.

»Hey, keine Panik, ich wollte es ja nicht posten.« Sie rollt mit den Augen. »Für wie blöd haltet ihr mich?«

Das Tortenstück findet endlich den Weg in meine Speiseröhre. Ich schlucke, atme durch und wische mir eine Träne aus dem Augenwinkel. »Bin nur erschrocken«, gebe ich zu, obwohl der Grund dafür ein anderer ist als der, den Evie sich gerade denkt. Ich stoße ein Lachen aus, um die Situation wieder zu entspannen. »Mein Dad hat mich wohl mit seiner Paranoia angesteckt.«

Evie setzt einen übertrieben angeekelten Gesichtsausdruck auf, den sie sonst nur benutzt, wenn Bacon den Raum betritt. »Na, hoffentlich erwischt es jetzt nicht uns alle.« Sie legt den Kopf in den Nacken und lacht.

Während ich MEINE Mundwinkel davon abhalten muss, nach unten zu fallen, bohrt sich eine glühende Klinge in meine Eingeweide. Ich fühle mich wie eine Katze, die ihren eigenen Schwanz jagt. Bin eine Lachnummer.

Vor den Fenstern wird es allmählich dunkel. Ich ziehe mein Handy aus der Tasche und drücke auf den Powerknopf, damit die Uhranzeige erscheint. Die Zeit hat sich gegen mich verschworen, nicht mal mehr fünfzig Minuten bleiben mir.

»Lynn? Huhu – bist du da?« Evie winkt mit einem in Glitzerpapier eingewickelten Päckchen vor meinem Gesicht herum. »Das ist von uns allen.«

»Oh!«, stoße ich überrascht hervor. Mit den Augen verfolge ich das Glitzerpäckchen, als wäre es das hin- und herschwingende Pendel eines Hypnotiseurs.

»Dachtest du etwa, wir würden dir nichts schenken?« Vince legt einen Arm um mich. Ich spüre ihn so deutlich auf mir, als stünde er unter Strom und würde mir in einer Tour kurze elektrische Impulse verpassen.

Aus dem Keller des Memory Palace schallt in regelmäßigen Abständen ein dumpfes Pochen. Ich brauche nicht nachsehen, was los ist, ich weiß, dass Bloody Jacky ihren Kopf gegen die Tür schlägt. Irgendwann wird sie Ruhe geben. So war es bisher immer. An manchen Tagen dauert es nur ein bisschen länger. Wenigstens hat sie aufgehört zu schreien. Ein winziger Teil in mir würde sie gerne in den Arm nehmen. Doch der Rest weiß, dass ich sie dann nie wieder loslassen könnte.

»Nein ... das heißt ... ja. Also, ich meine, wisst ihr nicht erst seit heute Morgen von meinem Geburtstag?«

»Tja.« Pat macht eine wegwerfende Handbewegung. »Mit dem nötigen Kleingeld geht alles.«

Klar, wer kennt's nicht? Ich nehme das Päckchen. Es ist leicht.

»Mach schon auf!«, drängelt Evie.

Ein mit schwarzem Samt überzogenes Kästchen kommt unter dem Glitzerpapier zum Vorschein. Ich öffne es und starre auf die feingliedrige Halskette, an der ein Penny hängt. Nur ist es keine normale Münze.

Auf den ersten Blick hat der Anhänger einen ähnlichen Durchmesser wie ein normaler Penny, glänzt allerdings viel mehr, als käme er frisch aus der Münzpresse. Das Material ist eindeutig kein Kupfer, sondern Gold. Massiv, nicht bloß vergoldet. Ich weiß es einfach. Statt des üblichen Profils von Queen Elizabeth sind zwei Worte in das Schmuckstück geprägt. Die Buchstaben sind verschnörkelt und ineinander verschlungen.

Pretty Penny

Zum ersten Mal bin ich froh, dass sie sich ihren Namen nicht als Tattoo haben stechen lassen. Ein Brandzeichen für die Ewigkeit. Dass meine Mitgliedschaft ein Verfallsdatum hat, ist ihnen zwar nicht klar, mir dafür aber umso mehr.

Sprachlos schaue ich in die Runde. Ich hab es geschafft! Die Pretty Pennies haben den Köder geschluckt und wissen es nicht mal.

Eine verräterische Träne erscheint in meinem Augenwinkel.

»Willkommen bei den Pretty Pennies!« Vince legt seine Hand auf meinen Oberschenkel.

Evie nickt. »Jetzt ist es offiziell: Du bist eine von uns.«

Ich wische mir über die Augen. Zu gerne würde ich behaupten, einfach eine phänomenale Schauspielerin zu sein. Bloody Jackys Aufschrei tief in mir drin verrät die Lüge, noch bevor ich sie mir selbst auftischen kann. Sie erträgt nicht, dass ein Teil von mir das Gefühl hat, endlich dazuzugehören. Der Penny ist eine Lüge. ICH bin eine Lüge. Ich darf mein Ziel nicht aus den Augen verlieren!

»Du musst den Spruch lesen!«, fordert Pat.

Als ich genauer hinschaue, entdecke ich winzige Wörter, die kreisförmig am Münzrand eingraviert sind. *A golden key can open any door.*

Mein Magen fühlt sich an, als würde darin gerade der Inhalt einer ganzen Tube Alleskleber aushärten.

Lächeln!

Ich muss an Bacon denken, der in knapp zehn Minuten unten vor dem Garagentor steht. Weil er keinen goldenen Schlüssel hat. Genauso wenig wie ich – daran ändert auch die Inschrift nichts. Und genau dieser fehlende Schlüssel ist der Grund, warum Dad tot ist und die Pretty Pennies leiden sollen. Die Rührung, die ich eben noch empfunden habe, ist wie weggeblasen.

Ich schlucke, atme durch, um sicherzugehen, dass MEINE Gesichtszüge wieder sitzen. Erst dann hebe ich den Blick. »Ich ... ich weiß gar nicht ... was ich ... sagen soll«, stottere ich und lege dabei eine ordentliche Portion Freude in meine Stimme.

Evies Lippen verziehen sich zu einem gönnerhaften Lächeln. Wie gerne würde ich es ihr aus dem Gesicht wischen.

»Danke, wirklich! Ihr seid die Besten!« Stolz registriere ich das oscarreife Zittern, das in MEINEN Worten mitschwingt.

»Express-Anfertigung, musste schnell gehen«, spricht Vince noch einmal aus, was Pat schon mehr als deutlich gemacht hat. Vince' Hand drückt meinen Oberschenkel. »Gefällt sie dir?«

»Ja, sehr!« Ich nehme einen großen Schluck Mut. Mein Kopf fühlt sich an, als wäre er mit prickelndem Badeschaum gefüllt.

»Du hast die Probezeit überstanden!« Evie nestelt am Kragen ihrer Bluse herum und zieht ihre Kette hervor. Der Penny sieht fast genauso aus wie meiner, allerdings ist bei ihrem ein anderer Spruch eingraviert. Zwei kreisförmige Zeilen statt einer.

»Jeder hat sein eigenes Sprichwort«, erklärt Pat.

»Lass mich raten, auf deinem Penny steht: *Money doesn't make you happy, but it is better to cry in a Tesla.*«

Evie prustet los, Pat läuft rosa an, Vince und ich klatschen uns ab. Dann nimmt Vince mir das Schmuckkästchen ab, streicht meine Haare zur Seite und legt mir die Kette um. Sie fühlt sich ganz leicht an, und zugleich zieht sie mich nach unten. Als wäre der Penny ein Backstein. Die Muskeln um meinen Mund schmerzen vom vielen Lächeln.

Bloody Jacky schluchzt leise. Zorn blitzt in mir auf. Sie könnte wenigstens ein bisschen dankbar sein, immerhin reiße ICH mir hier für uns beide den Arsch auf. Aber das beeindruckt sie offensichtlich wenig.

Wir trinken weiter Schampus, essen Torte – oder in Evies Fall: stochern so lange drin rum, bis ein Matschhaufen auf dem Teller übrig bleibt.

Ein Blick auf mein Handy. Noch zwei Minuten.

Ich springe auf. Zu schnell. Der Parkettboden neigt sich minimal zur Seite und kippt gleich darauf wieder zurück. Verdammt, das Zeug haut echt rein! Ich bin nicht betrunken, aber es fehlt nicht mehr viel.

»Wohin so eilig?« Vince hält mich am Handgelenk fest. Ein Teil von mir weiß, dass er mich nur vor dem Umkippen bewahren will. Ein anderer schreit.

»Muss nur schnell für kleine Geburtstagspennies.« Ich mache mich von ihm los.

Evie kichert. »Sag Bescheid, wenn ich deine Haare halten soll.«

Ich strecke ihr die Zunge raus und schiebe mein Handy in die hintere Tasche des neuen Jeansrocks.

»Hey, warte mal!«, ruft Evie.

Ich bleibe wie erstarrt stehen. Will sie etwa mitkommen? Bitte nicht! Ein Zupfen an meinem Top, dann ist ein Ratschen zu hören. Ich wirble herum und starre auf das Preisschild in Evies Hand.

Sie zwinkert mir zu. »Hast du wohl vergessen abzuschneiden.«

Mein innerer Kontostand sinkt um zweihundert Pfund und verfärbt sich rot. Ich schlucke den wütenden Schrei runter. »Danke«, sage ich mit einem Lächeln, nehme ihr das Preisschild ab und werfe es auf den Couchtisch. Vielleicht kann ich es später noch einstecken und irgendwie wieder am Top befestigen.

Auf dem Weg zur Tür komme ich an der Stereoanlage vorbei und drehe den großen Knopf ein gutes Stück weiter nach rechts. Nur für den Fall.

Garagentor auf. Bacon rein. Schlüsselübergabe. Auto raus. Fertig.
Ganz einfach.

Hoffentlich ist Bacon pünktlich.

»Pick your poison.«

Stadtvilla der Kennedys, Mayfair

It is eleven o'clock in the evening – sagt die überhöfliche Designeruhr für Leute mit zu viel Zeit. Jetzt muss es schnell gehen! Mir bleiben acht, maximal zehn Minuten. So lange kann ein Mädchen vermutlich auf der Toilette sein, bevor ihre Freunde sich fragen, ob sie ins Klo gefallen oder beim Pinkeln eingeschlafen ist. Wenn ich länger wegbleibe, wird Pat eins und eins zusammenzählen, sobald er die leere Garage sieht. Er ist kein Mathe-Genie, aber das würde sogar er kapieren.

Die Abstellkammer, von der aus die Verbindungstür zur Garage abgeht, befindet sich im Erdgeschoss direkt unter der Treppe. Geräuschlos öffne ich die Tür, taste nach dem Lichtschalter und schlüpfe in den kleinen Raum. Im vorderen Teil könnte sogar ein Basketballspieler bequem stehen. Je weiter man nach rechts geht, desto mehr kommen einem jedoch die Treppenstufen an der Decke in die Quere. Mit Müh und Not würden hier fünf Leute reinpassen, na ja, sofern sie kein Problem mit Körperkontakt haben. Oder Klaustrophobie.

Pat nutzt die Abstellkammer hauptsächlich als Alkohollager – auch ich habe hier schon während seiner berühmten Hauspartys Nachschub geholt.

Ein Metallregal, in dem der *harte Shit* lagert – so nennt Pat alles, was mehr als zehn Prozent hat –, versperrt den Blick auf den Teil, wo die Treppenstufen bis zum Boden führen. Daneben stapeln sich Bierkisten. Alles Vorräte für die nächste Party. Pats Eltern scheint es nicht zu jucken, dass er die Haushaltshilfe losschickt, um die Partyeinkäufe zu erledigen. Wie auch, sie sind ja nie da.

An der Wand links neben der Verbindungstür ist das Schlüsselbrett festgeschraubt. Nur zwei Haken sind belegt. Ich greife nach dem Schlüssel für die Verbindungstür, an dem der Garagenöffner befestigt ist – eine kleine Plastikfernbedienung, auf der sich nur ein einziger Knopf befindet. Vom zweiten Haken nehme ich etwas, das aussieht wie ein edles Spielzeugauto für reiche Kids. Jetzt bin ich froh, dass Pat mir seinen *Schatzzz* so stolz vorgeführt hat, denn sonst hätte ich dieses Teil niemals als Autoschlüssel erkannt.

Ich stecke den normalen Schlüssel ins Schloss der Verbindungstür, muss aber feststellen, dass sie nicht abgeschlossen ist. Noch besser, so fragt sich später keiner, wie der Dieb an den Autoschlüssel kommen konnte.

Als ich die Tür aufdrücke, springt sofort das Licht in der Garage an und beleuchtet das einzige darin geparkte Auto wie eine heilige Reliquie.

Der Tesla ist feuerrot. Sonderlackierung. Natürlich konnte Pat es sich nicht verkneifen, mir die nach oben aufschwingenden Flügeltüren vorzuführen, die sich auf Wunsch automatisch öffnen und schließen. Luke Skywalker wäre Feuer und Flamme.

Auf der Schwelle der Verbindungstür verharre ich. Einen Fuß drinnen, einen draußen. Nichts auf der Welt bringt mich dazu, dem zukünftigen Tatort noch näher zu kommen. Schlimm genug, dass ich überhaupt hier bin.

Ich lehne mich gegen den Türrahmen, halte den Atem an, lausche. Außer dem Wummern der Musik kommt von oben kein Geräusch.

Jetzt oder nie!

Ich drücke auf den Garagenöffner.

Nichts passiert.

Wie wild hämmere ich mit dem Daumen auf den Knopf. Das verdammte Tor bewegt sich keinen Millimeter. Sind etwa die Batterien alle? Oder bin ich zu weit entfernt?

Da bemerke ich das Lämpchen, das an der Unterseite rot aufflammt, wenn ich den Knopf drücke. Ich muss an die Fernbedienung unseres Fernsehers denken, die völlig nutzlos ist, richtet man die Seite mit dem Lämpchen nicht auf den Receiver. Schnell drehe ich das Plastikteil und ziele erneut auf das Tor. Es ruckt kurz, dann fährt es summend nach oben. Mein Herzschlag beschleunigt sich. Kann man das Geräusch bis in den zweiten Stock hören?

Der Schein des Deckenlichts fällt auf die ersten Meter der Ausfahrt, den Rest verschluckt die Sommernacht.

Von Bacon keine Spur.

Um genau zu sein, kann ich niemanden sehen. Blöderweise beruhigt mich das so gar nicht.

Eine Brise weht herein und kühlt meine schweißnasse Haut. Bestimmt passt die Farbe meiner Wangen momentan perfekt zum Tesla. Alkohol und Aufregung – keine gute Kombi.

Ich spähe weiter in die Dunkelheit.

Wartet Bacon etwa auf eine Extraeinladung? Ein Zeichen, dass die Luft rein ist? Ich werde jetzt garantiert nicht »Hallo« in die Nacht rufen. Bacon kennt unsere Abmachung. Entweder er taucht bald auf, oder ich verschwinde wieder nach oben.

Ich schaue auf mein Handy, keine Nachricht von *Ben*.

In WhatsApp öffne ich seinen Kontakt und schreibe: *Wo bleibst du?*

Zeitfenster checken. Vor über vier Minuten bin ich auf die *Toilette* gegangen. Eine gebe ich Bacon noch, dann bin ich hier weg.

Hat er nur einen Witz gemacht? Wollte er mich reinlegen? Herausfinden, wie weit ich gehe, um mein Geheimnis zu wahren?

Garagentor auf. Bacon rein. Schlüsselübergabe. Auto raus. Fertig.

Einen Plan B habe ich nicht. Soll ich den Autoschlüssel einfach hinlegen und in einer Stunde nachschauen, ob Pats *Schatzzz* noch da – SCHRITTE!

Eine Gestalt tritt aus der Dunkelheit. Völlig in Schwarz gekleidet, die Kapuze des Hoodies tief ins Gesicht gezogen. Sie bleibt stehen, das Garagenlicht erreicht nur die Spitzen ihrer Turnschuhe.

Ist er das? Oder hat er jemand anderen geschickt? Einen Kumpel? Jemanden mit Einbruch-Erfahrung? Jemanden, der ein Raumschiff-Auto fahren kann?

Ich kneife die Augen zusammen, konzentriere mich auf die Stelle unterhalb der Kapuze, kann aber das Gesicht im Schatten nicht erkennen.

Soll ich etwas sagen?

Ich hebe die Hand mit dem Garagenöffner. Es ist kein echtes Winken, nur ein *Ich sehe dich* ohne Worte.

Der Gestalt scheint das zu reichen, sie macht einen Schritt nach vorne ins Licht und streift die Kapuze zurück.

Bacon.

Unter der langen Jogginghose und dem Hoodie muss es bei den immer noch hohen Temperaturen verdammt heiß sein. Trotzdem ist sein Gesicht so blass, dass es fast weiß zu leuchten scheint.

Nie hätte ich gedacht, dass mich Bacons Erscheinen jemals beruhigen würde. Aber genau das tut es, als wäre er nicht der Auslöser für diesen ganzen Stress.

Unsere Blicke treffen sich. Kurz glaube ich, Erleichterung in seinem zu bemerken. Vermutlich war er bis eben nicht sicher, ob ich mich an meinen Teil der Abmachung halten würde. Schon wieder haben wir was gemeinsam.

Ich lasse die Hand sinken. Nervös rubbeln meine Finger über die glatten Konturen des Mini-Autos, als wäre es eine Wunderlampe. Leider kann es mir keine Wünsche erfüllen.

Bacon stoppt zwei Armlängen vor mir. Der Deo-Geruch ist nicht mehr so penetrant wie heute Mittag, trotzdem umgibt er ihn unverkennbar. Wortlos strecke ich die Hand mit dem Autoschlüssel aus.

Bacon scheint vom Anblick des Spielzeugautos weniger irritiert zu sein als ich beim ersten Mal. Ich hoffe nur, er weiß, wie man dieses Raumschiff startet, und kann es einigermaßen fahren, damit er nicht gleich an der nächsten Kreuzung angehalten wird. Ein Sechzehnjähriger ohne Führerschein in einer geklauten Luxuskarre ... das kommt sicher super an.

Aber was kümmert es mich? Hauptsache, er ist schnell wieder weg. Der Rest juckt mich nicht – oder zumindest rede ich mir das ein. Denn wenn ich anfange, darüber nachzudenken, dass er mich sofort verpfeif ... *Schluss damit!*

Als Bacon den Schlüssel nimmt, berühren sich unsere Finger ganz kurz. Seine sind kalt. Plötzlich fühle ich mich völlig deplatziert in meinem Jeansrock und dem schwarzen Top. Irgendwie nackt.

Er nickt, ich nicke.

Zwischen uns herrscht ein stillschweigender Pakt. Alles ist gesagt.

Garagentor auf. Bacon rein. Schlüsselübergabe. Auto raus. Fertig. Nicht mehr und nicht weniger.

Ich will ihn fragen, ob es das war. Ob er mich jetzt in Ruhe lässt. Aber ich kriege keinen Ton raus. Und selbst wenn, könnte mir seine Antwort – Wahrheit oder Lüge – auch kein Gefühl von Sicherheit geben. Am Ende wird die Zeit zeigen, was Sache ist.

Zeit – genau die fehlt mir. Ich sollte so schnell wie möglich zurück zu den anderen, damit später kein Verdacht auf mich fällt. Später, sobald Pat entdeckt hat, dass sein *Schatzzz* vom Erdboden verschluckt wurde.

Bacons Blick bleibt an meinem Hals hängen. Er presst die

Lippen aufeinander, gefolgt von einem Stirnrunzeln. Ich taste über die Stelle, auf die er starrt, und kriege den Penny zwischen die Finger.

Schnell bekämpfe ich den Drang, mich zu rechtfertigen, zu erklären, wie es so weit kommen konnte, bleibe stumm. Das kann ich, darin bin ich gut. Ich schulde ihm nichts, jetzt nicht mehr. Bloody Jacky gibt keinen Mucks von sich. Ob sie müde geworden ist oder ihr Stimmungsumschwung mit Bacons Anwesenheit zusammenhängt, will ich gar nicht wissen.

Ohne ein Wort des Abschieds wende ich mich um und ziehe die Verbindungstür hinter mir zu. Der Rest ist Bacons Angelegenheit. Ich habe nichts mehr damit zu tun. Hoffentlich.

Den Garagenöffner hänge ich zurück ans Schlüsselbrett. Ich weiß, dass im Tesla auf der Armatur ein weiterer liegt. Wenn Bacon schlau ist, macht er das Tor hinter sich zu, damit der Diebstahl so spät wie möglich auffällt. Wenn nicht ... ach, egal!

Gerade als ich Pats Alkohollager verlassen will, höre ich, wie jemand die Treppe herunterkommt.

Oh, verdammt.

»My heart is in my boots.«

Stadtvilla der Kennedys, Mayfair

Nein. Nein! NEIN!

Die Stufen über mir knarzen. Mir bleiben nur Sekunden! Ist jemandem aufgefallen, dass ich nicht auf der Toilette bin? Die Schritte klingen schwer. Vince? Oder Pat?

Was soll ich tun? Zurück in die Garage gehen und Bacon warnen? Oder einfach hier drinbleiben, mich nicht von der Stelle rühren und hoffen … mein Blick fällt auf den *harten Shit*. Und plötzlich weiß ich, wer da kommt und wo er hinwill.

Ich muss weg hier!

Gehetzt schaue ich zwischen den beiden Verbindungstüren hin und her. Wähle ich die rechte, laufe ich Pat direkt in die Arme. Gehe ich durch die linke, könnte Pat mich zusammen mit Bacon erwischen.

Also, was bleibt mir? Ich muss mich entscheiden. Jetzt!

Das Knarzen der Stufen verstummt. Gleich wird er hier sein!

Die Schritte kommen den Flur hinauf.

Mein Blick fällt auf die Bierkisten-Türme. Zwischen ihnen und dem Metallregal ist ein hüftbreiter Spalt. Dann los!

Ich quetsche mich durch den Spalt, gehe hinter dem Regal in die Hocke und krieche auf allen vieren ins Halbdunkel. Ganz hinten angelangt, drehe ich mich um, ziehe die Knie an die Brust und umfasse sie mit den Armen. Die Treppenstufen drücken mir in den Rücken. Weiter weg geht nicht.

Die Klinke zu meiner Linken wird runtergedrückt.

Shit! Ich habe das Licht angelassen!

Zu spät.

Ich bin gar nicht da.

Die Tür geht auf.

Luft anhalten! Sogar Bloody Jacky ist mucksmäuschenstill.

Durch die Freiräume zwischen den Bierflaschen sehe ich Pat, der den Abstellraum betritt und kurz innehält. Ich kann förmlich hören, wie er überlegt, ob er das Licht angelassen hat.

Oben endet ein Song, ich hab nicht mal mitbekommen, welcher. Die Stille, die nun einsetzt, ist noch ohrenbetäubender als das vorherige Bassgewummer. Spätestens jetzt würde mir das Geräusch jedes Atemzugs zum Verhängnis werden. Könnte ich mein Herz zum Stillstehen bringen, würde ich es tun.

Ich hoffe, Bacon ist schon über alle Berge. Aber falls nicht, falls er hustet, irgendwo dagegenstößt oder sonst einen Laut von sich gibt, ist er dran. Und was das für mich bedeutet, ist leider auch ziemlich klar.

Mein Herz trommelt so laut, dass es mich nicht überraschen würde, wenn Pat zwischen den Regelböden hindurchspäht, um nach der Ursache des Krachs zu suchen.

Endlich setzt das nächste Lied ein. *Good 4 u* wird mich ab jetzt wohl immer an diesen Moment hier erinnern. Obwohl der Song bereits älter ist, hört Evie ihn noch rauf und runter.

Pat wendet sich in meine Richtung und tritt an das Regal.

Meine Lunge brennt, aber ich weigere mich, dem Drang, nach Luft zu schnappen, nachzugeben.

Ich bin gar nicht da. Und wer nicht da ist, braucht keinen Sauerstoff. Ob Pat das allerdings auch so sieht, wenn er zwischen den Regalflächen hindurchschaut? Eins weiß ich sicher: Aus der Nummer komme ich dann nicht mehr raus! Da hilft kein noch so großer Lügenpalast.

Pat greift sich eine Flasche Schampus. Durch die Lücke, die im Regal entsteht, fällt ein Lichtstrahl direkt auf meine Stirn. Mist! Warum hab ich mich nicht mit dem Gesicht zur Treppe gesetzt? Oder mir einfach selbst eine Flasche geschnappt und so getan, als wäre ich nur auf der Suche nach Nachschub hergekommen?

Ich schließe die Augen. Denn wer nichts sieht, wird auch nicht gesehen.

»Was zum …?!«, stößt Pat hervor.

Das war's – er hat mich entdeckt!

Ich kneife die Augen zu. Ein Schweißtropfen rinnt meine Schläfe runter. Der prickelnde Schaum, den der Champagner in meinem Kopf hinterlassen hat, fällt in sich zusammen. Wie ein Airbag kurz nach einem Crash.

Plötzlich ertönt ein Schlag, Glas splittert, Flüssigkeit spritzt.

Ich unterdrücke einen Schrei, reiße die Augen auf und presse die Lippen aufeinander.

Schnell hebe ich den Blick, um Pats Gesicht zu sehen.

Er starrt … nicht zu mir. Halleluja!

Doch bevor ich mich freuen kann, wird mir klar, was seine Aufmerksamkeit erregt. Das Schlüsselbrett. An dem nur noch ein Haken belegt ist.

The London Eyes

- Bacon's Last Will
- Crime & Investigate
- Status: closed
- - £
- Bacon
- 0
- 1
- Sunday, 13th June

Bacon hat ein neues Video in den Room geladen

00 £ pro View

Nach der Sache mit den gefälschten Arbeitszeugnissen hatten die Pretty Pennies eine Woche Zeit, ihren Hass auf mich zu schüren. Pat beim Mülltonnenauskippen, Vince beim Wühlen in Schlachtabfällen, Evie beim Kloputzen.

Vorher war ich nur der stinkende Bacon, neben dem keiner in der Cafeteria sitzen wollte. Nicht angenehm, aber auch nicht die Hölle. Als die Pretty Pennies nach ihren Praktika zurückkamen, wehte allerdings ein völlig anderer Wind. Kein Shitstorm, eher etwas viel Leiseres, Bedrohlicheres.

Seitdem bin ich ein Geächteter am Graham. Die Leute haben Angst vor mir. Nein, nicht vor mir, sondern davor, mit mir gesehen zu werden. Ich bin Abschaum. Ein Schmarotzer, der nur an diesem brillanten Elitecollege sein darf, weil Mummy und Daddy von X und Y ihn durch ihre Schulgebühren mitfinanzieren. Wenn man es also genau nimmt, bin ich ein Dieb. Ich beklaue die Schönen und Reichen mit jedem Tag, den ich auf ihren Stühlen sitze. Ihre Luft atme. Ihren Lernstoff in mich aufsauge.

Dreist von mir, oder?!

Ich gehöre nicht zu ihnen, das war schon immer klar. Doch nach meinem *Verrat* haben die Pretty Pennies dafür gesorgt, dass das auch der letzte Vollpfosten am Graham kapiert.

Und wie sieht's mit euch aus? Habt ihr begriffen, wer die Pretty Pennies wirklich sind? Ich könnte noch Stunden so weitermachen, keine Frage. Aber: Time is money, Leute. Und money hab ich keins, wie ihr wisst.

Also werde ich euch nicht auf die Nase binden, wie die Horrorshow nach der Praktikumssache erst richtig Fahrt aufgenommen hat.

Denn dann müsste ich euch auch von den GIFs erzählen, auf denen ich beinahe täglich getaggt wurde, bis ich mein Profil auf Insta und TikTok gelöscht hab. Tanzende Schweine. Schweine im Bikini. Rammelnde Schweine. Spanferkel überm Feuer. Fette Schweine, die sich im Schlamm suhlen. Noch fettere Leute, die Bacon in sich reinstopfen. Die Möglichkeiten sind grenzenlos.

Oder ich müsste euch von dem Tag erzählen, als ich in der Jungstoilette von allen Seiten mit Deo besprüht wurde.

Von den festgetrockneten Speckstreifen, die immer wieder zwischen den Seiten meiner Schulbücher geklebt haben.

Von den Zeichnungen und Sprüchen, die auf die Innenseite der Klokabinen geschmiert wurden.

Von meinem Foto, das während der Frühstückspause in der Cafeteria ständig über dem Behälter mit Speck klebte.

Von den Speckwürfeln, die ich täglich aus meinen Haaren fischen musste.

Oder von dem Schweinekopf, der nach den letzten Sommerferien in meinem Spind vor sich hin gegammelt hat.

Ganz zu schweigen von dem Sack Briefe, den ich zum Valentinstag bekommen hab, voller Fettflecken und mit Schweineblut beschrieben.

No way! Davon erzähle ich euch lieber nichts. Weil ihr dann Mitleid mit mir haben würdet. Lasst mal stecken!

Denn wisst ihr, was ihr nicht könnt?

Die Vergangenheit ändern.

Mich retten.

Wenn ihr dieses Video hier anschaut, ist es dafür zu spät.

Morgen früh wird es mich nicht mehr geben. Dann ist Bacon Geschichte, ein für alle Mal. Weil ihr mich töten werdet, Pretty Pennies. Aber vorher hab ich eine Mission. Im nächsten Video zeige ich euch etwas, das ihr unbedingt sehen müsst.

Damit ihr versteht.

Damit ihr checkt, wer wirklich Schweineblut an seinen Händen kleben hat.

»Up the creek without a paddle.«

Stadtvilla der Kennedys, Mayfair

Pat reißt die Verbindungstür auf.
»Was zur Hölle?!« Er stürmt in die Garage.
Mein Herzschlag hämmert.
Bitte mach, dass Bacon schon über alle Berge ist!
»Porkface?!«
Nein, ist er nicht.
Inzwischen brüllt meine Lunge so laut nach Sauerstoff, dass ich würgen und nach Luft schnappen muss. Das Geräusch, das ich dabei verursache, hallt in mir nach. Ich versuche, flach zu atmen. Leiser. Es gelingt mir nicht.

Ein dumpfes Klappern ertönt aus der Garage. »Raus da, du kleiner Bastard!«

Stoffraschseln, Stampfen, gefolgt von einem Stöhnen, als hätte Bacon einen Hieb in die Magengrube kassiert. Pat zerrt ihn aus dem Auto, so viel ist sicher. Auch wenn ich von meinem Versteck aus nicht sehen kann, was passiert, weiß ich, wer diesen Kampf gewinnen wird. Bacon hat keine Chance gegen Mister Terminator.

»Lass mich los!« Bacons Stimme klingt erstickt, als würde Pat sein Gesicht auf die Karosserie des Wagens drücken.

Bittere Tränen brennen hinter meinen Augen. Das Spiel ist aus. Endgültig. Bacon wird mich verraten. Hier und jetzt. Es gibt keinen Grund mehr, warum er es nicht tun sollte. Bestimmt denkt er, ich hätte ihn verpfiffen. Ich könnte es ihm nicht mal verübeln.

Die Pennies werden ihn für den versuchten Autoklau leiden lassen. Mehr als sowieso schon. Und geteiltes Leid ist bekanntlich halbes Leid. Ich bin mir sicher, Bacon teilt nur zu gerne mit mir.

»Jetzt hast du es ein für alle Mal verkackt!«, höre ich Pat zischen.

Das war's dann wohl. Keine zehn Pferde bringen mich am Montag zurück ins Graham. Und meinen Racheplan kann ich mir erst mal in die Haare schmieren. Sorry, Bloody Jacky!

Durch die offen stehende Verbindungstür dringen Geräusche, die an ein Gerangel erinnern. Ich komme mir vor, als würde ich einen Film schauen, nur dass mein Fernseher kaputt ist. Ton ohne Bild.

Pat flucht leise vor sich hin. Erstickte Laute sind zu hören.

Normalerweise würde ich mich freuen, dass Bacon so richtig tief in der Scheiße steckt. Aber jetzt hoffe ich nur, dass es schnell vorbei ist, damit ich hier verschwinden kann.

Meine Tasche fällt mir ein. Sie liegt oben auf Pats Couch-Schlachtschiff. Ich muss sie holen! Sonst laufe ich Gefahr, dass die Pretty Pennies mir schon bald einen Hausbesuch abstatten. Die Adresse auf meinem Bibliotheksausweis würde sie in ein Viertel Londons führen, in dem man vergebens nach einem Fort Knox für stinkreiche Paranoiker sucht, wie DAD einer ist.

Sofort taucht ein Bild vor meinem inneren Auge auf: Vince, Pat und Evie, die an meiner Wohnungstür sturmläuten. Sie werden mich niemals in Ruhe lassen. Nicht, wenn sie rausfinden, wie sehr ich sie die ganze Zeit verarscht habe.

Die erstickten Laute verstummen.

»Ganz ruhig!«, knurrt Pat Bacon zu. »Wir wollen doch nicht, dass du dich verletzt, oder?«

Eine widerliche Mischung aus Torte und Champagner steigt mir den Hals hinauf. Ich schlucke die Übelkeit und die Tränen hinunter, konzentriere mich auf meine Atmung.

Vielleicht kommt alles ganz anders, als ich es mir ausmale. Vielleicht hält Bacon dicht. Vielleicht –

»Weglaufen hätte dir sowieso nichts gebracht. Deine Speckfresse ist schon oben auf meinem Tablet abgespeichert.«

WAS?!

»Wie ... meinst du ... das?«, höre ich Bacon röcheln.

Ja, verdammt! WIE meint er das?

»Siehst du das kleine schwarze Ding, da oben in der Ecke?« Pat gluckst hämisch. »Wink doch mal.«

Oh.

Mein.

Gott!

Beinahe hätte ich aufgelacht. Natürlich lässt Pat seinen *Schatzzz* nicht völlig unbewacht rumstehen. Warum hab ich nicht eher daran gedacht? Hat er mir von der Kamera erzählt? Ich kann mich nicht erinnern. Aber was spielt das noch für eine Rolle? Ich bin geliefert!

Jetzt darf ich mir nicht nur Sorgen um einen Collegewechsel machen oder darum, dass sich die Pretty Pennies auf mich stürzen werden wie ein Rudel Hyänen auf den Kadaver einer verwesenden Antilope. Nein, on top gibt es eine Anzeige wegen Mittäterschaft beim Einbruchdiebstahl – oder wie auch immer man das nennt, was ich gerade getan habe. Das ist das Sahnehäubchen auf dem Scheißhaufen, in den sich mein Leben verwandelt.

Dad hat sich ein besseres Leben für mich gewünscht. Und was mache ich? Verprasse das Geld seiner Lebensversicherung für ein sauteures College, an dem ich jetzt nicht mal meinen Abschluss machen werde.

Pat kichert wie ein kleines Kind, dem ein besonders guter Streich gelungen ist. »Die Kamera ist genau auf diesen Stellplatz hier gerichtet und mit einem Bewegungsmelder verbunden. Nähert sich jemand meinem Wagen, nimmt sie auf.«

Im Stillen danke ich dem Universum. Zeichnet die Kamera wirklich nur den Bereich auf, in dem der Tesla steht, dürfte ich nicht im Bild gewesen sein. Nur leider bringt mir das auch nicht viel, wenn Bacon mich erst mal verraten hat.

»Ich bin's«, bellt Pat.

Mit wem redet er? Telefoniert er etwa? Ich stelle mir vor, wie er mit der einen Hand Bacon am Arm gepackt hält und mit der anderen sein Smartphone ans Ohr drückt.

»Kommt schnell runter in die Garage. Ihr glaubt nicht, wer uns einen Besuch abstattet. Ja, beeilt euch!«

Stille.

»Wir können das bestimmt irgendwie klären!«, bettelt Bacon, wobei die Angst in jedem einzelnen seiner Worte mitschwingt.

Ich weiß, wovor er sich fürchtet. Er hat nicht nur keine Chance mehr, an das Geld ranzukommen, das er so dringend braucht. Seine ganze Zukunft steht – genau wie meine – auf dem Spiel. Zeigt Pat ihn an, verliert Bacon das Stipendium.

Auch wenn jetzt überhaupt nicht der richtige Moment dafür ist, kann ich mir den Anflug von Schadenfreude nicht verkneifen. Bacon hat das Stipendium nicht verdient. Und wenn MEINE Show damit endet, dass er seinen Platz am Graham verliert, trage ich wenigstens einen kleinen Sieg davon. Aber reicht mir das? Die Antwort liegt auf der Hand.

Wieder knarzen die Stufen über mir. Kurz darauf sehe ich Vince und Evie durch das Alkohollager in die Garage hasten.

Jetzt sind sie alle versammelt: die Menschen, ohne die Dad noch leben würde.

»Was ist denn hier los?«, ruft Evie. Sie klingt nicht schockiert, eher ... vorfreudig. Als wäre Bacons Aufkreuzen eine willkommene Abwechslung.

»Der kleine Scheißer dachte, er kommt kurz vorbei und parkt mein Baby um. Nett von ihm, oder?«

Stille.

»Da hast du dir aber echt die falsche Kutsche ausgesucht.« Vince.

»Ach, Bacon!«, kichert Evie. »Du bist echt nicht die hellste Leuchte, was?«

Am liebsten würde ich in die Garage stürmen, die Kamera aus der Wand reißen und sie einem der Pennies direkt ins Gesicht schleudern.

Natürlich bewege ich mich nicht vom Fleck. Schuldeingeständnisse dieser Art wären momentan wirklich dumm. Noch hat Bacon mich nicht verraten. Worauf wartet er? Hofft er, dass ich ihm aus der Klemme helfe? Aber wie soll ich das anstellen?

»Wo ist Lynn?«, fragt Pat wie aufs Stichwort.

Ich verkrampfe mich ein bisschen mehr, wenn das überhaupt möglich ist. Der Penny um meinen Hals liegt schwer auf meiner Brust, die Kette scheint mir die Luft abzuschnüren.

»Hängt über der Kloschüssel, schätze ich.« Evie gluckst. »Der Schampus scheint ziemlich reingeballert zu haben.«

»Ich schreib ihr.« Vince.

Hastig ziehe ich mein Handy aus der Rocktasche. Kaum habe ich das Display entsperrt, summt das verdammte Teil in meiner Hand los. WhatsApp von Vince:

Sind unten in der Garage. Komm nach! Wird lustig

In Gedanken zähle ich die Sekunden. Hat jemand das Vibrieren gehört? Ich schalte mein Handy auf stumm – nur für den Fall.

»Wolltest du uns etwa wieder ans Bein pissen?« Bestimmt muss Pat sich gerade ordentlich zusammenreißen. Wahrscheinlich hält ihn nur eine Sache davon ab, Bacon sofort eine reinzuhauen: die Kamera, die immer noch aufnimmt. Wer will schon den Täter zum Opfer machen?

»Hast du aus dem letzten Mal nichts gelernt?«, knurrt Vince.

»Ich ... nein ... so ist das nicht.« Bacon klingt wie ein Häufchen Elend.

»Genau.« Vince schnaubt verächtlich. »In Wahrheit wolltest du Pats Wagen nur in die Waschanlage fahren und dann wieder zurückbringen. Als kleine Wiedergutmachung für die Aktion mit den Praktika, richtig?!«

»Damit hatte ich nichts zu tun, verdammt!«

»Ist klar, Schweinchen.« Evie grunzt.

»Also, spuck's aus! Was genau hattest du vor? Den Wagen um einen Laternenpfahl wickeln? Mit Schweineblut übergießen? In die Themse schieben? Sag schon!«

»Nichts davon!«, murmelt Bacon.

»WAS DANN?«, schreit Vince.

»Ich brauch Geld!«

»Du dachtest, du könntest meinen Wagen verkaufen?«, fragt Pat fassungslos, aber mit einem leicht selbstzufriedenen Unterton.

Wieder eine Pause, in der Bacon vermutlich nickt.

»Für wie viel?«, schnauzt Pat.

Pause.

»Sag schon!«

»Neunzigtausend«, nuschelt Bacon.

»Neunzig–« Pat schnappt entrüstet nach Luft. »Hast du auch nur den Hauch einer Ahnung, wie viel dieses Schmuckstück wert ist?!«

Bacon murmelt etwas Unverständliches.

Wieder frage ich mich, wozu er das viele Geld braucht. Neunzigtausend. Eine neun mit vier Nullen. Vier! Gut, für einen Pretty Penny sind vier Nullen Peanuts, aber für Bacon und mich ist es eine Summe, die wir noch nie in bar oder auf unseren Konten gesehen haben. Höchstens im Film oder bei Monopoly. Bacon scheint echt in der Klemme zu stecken. Dass er so viel Geld nicht für neue Schuluniformen ausgeben will, ist klar. Es muss irgendetwas passiert sein. Etwas, das ihn unter Druck setzt. Oder jemand?

»Weißt du was?« Pat senkt die Stimme zu einem bedrohlichen Knurren. »Lass uns einen Deal machen.«

Schweigen.

»Du kriegst die neunzig Riesen von uns.«

Ja, ist klar ... Nur einem Pretty Penny kann es einfallen, in der Wunde zu bohren, wenn es um Geld geht.

»Du musst bloß eine Sache für uns erledigen.«

Ich kann Bacons Misstrauen beinahe riechen.

Bloody Jacky summt leise hinter verschlossener Tür, bestimmt hat sie sich die Finger in die Ohren gesteckt. Sie will nicht hören, was Pat zu sagen hat. Es kann nichts Gutes sein. Zum ersten Mal würde ich es ihr gerne gleichtun. Aber ich kann nicht. Ich muss es hören, wissen, worauf ich mich vorbereiten muss.

»Erlöse uns von deiner Speckfresse!«

Keine Bitte, eine Aufforderung. Pat bittet nie um etwas, er ist es gewohnt, dass ihm jeder Wunsch erfüllt wird.

Stille. Kein Atmen. Kein Garnichts. Nur gespanntes Schweigen.

Ich schlucke. Meine Kehle ist trocken.

Evie kichert. »Ja, verdammt! Das wäre wirklich für alle besser!«

»Ihr wollt, dass ich das Graham verlasse?«, fragt Bacon leise.

»Klingt nach einem fairen Deal«, wirft Vince ein.

»Aber dann würden wir das Problem ja nur weiterschieben«, sagt Evie oberlehrerhaft.

»Stimmt«, brummt Vince. »Eine langfristige Lösung muss her. Zum Wohle der Menschheit.«

»Langfristig? Was soll das heißen?«

»Hmm, Jungs, was meint ihr? Vielleicht sollten wir ihn mit ein paar Anregungen unterstützen?«

»Wir sind ja keine Unmenschen«, stimmt Pat Evie zu.

»Lass mich überlegen.« Vince.

»Ah, mir fällt was ein!« Pat gluckst aufgeregt, als hätte er wirklich DIE zündende Idee. »Du könntest dich aufhängen«, schlägt er mit einer Ernsthaftigkeit in der Stimme vor, die mich erschauern lässt.

»Oder vor einen Zug werfen.« Vince.

»Dir die Pulsadern aufschlitzen.« Pat.

»Und wer putzt die Sauerei auf? Mamis Schlaftabletten sind da wesentlich sauberer.« Evie.

Die Worte der Pretty Pennies schubsen Bacons Abrissbirne an. Mir ist klar, dass die drei sich einen Spaß daraus machen, Bacon leiden zu lassen. So wie sie es immer tun. Aber dieses Mal kann ich die Show nicht genießen, nicht solange Bacons Abrissbirne bedrohlich weit in MEINE Richtung ausschwingt. Ich will verschwinden. Nicht da sein. Überall sein, nur nicht hier.

»Deine Taschen voller Steine packen und von der Tower Bridge springen.« Pat.

»Mit geschlossenen Augen den Piccadilly Circus überqueren.« Vince.

»Dich zu deinen toten Artgenossen ins Kühlhaus gesellen.« Evie.

Meine Hände zucken zu meinen Ohren, als hätte mein Körper beschlossen, dass ich genug gehört habe. Aber ich zwinge sie wieder nach unten, umklammere mein Handy, halte mich an ihm fest wie an einer rettenden Boje.

»Dir eine Zielscheibe aufs Gesicht malen und dich auf den Schießstand stellen.« Pat.

»Oh, ich hab's, ich hab's.« Evie klatscht mehrmals hintereinander in die Hände – zumindest glaube ich, sie ist für das Geräusch verantwortlich. »Dich schlachten und räuchern lassen. Wäre ja sonst schade um den ganzen Bacon.«

Heftiges Lachen. Zwischendurch höre ich das ein oder andere Grunzen. Ein schreckliches Gefühl sagt mir, dass das Klatschgeräusch doch nicht von Evies Händen kam. Nicht nur. Das hat Bacon nicht verdient.

Mir wird übel. Mein ganzer Körper zittert vor Angst. Sogar meine Lippen und meine Augenlider. In bin ein einziges Beben.

»Heuchlerin!«, flüstert Bloody Jacky ganz leise, aber ich höre sie so deutlich, als würde sie direkt in mein Ohr sprechen.

Stumm schüttle ich den Kopf und gebe ihr zugleich recht. Ich bin eine verdammte Heuchlerin. Wäre ich es nicht, würde ich jetzt aufstehen, in die Garage marschieren und den Pennies MEINE Pretty-Kette ins Gesicht schleudern. Ich will keine von ihnen sein!

Und was mache ich stattdessen?

Nichts.

MEIN neues Lebensmotto. Wenigstens bleibe ich MIR treu.

Ich schließe die Augen und verschwinde im Memory Palace.

Memory Palace

Schlafzimmer

ICH betrachte den neuen Flatscreen, den DAD MIR zum Geburtstag geschenkt hat. Natürlich musste das Geschenk etwas sein, das ICH nicht mitnehmen, niemandem zeigen kann. Das würde DAD nicht wollen, deshalb auch kein Auto, kein großes Taschengeld, keine auffälligen Accessoires. All das würde zu viel Aufmerksamkeit erregen. Das ist der Deal. ICH verhalte MICH unauffällig, und dafür darf ICH MEINEN Abschluss am Graham machen.

ICH bin stinkreich, aber keiner darf es erfahren.
ICH bin stinkreich, aber keiner darf es erfahren.
ICH bin stinkreich, aber keiner darf es erfahren.
Ein Schatten fällt auf den Flatscreen.
ICH drehe mich um. Draußen vor dem Fenster steht etwas. In MEINEM Garten. ICH gehe zum Fenster, um besser sehen zu können.

Tatsächlich. Vor MEINEM Memory Palace erhebt sich ein riesiger Kran. Daran ist ein langes Stahlseil befestigt, an dessen Ende eine kürbisgroße Eisenkugel hängt.

Jemand kommt hinter dem Kran hervor.
Ein Junge.
Mit einer Schweinemaske vor dem Gesicht.
ICH reiße das Fenster auf. »Hey! Was soll das?«
Der Junge klettert auf die Abrissbirne. Langsam fängt er an,

vor- und zurückzuschwingen. Dabei singt er ganz leise *Wrecking Ball* von Miley Cyrus vor sich hin.

Es fehlen nur noch wenige Meter, bis die Abrissbirne MICH trifft.

Zertrümmert.
Vernichtet.
MEIN Memory Palace.
Jedes Stockwerk.
Jede Lüge.
Umsonst.

»Not my circus, not my monkeys.«

Stadtvilla der Kennedys, Mayfair

»Ich würde den Bacon ja nicht essen wollen.« Evie stößt ein Würgen hervor und reißt mich damit zurück in die Wirklichkeit. Natürlich sehe ich sie aus meinem Versteck nicht, aber ich kann mir ihren Gesichtsausdruck gut vorstellen. Selbst jetzt könnte man wahrscheinlich ein Foto von ihr machen und es auf dem Cover der Vogue abdrucken. Scheiß Sechser im Gen-Lotto!

»Hast du auch wieder recht, Babe«, stimmt Pat seiner Freundin zu. »Aber für Hundefutter dürfte es reichen.«

»Mega!«, ruft Vince. »Und am Ende kommt er als das raus, was er die ganze Zeit schon war: ein frischer, dampfender Haufen Hundescheiße!«

Ein Klatschgeräusch. High Five … hoffentlich!

Bacon verliert kein Wort.

»Na, Speckfresse, bist du dabei?«, fragt Pat.

Schweigen.

Ich kann fast hören, wie Bacon vor Wut kocht. Gleich wird er mich verraten. Gleich!

»Komisch, er sagt ja gar nichts.« Evie seufzt. »Finde ich jetzt aber ganz schön unhöflich. Da erwischen wir ihn auf frischer Tat, bieten ihm auch noch einen fairen Deal an, und er hält es nicht mal für nötig, sich zu bedanken.«

»Dann ruf ich wohl lieber mal die Cops.« Pat.

»Oder besser gleich einen Metzger.« Vince.

»Nein, warte!« Evie klingt ganz aufgeregt. »Ich hab eine bessere Idee.«

»Schieß los!«, fordert Vince.

»Was wäre es dir wert, wenn wir dich laufen lassen?«

Das klingt genauso absurd wie Pats Vorschlag, Bacon das Geld zu geben. Aber die Art, wie Evie es sagt, lässt mich aufhorchen.

»Ihr wisst genau, dass ich keine Kohle hab.«

»Ah, das Schweinchen kann doch sprechen!« Pat.

»Nein, kein Geld – davon haben wir genug.« Evie.

»Was sonst?«, fragt Bacon misstrauisch. Zu Recht. An seiner Stelle wäre ich auch mehr als vorsichtig.

»Nehmen wir mal an, wir lassen dich jetzt einfach gehen. Niemand würde von dieser ganzen Sache hier erfahren. Das Video behalten wir als Sicherheit, aber wenn du brav tust, was wir verlangen, braucht es niemand zu sehen.«

Oh nein, das kann nichts Gutes bedeuten! Meine Hände verkrampfen sich noch mehr um mein Smartphone.

»Okay?« Bacons Antwort klingt, als stünde am Ende ein Fragezeichen. »Was soll ich machen?«

»Sagen wir, jede Woche eine Kleinigkeit«, wirft Vince ein, der wohl Gefallen an Evies Idee gefunden hat.

»Ja! Wir lassen das Schweinchen für uns tanzen.« Pat.

»Und was genau stellt ihr euch unter einer *Kleinigkeit* vor?« Bacon scheint ernsthaft darüber nachzudenken. Oder will er einfach Zeit schinden? Vermutlich ist ihm gerade alles lieber als Option Nummer eins.

»Zum Beispiel ...«, setzt Vince an.

»Nächste Woche kommst du mit einer Schweinenase ins Graham.« Ich kann Evies Grinsen hören. »Und jedes Mal, wenn dich ein Lehrer bittet, sie abzunehmen, musst du grunzen.«

»Babe, du bist der Hammer!«

Ich beiße mir auf die Unterlippe. Plötzlich haben sich die

Spielregeln geändert. Schalten die Pretty Pennies die Polizei wirklich nicht ein, kann Bacon sein Stipendium behalten. Falls er bereit ist, den Preis dafür zu bezahlen.

Aber ... mir kommt eine Idee.

Ohne Polizei keine Anzeige. Ohne Anzeige ist das Einzige, was Bacons Einbruch belegt, die Überwachungsaufnahme, die sich laut Pat auf seinem Tablet befindet. Und Videos können verschwinden. Wenn ich Bacon dabei helfe, es zu löschen, hat er keinen Grund, mich zu verpfeifen. Dann kann ich länger Teil der Pretty Pennies bleiben, um nach ihrer Leiche im Keller zu suchen.

Ich hebe den Kopf und schiele rüber zum Schlüsselbrett, wo immer noch der Garagenöffner zusammen mit dem Schlüssel für die Verbindungstür hängt.

MEIN golden key.

Hastig entsperre ich mein Handy, öffne WhatsApp und tippe: *Geh auf den Deal ein! Wenn du mich nicht verrätst, helfe ich dir, das Video verschwinden zu lassen.*

Senden.

Zwei Häkchen erscheinen neben der Nachricht. Aber wie soll ich Bacon jetzt dazu kriegen, sie zu lesen? Er dürfte wirklich andere Sorgen haben. Selbst wenn ich ihn anrufe, würde er wahrscheinlich nicht auf sein Handy schauen. Welcher Anruf kann im Moment wichtiger sein als das, was gerade in der Garage vor sich geht?

Mir fällt nur eine Person ein.

Ein Komplize.

Und genau das bin ich. Irgendwie.

Es hilft nichts, ich muss in die Garage.

Ich robbe auf dem Hintern nach vorne, bis ich aufstehen kann. So leise wie möglich quetsche ich mich wieder durch den Spalt zwischen den Bierkästen und dem Regal.

Die Pfütze aus Champagner und Scherben entdecke ich gerade noch rechtzeitig und ziehe meinen Fuß zurück, bevor ich direkt hineintrete. Das Knirschen unter meiner Schuhsohle hätte mich zu früh verraten. Damit hätte ich meinen letzten Ausweg schön zunichtegemacht.

Ich öffne mein Telefonbuch und wähle *Ben* aus. Dann drücke ich auf den grünen Hörer, stecke das Handy wieder weg und mache einen großen Schritt über die Scherben. Hinein in den Tatort.

»Give a dog a bad name and hang him.«

Stadtvilla der Kennedys, Mayfair

»Hab deine Nachricht gekrie–« Auf der Hälfte des Weges durch die Garage bleibe ich stehen und reiße in gespielter Überraschung die Augen auf. »Was hat der denn hier verloren?« Ich zeige mit dem Finger auf Bacon und rümpfe die Nase. Seinen vor Wut funkelnden Augen sehe ich an, dass ICH überzeugend bin. Gut, MEINE Maske sitzt. Solange der Hauch einer Chance besteht, werde ich kämpfen.

»Porkface dachte allen Ernstes, er könnte Pats Tesla klauen«, verkündet Vince.

»Was?!« Ich will mir schon die Hand vor den Mund schlagen, lasse es dann aber doch bleiben. Bloß nicht zu dick auftragen.

Mein Blick wandert zu Bacon. Er steht vor der offenen Fahrertür, umringt von den Pretty Pennies. Kein Entkommen.

Wenigstens dürfte Bacon jetzt klar sein, dass ich ihn nicht verpetzt habe. Doch reicht das, damit er den Mund hält? Bis jetzt hat er es getan – warum auch immer …

Der Moment des Schweigens wird von Taylor Swifts Gesang aus Pats Reich untermalt. Rhythmisches Summen setzt ein. Ich muss ein Jubeln unterdrücken. Mein Anruf geht durch!

Ich schaue Bacon fest in die Augen. »Ist das dein Handy? Ruft dein Komplize an und fragt, wo du bleibst?« Der Zaunpfahl, mit dem ich Bacon zuwinke, könnte kaum größer sein. Hoffentlich ist er nicht zu groß.

Evie sieht mich mit hochgezogenen Brauen an. »Komplize? Wie kommst du denn darauf?«

Aus dem Augenwinkel bemerke ich, wie Bacon sein Handy hervorholt. Er schaut auf das Display. Sein Kopf ruckt nach oben, und er starrt in meine Richtung, aber ich ignoriere ihn gekonnt.

»Na, ganz ohne Hilfe ist der Loser sicher nicht hier reinspaziert.« Meine Worte sind wie ein Orkan, der Bacons Abrissbirne noch weiter ausschwingen lässt. Hoffentlich kapiert Bacon, dass es einen Grund hat, warum ich ihn zum ersten Mal so direkt angreife. Wenn nicht, war's das für mich ...

Wieder schaut Bacon auf sein Handy. Das Summen erstirbt. Entweder ist seine Mailbox angesprungen, oder er hat meinen Anruf weggedrückt. Hoffentlich liest er meine Nachricht.

»Stimmt das?«, will Pat von Bacon wissen, der gerade das Handy in der Tasche seines Hoodies verschwinden lassen will. Doch Pat reißt es ihm aus der Hand.

Oh. Mist.

»Gib es her!«, ruft Bacon. Er klingt nicht halb so tapfer, wie er es vermutlich gerne wäre.

Pat ignoriert ihn, wischt auf dem Handy herum. »Wie ist dein Swype-Code?«

Ich kann nicht anders, ich werfe Bacon einen Blick zu. *Sag es ihm nicht! Sag es ihm NICHT!*

Bacon stiert an mir vorbei, und doch habe ich das Gefühl, er sieht mich aus dem Augenwinkel heraus. »Und du denkst wirklich, den verrate ich dir?«

YES! Ich zwinge meine Mundwinkel dazu, unten zu bleiben.

Evie schnipst vor Bacons Gesicht. »Wir wollen wissen, wie du hier reingekommen bist. Wer hat dir geholfen?«

Endlich flackert Bacons Blick zu mir, und ich glaube sogar, ein Blitzen in seinen Augen zu erkennen. Ganz kurz. So kurz, dass ich es mir auch nur eingebildet haben könnte. »Ein Kumpel.«

Unendliche Erleichterung durchströmt mich. »Wusste ich es doch!« Beim Klang meines selbstzufriedenen Tonfalls würde ich mir am liebsten eine reinhauen, aber er ist nötig, um das Schauspiel aufrechtzuerhalten. Hoffentlich kapiert Bacon das.

»Aha. Und wo ist dieser Kumpel jetzt?« Vince schaut sich um, als würde er erwarten, dass gleich jemand aus der Dunkelheit in die Einfahrt springt und *Buh!* schreit.

»Weg. Konnte rechtzeitig abhauen.«

»Gut für ihn«, sagt Vince. »Und für dich.«

»Warum?«

»Weil unser Deal sonst vom Tisch wäre.«

»Oder ist es dir lieber, wir rufen die Cops?«, fragt Evie zuckersüß.

Bacons Gesichtsausdruck wirkt, als würde er im Kopf nachrechnen, wie viele Wochen es bis zum Collegeabschluss sind. Wie viele Aufgaben sich die Pretty Pennies für ihn ausdenken können. Selbst wenn er meine Nachricht gelesen hat, muss er vom Schlimmstmöglichen ausgehen. Nur weil ich ihm versprochen habe, ihm zu helfen, heißt das noch lange nicht, wir kommen damit durch.

Bacon nickt, und mir fallen Hunderte Steine vom Herzen. Er hat MIR Zeit verschafft. Und sich selbst.

Zu spät fällt mir auf, dass Vince mich fragend ansieht. Schnell lächle ich ihm zu. Hat er etwas bemerkt?

»Na, dann bis Montag, Fat-Fug.« Pat klatscht in die Hände.

»Und vergiss deine Schweinenase nicht«, erinnert Evie Bacon freundlicherweise und macht einen Schritt zur Seite, damit er an ihr vorbeikann. Ohne sie zu berühren, versteht sich.

»Was ist mit meinem Handy?« Bacon macht keine Anstalten, sich zu bewegen.

Pat dreht das Smartphone in den Händen, als wäre es eine verschimmelte Brotscheibe. »Das musst du dir erst verdienen. Sieh es als kleine zusätzliche Motivation für Montag.« Ein Grinsen zupft an seinen Mundwinkeln. »Und solltest du dich blöd anstellen, lasse ich es knacken und finde raus, wer dein Komplize ist. Dann seid ihr beide dran.«

Ich lächle wieder. Noch nie hat ein Lächeln so wehgetan. Wie soll ich Bacon erreichen, wenn er sein Handy nicht bei sich hat? Ich weiß nicht, wo er wohnt. Weiß nicht, in welcher Burger-Filiale er arbeitet. Läuft es ganz beschissen, muss ich heute Nacht bei Pat einsteigen und das Video löschen. Es gibt wirklich vieles auf der Welt, was ich lieber tun würde – noch mal eine Sonnenbrille im Vision Express klauen zum Beispiel. Und natürlich sitzt mir wieder mal die Zeit im Nacken! Lange kann ich den Garagenöffner nicht behalten, bevor auffällt, dass er fehlt.

»Klar.« Bacons Nicken wirkt beinahe verständnisvoll. Dann dreht er sich um und marschiert zwischen den Pretty Pennies hindurch.

Niemand hält ihn auf.

Warum auch? Er ist ein freier Mann.

Auf dem Weg zur Schlachtbank.

The London Eyes

- Bacon's Last Will
- Crime & Investigate
- Status: closed
- – £
- Bacon
- 0
- 1
- Sunday, 13th June

Bacon hat ein neues Video in den Room geladen

Ich hab euch etwas versprochen, Pretty Pennies. Etwas, das ein für alle Mal klarstellen wird, wer ihr seid. Zu was ihr fähig seid. Und warum Schweineblut an euren Händen klebt.

Bei diesem Etwas handelt es sich um ein Video, das ich euch gleich auf meinem Handy vorführen werde.

Seid ihr bereit, Pretty Pennies?

Für die Wahrheit?

Ungeschnitten. Nicht live und nicht in Farbe.

Aber gut genug, dass auch die anderen Zuschauer euch erkennen können. Das wird den letzten Zweifel an meiner Glaubwürdigkeit ersticken.

Packt das Popcorn aus, die Show geht los! Vorhang auf!

»Lass uns einen Deal machen. Du kriegst die neunzig Riesen von uns. Du musst bloß eine Sache für uns erledigen. Erlöse uns von deiner Speckfresse!«

»Ja, verdammt! Das wäre wirklich für alle besser!«

»Ihr wollt, dass ich das Graham verlasse?«

»Klingt nach einem fairen Deal!«

»Aber dann würden wir das Problem ja nur weiterschieben.«

»Stimmt. Eine langfristige Lösung muss her. Zum Wohle der Menschheit.«

»Langfristig? Was soll das heißen?«

»Hmm, Jungs, was meint ihr? Vielleicht sollten wir ihn mit ein paar Anregungen unterstützen?«

»Wir sind ja keine Unmenschen.«

»Lass mich überlegen.«

»Ah, mir fällt was ein! Du könntest dich aufhängen.«

»Oder vor einen Zug werfen.«

»Dir die Pulsadern aufschlitzen.«

»Und wer putzt die Sauerei auf? Mamis Schlaftabletten sind da wesentlich sauberer.«

»Deine Taschen voller Steine packen und von der Tower Bridge springen.«

»Mit geschlossenen Augen den Piccadilly Circus überqueren.«

»Dich zu deinen toten Artgenossen ins Kühlhaus gesellen.«

»Dir eine Zielscheibe aufs Gesicht malen und dich auf den Schießstand stellen.«

»Oh, ich hab's, ich hab's. Dich schlachten und räuchern lassen. Wäre ja sonst schade um den ganzen Bacon.«

»Ich würde den Bacon ja nicht essen wollen.«

»Hast du auch wieder recht, Babe. Aber für Hundefutter dürfte es reichen.«

»Mega! Und am Ende kommt er als das raus, was er die ganze Zeit schon war: ein frischer, dampfender Haufen Hundescheiße!«

Ende der Vorstellung! Na, habt ihr euch in den Hauptrollen gefallen, liebe Pretty Pennies?

Jetzt fragen sich die anderen Zuschauer bestimmt, was Lynn Bailey mit alldem zu tun hat. Sie war zum Zeitpunkt, als die Pretty Pennies mich und meinen Ruf mit Schweineschmalz beschmiert haben, noch nicht am Graham, und auch in diesem Video ist sie nicht zu sehen. Genau das ist das Problem!

Ich kann euch sagen: Als Lynn dem Club der Pennies beigetreten ist, hat sie mich nie beleidigt, nie gegrunzt, sich die Nase zugehalten, Schweineblut von ihren Händen gewaschen. Sie stand immer nur daneben wie eine Puppe mit zugenähtem Mund.

Stimmt doch, Lynn, oder? Aber soll ich dir was verraten? Das macht dich nicht zum Unschuldslamm! Nur rumstehen und nichts tun ist genauso schlimm wie mitmachen. Du hattest die Macht, deine Freunde aufzuhalten. Dass du es nicht getan hast, dürfte klar sein. Sonst gäbe es Bacon's Last Will nicht. Und ich wäre noch am Leben, wenn ihr das hier seht.

Jetzt ist es zu spät.

Evie, Pat und Vince habe ich schon in Schubladen gesteckt – die Aufschrift, die ich der von Lynn verpassen würde, schulde ich euch noch. Dort würde stehen: klug, Mitläuferin, tut alles, um ihren neuen Freunden zu gefallen.

Natürlich steckt auch bei ihr mehr dahinter. Lynn ist so beschäftigt damit, nicht sie selbst zu sein, dass sie irgendwann komplett verschwindet. Dann bleibt nichts von ihr übrig außer einer Hülle. Diesen Moment werde ich nicht mehr erleben. Und das macht mich unendlich froh.

Das nächste Video wird mein letztes sein. Es entscheidet darüber, ob Bacon's Last Will freigeschaltet wird oder nicht, ob ihr, liebe Pretty Pennies, ausblutet oder mit ein paar Stichwunden davonkommt. Denn im Gegensatz zu euch bin ich kein Monster. Ich lasse euch eine Chance. Aber nur eine.

»Out of the frying pan into the fire.«

Stadtvilla der Kennedys, Mayfair

Aus MEINER Geburtstagsparty ist die Luft raus. Na ja, zumindest für mich. Die Laune der Pennies scheint durch den *kleinen* Bacon-Zwischenfall sogar noch besser geworden zu sein. Zurück in Pats Reich, kippen sich die drei eine Runde Shots nach der anderen rein. Ich mache nur bei jeder zweiten mit, trotzdem fühle ich mich, als wäre ich zwanzigmal hintereinander im Karussell sitzen geblieben.

Bis eben war mir nicht klar, dass Swype-Code-Knacken ein Extremsport sein kann. Aber die Pretty Pennies beweisen darin eine Ausdauer, die ich sonst nur bei ihnen beobachte, wenn es ums Kohleraushauen oder ums Abfeiern geht. Da ändert auch die Tatsache nichts, dass nach jedem dritten Fehlversuch das Eingabefeld für ein paar Minuten gesperrt ist.

»Du bist dran!« Evie reicht mir Bacons Smartphone. Meine verschwitzten Hände kleben an der glatten Oberfläche und hinterlassen schmierige Spuren. So in etwa fühle ich mich. Schmierig. Klebrig. Ich kämpfe gegen den inneren Drang, mit der halb leeren Wodkaflasche auf das Handy einzuprügeln, bis von meinen Nachrichten an Bacon nichts mehr übrig ist.

Mechanisch verbinde ich die Punkte des abgebildeten Rasters zu einem Quadrat. Gerade als mein Daumen die Ecke rechts unten erreicht, überkommt mich Angst: Was, wenn ich richtigliege? Zu spät.

Falsches Muster, meckert das Handy. Glück gehabt.

Die Anzeige springt zurück auf den Sperrbildschirm: ein Foto von Peanut. Seine Zunge hängt vorne aus dem Maul, und es wirkt ein bisschen so, als würde er lächeln.

Vince nimmt mir Bacons Handy ab und streicht mit den Fingern über meinen Arm. Bloody Jacky stößt ein Wimmern aus, ansonsten reißt sie sich zusammen. Braves Mädchen.

Ich beuge mich zu Vince, schließe die Augen, küsse ihn, will in den Zustand des Vergessens gleiten. Dort gibt es nichts, worüber ich mir Sorgen machen muss – und niemanden. Es will nicht klappen.

Mein Herz legt einen Sprint hin, als wäre das der beste Kuss aller Zeiten. Zu gerne würde ich ihm ein Bein stellen. Kapiert es denn nicht, dass Vince und ich niemals eine Zukunft haben werden?

Bacons Gesicht taucht auf der Innenseite meiner Lider auf, zusammen mit der Verzweiflung, die ihn gepackt hält. Dieses Bild lässt das ungute Gefühl, das in meinem Bauch rumort, zu einem festen Block aushärten. Wenigstens lenkt es mich von dem Kuss ab.

Als Vince' Hände unter mein Shirt kriechen, reiße ich die Augen auf, löse mich schnell von ihm, drehe das Gesicht weg und huste. Kein grandioser Einfall, aber er erfüllt seinen Zweck. Abstand. Den brauche ich gerade so dringend wie eine Bremse, die das Wodka-Karussell stoppt.

»Alles in Ordnung?« Vince streicht mir über den Rücken. Zu nah. Wie ein Pflaster, das auf meiner Haut klebt. Doch anstatt meine Wunden zu schützen, damit sie besser heilen können, verätzt es sie.

»Hmm, klar.« Meine Lippen kribbeln und sind feucht von seinem Kuss, doch ich wische sie nicht ab, bin ja keine Anfängerin.

»Lust auf ein kleines Filmchen?« Pat hält ein Tablet in die

Luft. Sein Grinsen hängt schief, sogar die Muskeln um seinen Mund scheinen besoffen zu sein.

Ich starre auf das Tablet, und das Wodka-Karussell hält schlagartig an. Die Überwachungsaufnahme! »Muss das sein?«, frage ich, wobei es gar nicht so leicht ist, einen Tonfall zwischen genervt und gelangweilt zu treffen, der ausdrücken soll, dass ich das Thema Bacon an meinem Geburtstag echt nicht mehr hören will.

»Yeah!«, johlt Evie, deren Partylevel definitiv schon jenseits von Gut und Böse ist. Sie schnappt sich die Fernbedienung von der Armlehne des Sofas und zielt damit auf den breiten Wandvorsprung gegenüber, aus dem nun ein Flachbildschirm gleitet. »Jetzt können wir uns seine Speckfresse in riiiiiesig anschauen!«

»Da lohnt es sich ja fast, Popcorn zu machen.« Vince drückt mir einen flüchtigen Kuss auf die Wange. »Nur einmal. Okay?«

»Mega! Vielleicht sehen wir sogar seinen Komplizen«, wirft Pat ein. »Dann sind beide geliefert.«

Mega. Ja, genau. Nicht zum ersten Mal frage ich mich, warum die Pretty Pennies so sind, wie sie sind. Manchmal habe ich das Gefühl, ihnen ist einfach nur langweilig. Das oder sie sind abgrundtief böse.

Ich muss weg hier!

»Schaut ihr nur.« Ich stehe auf. Woah! Offenbar war sogar jede zweite Runde im Shot-Karussell zu viel.

Evie zieht die Augenbrauen hoch. »Wohin so eilig, Sweetheart? Wir wollen gleich ins Bonbon. Kommst du nicht mit?«

»Äh …« Zwar kann ich mein Gesicht selbst nicht sehen, aber wenn ich mein Gefühl beschreiben müsste, dürfte der Ausdruck darauf irgendwo zwischen Panik und Ratlosigkeit hängen geblieben sein. Und das nicht nur, weil der Bonbonniere einer der teuersten Clubs Londons ist.

»Sag bloß, du hast immer noch keinen gefälschten Führerschein?«

»Doch, klar«, platze ich heraus und könnte im selben Moment mit dem Kopf voran gegen die Wand rennen. Da präsentiert sich mir eine perfekte Ausrede auf dem Silbertablett und ich bin zu blöd, nach ihr zu greifen. Habe ich wirklich so tief ins Glas geschaut?

»Hab ihn nur zu Hause vergessen«, schiebe ich schnell hinterher.

Vince runzelt die Stirn. Sein perfektes Gesicht ist eindeutig nicht für Sorgenfalten gemacht.

Ich pinne ein Post-it an die Tür zu MEINEM Memory Palace: *Gefälschten Führerschein verlieren.* Zum Glück ist es nicht besonders tricky, etwas zu verlieren, das man nie besessen hat. Alles, was man dazu braucht, ist eine Story und den richtigen Zeitpunkt, um sie zu platzieren. Kinderspiel.

Aber heute reicht das leider nicht. Mir bleiben nur Sekunden, bis einer der Pretty Pennies auf die grandiose Idee kommt, ich könnte den Führerschein schnell holen. »Außerdem bin ich noch mit meinem Dad verabredet«, nuschle ich, wobei sich meine Zunge wie ein pelziger Fremdkörper anfühlt. Könnte Mum mich sehen, würde sie mir den Kopf abreißen. Und Jerome wird morgen bestimmt auch begeistert sein: Schnapsleiche à la carte.

»Was? Jetzt noch? Außerdem habt ihr euch doch schon zum Dinner getroffen!« Evie macht einen Schmollmund, der vielleicht bei Pat und ihren Followern zieht, ich allerdings bin immun dagegen. Falls ich wirklich in dem Video bin, sollte ich nicht in Spuckweite sein, wenn die drei es sich reinziehen.

»Jaaa.« Ich ziehe das Wort in die Länge, was mir aber nur wenig Zeit verschafft. Was könnte DAD mitten in der Nacht mit mir unternehmen wollen? Kino? Dann wollen die Pennies bestimmt wissen, welcher Film, und natürlich fällt mir auf die Schnelle keiner ein. Es muss etwas Besonderes sein! Etwas, das man nur nachts tun kann. Ah! Ich hab's! »Er hat das Planetarium für uns gemietet.«

»Planetarium?«, echot Evie. »Wie alt bist du? Fünf?«

In meinem Mund sammelt sich Speichel, doch ich unterdrücke ein verräterisches Schlucken. »Ist so ein Vater-Tochter-Ding. Ihr wisst schon ...« Sie wissen nicht, aber ich scheine noch den Sweet-Sixteen-Bonus zu haben, sodass sogar Evie ihren nächsten bissigen Kommentar stecken lässt. Das muss mein Tag sein! Nicht.

»Soll ich dir ein Taxi rufen?« Vince greift nach meiner Hand. Seine fühlt sich warm und schwer an.

Kopfschüttelnd winde ich mich aus dem Griff. »Mein Dad besucht hier ganz in der Nähe Freunde. Das schaffe ich zu Fuß, ist nur ein paar Straßen weiter.« Ich deute in eine beliebige Himmelsrichtung.

Pat verzieht das Gesicht. Für ihn ist zu Fuß gehen schlimmer, als die öffentlichen Verkehrsmittel zu benutzen. Ein Unterschicht-Ding. Zum Glück hat er keinen Hund.

»Du bist immer wieder für Überraschungen gut«, sagt Vince, wirkt aber unzufrieden.

Wenn du wüsstest.

»Atme deinen Dad bloß nicht an, sonst denkt er, wir hätten einen schlechten Einfluss auf seinen Goldschatz.« Evie kichert. Ihr betrunkenes Lachen ist fast genauso schlimm wie das, das sie in Bacons Nähe verwendet. Aufgesetzt, schrill, übertrieben.

Manchmal frage ich mich, ob ich es jemals mit der echten Evie zu tun habe oder ob über ihrem ganzen Leben ein Insta-Filter liegt. Aber ich bin wohl die Letzte, die sich in Sachen *echt* ein Urteil erlauben sollte.

»Ich versuch's!« Richtiges Lachen verursacht Muskelkater im Bauch, falsches lässt mein Gesicht zu Stein werden. Irgendwann brauche ich keine Maske mehr, irgendwann bin ich die Maske.

Ich nicke in Richtung Flachbildschirm, den Pat gerade einschaltet. »Viel Spaß bei der Show.« Berühmte letzte Worte, sollte ich wirklich einen Auftritt in besagter *Show* haben. »Dad wartet schon auf mich«, sage ich und schaue auf mein Handy, als hätte ich eine Nachricht bekommen.

Ich stopfe es in meine Handtasche und umarme Evie, dann Pat, Vince drücke ich einen schnellen Kuss auf die Wange. Zu nah, zu nah, zu nah.

An der Tür drehe ich mich um. Pat legt sein Tablet auf den Couchtisch neben Bacons Handy, während auf dem Fernseher ein Schwarz-Weiß-Bild erscheint. Die Garage. Tatsächlich hat die Kamera nur das Tor und den Bereich aufgezeichnet, in dem der Tesla steht. Vorausgesetzt, sie schwenkt nicht im Minutentakt zum Durchgang. Was noch lange nicht heißt, dass ich meinen Kopf aus der Schlinge gezogen habe, aber es ist ein Anfang.

Evie schaufelt sich gerade ein ganzes Viertel Schokotorte auf ihren Teller und macht damit klar, wie viel sie heute trinken wird.

Ich taste nach der Kette um meinen Hals. Mein golden key, den darf ich nicht verlieren. Wortwörtlich! »Erzählt mir dann am Montag, wie blöd Speckfresse aus der Wäsche geschaut hat.« Die Worte schmecken wie eine Handvoll Reißnägel. Doch sie erfüllen ihren Zweck, denn die Pretty Pennies nicken mir zufrieden grinsend zu.

Auf der Treppe zögere ich. Soll ich mich verstecken und lauschen, ob ich wirklich nicht auf dem Video bin? Nein, ich will einfach nur nach Hause.

Ich haste in Pats Alkohollager, reiße den Garagenöffner vom Schlüsselbrett und überprüfe, ob die Übergangstür immer noch unverschlossen ist. Dann verlasse ich auf direktem Weg das Haus.

Kaum bin ich draußen, rutscht MEINE Maske vom Gesicht und die versteinerten Mundwinkel sacken nach unten. Schwüle Sommerluft drückt gegen meinen Körper. Bloß weg hier!

»Na endlich!« Eine Gestalt löst sich aus der Dunkelheit zwischen zwei am Straßenrand geparkten Autos. Bacon.

Ich unterdrücke einen Aufschrei. »Verdammt! Hast du mir hier etwa die ganze Zeit aufgelauert?«

»Hätte ich morgen im Sandman's aufkreuzen sollen? Wäre dir das lieber gewesen?«

»Hmm«, murre ich.

Bacon fixiert mich. »Und?«

»Was *und*?«, blaffe ich ihn an. Im Grunde sollte ich froh sein, dass er hier auf mich gewartet hat. So kann ich die Sache schnell hinter mich bringen. Aber es fällt mir generell ziemlich schwer, Bacon für irgendetwas dankbar zu sein.

Ich werfe einen nervösen Blick zurück zu Pats Villa, wo die Fenster im Obergeschoss erleuchtet sind. Schauen die drei immer noch die Überwachungsaufnahme? Zwar kam mir der Moment zusammengekauert hinter Pats Alkohollager wie eine Ewigkeit vor, aber in Wahrheit dürfte der für die Pretty Pennies interessante Teil nicht länger als ein paar Minuten sein. Vorausgesetzt, sie wiederholen die Aufnahme nicht in Endlosschleife. Hoffentlich verschwinden sie bald ins Bonbon!

Prüfend sehe ich mich um. Ein paar Fenster der Nachbarvillen sind zwar erleuchtet, doch entdecken kann ich niemanden. Die Bewohner scheinen Besseres zu tun zu haben, als hinter den Gardinen zu lauern und auf die Straße zu spähen.

Damit wir nicht weiter wie auf dem Präsentierteller rumstehen, bedeute ich Bacon, zurück zwischen die beiden Autos zu gehen, und folge ihm. Wenn uns jetzt jemand entdeckt, haben wir bestimmt schneller die Cops an der Backe, als wir Mayfair sagen können. Normale Leute verstecken sich nicht hinter parkenden Autos – und schon gar nicht in diesem Viertel.

»Wie sieht dein Plan aus, Lynn?«

Wut durchzuckt mich. MEIN Plan sieht ganz anders aus als alles, was seit heute Morgen geschehen ist. Aber das geht Bacon nichts an.

Seufzend ziehe ich den Garagenöffner aus meiner Handtasche. »Warte hier ein paar Minuten, sie wollen gleich in einen Club gehen. Sollte nicht mehr lange dauern. Sobald sie weg sind, kannst du durch die Garage rein. Du musst in den zweiten Stock. Das Tablet liegt auf dem Couchtisch oder zumindest war es da bis eben noch. Irgendwo dürfte übrigens auch dein Handy liegen, glaube kaum, dass sie es mitnehmen. Lösch das Video vom Tablet, und am besten deaktivierst du die Kamera für den Rest der Nacht.« Ich strecke ihm die Fernbedienung hin, will sie so schnell wie möglich loswerden. »Und vergiss bloß nicht, das Teil wieder zurück ans Schlüsselbrett in den Durchgangsraum zur Garage zu hängen, bevor du verschwindest. Zweiter Haken von links. Natürlich werden sie wissen, dass du es warst. Aber ohne Beweisvideo können sie nicht zur Polizei gehen.«

Bacon nimmt mir die Fernbedienung ab. »Wenn du mitkommst, wäre ich viel schneller.«

Ich schlucke hart. »Keine Chance! Für heute reicht's mir.«

»Warten musst du hier trotzdem. Außer, du kannst bis Montag auf dein Handy verzichten.«

»Was hat denn jetzt mein Handy damit zu tun?«

»Sehe ich aus wie eine Eule?«

»Hä ...?«

»Du hast doch bestimmt eine Taschenlampen-App, oder?«

Mist. Daran hab ich überhaupt nicht gedacht. Ich beuge mich am Rücklicht des Wagens vorbei und kann gerade noch sehen, wie die Lichter in Pats Villa ausgehen. »Sie kommen!« Zum ersten Mal an diesem Abend bin ich froh über die zu vielen Umdrehungen, die durch meinen Kopf wirbeln. Sie lassen die Aufregung abflauen.

In der Ferne höre ich Pat irgendetwas grölen und Evie giggeln. Die Pretty Pennies haben das Haus verlassen.

»Duck dich!«

Das lässt sich Bacon nicht zweimal sagen, und wir kauern uns hinter den geparkten Wagen.

»Schade, dass Lynn das verpasst hat!«, ruft Vince ein paar Meter entfernt von uns.

Seine Worte lassen nur einen Schluss zu: Zum ersten Mal an diesem durch und durch beschissenen Tag habe ich Schwein gehabt. Wäre ich auf der Aufnahme gewesen, hätte Vince meinen Namen sicher zusammen mit einem Haufen Flüche in den Mund genommen.

Mein Plan steht also noch. Trotzdem gefällt mir nicht, wie erleichtert ich bin. Ständig muss ich mich daran erinnern, dass die Pretty Pennies nicht wirklich meine Freunde sind. Würden sie mich kennen, hätte ich jetzt keinen golden key um den Hals hängen.

Aber da ist ein weiteres Gefühl, das sich unter die Erleichterung mischt. Enttäuschung? Sofort ist mir klar, wer dafür verantwortlich ist: Bloody Jacky! Sie hat sich gewünscht, dass heute Nacht alles ein Ende findet. Ein Gefallen, den ich ihr nicht tun kann.

»Wie dumm Speckfresse aus der Wäsche geglotzt hat – einfach unbezahlbar!«, grölt Evie.

»Davon sollten wir Poster drucken lassen.« Pat.

»Und das Graham damit tapezieren!« Evie klingt aufgeregt.

Ich spähe an dem Wagen vorbei und entdecke die drei vor Pats Einfahrt. Bestimmt warten sie auf ein Taxi.

»Aber zuerst lassen wir das Schweinchen ein bisschen nach unserer Pfeife tanzen«, sagt Vince. »Wäre doch sonst schade um die Gelegenheit.«

»Wir sollten uns Aufgaben überlegen, die die Lehrer so richtig anpissen. Dann fliegt er früher oder später in hohem Bogen.« Evie.

»Und wenn das nicht reicht, helfen wir mit dem Video nach.« Pat.

Mein Blick gleitet rüber zu Bacon. Er sitzt auf der Straße, den Rücken gegen das Nummernschild des Wagens gelehnt, und starrt ins Nichts. Im Halbdunkel kann ich seine Miene nicht richtig erkennen, aber das brauche ich auch nicht. Ich kann mir nur zu gut vorstellen, was gerade in ihm vorgeht. Die Pretty Pennies hatten nie vor, sich an den Deal zu halten. Leider kann ich nicht mal so tun, als würde mich das überraschen. Ich hätte nur gedacht, dass es eine Weile dauern würde, bis sie das Interesse daran verlieren, Bacon zu demütigen.

»Selbst schuld. Warum legt er sich auch mit uns an?« Pat.

»Nächste Woche wird er sich wünschen, er hätte die neunzig Riesen genommen.« Vince lacht. Alles nur ein Joke.

Ich rechne mit einem neuen waschechten Bloody-Jacky-Wutanfall, doch der bleibt aus. So still wie jetzt ist sie selten. Die Angst knebelt sie.

Scheinwerfer kommen die Straße herauf. Ich erhasche einen Blick auf die elegante schwarze Limo, als sie an unserem Versteck vorbeifährt. Natürlich ruft man kein stinknormales Taxi, wenn man einen Limo-Service um die Ecke hat.

Der Wagen hält, Türen werden geöffnet und zugeworfen. Dann fährt der Koloss langsam rückwärts. Ich kneife die Augen zusammen, wende das Gesicht ab und zähle die Sekunden, bis das Motorengeräusch verklungen ist. Es sind fünfzehn.

Ich sehe Bacon an. Er bewegt sich nicht. Wenn es ihm nur annähernd so beschissen geht wie mir, könnte ich verstehen, dass er einfach für immer hier sitzen bleiben will.

»Ich geh dann mal.« Bacon richtet sich auf, und ich mache es ihm nach. »Das ist meine einzige Chance. Falls ich das Video nicht löschen kann, sollte ich wirklich über einen ihrer Vorschläge nachdenken.« Er nickt mir zu. »Welchen findest du am besten? Mir hat ja die Sache mit dem Hundefutter ganz gut gefallen. So hätte wenigstens Peanut noch etwas davon.« Er versucht sich an einem Lachen, doch es will nicht so recht gelingen. »Achtest du dann gut auf den kleinen Kerl?«

Ich weiß, dass er das nicht ernst meint, nur sein Unterton verwirrt mich. Er klingt, als hätte er aufgegeben.

»Ich bin mir sicher ...«, setze ich an, mehr fällt mir aber nicht ein. Weil ich mir in gar nichts mehr sicher bin. Und weil sich ein großer Teil in mir wünscht, dass Bacon wirklich vom Graham fliegt. Ausgleichende Gerechtigkeit.

»Lass gut sein, Lynn. Ich mach nur Witze.« Er schüttelt den Kopf, meidet meinen Blick. »Also? Wie sieht's aus? Kommst du mit oder leihst du mir dein Handy?«

Da mich nicht mal Ed Sheeran höchstpersönlich heute Nacht zurück in dieses Haus kriegen würde, entsperre ich mein Handy, um die Taschenlampen-App zu aktivieren. Das WhatsApp-Icon oben in der Leiste zeigt eine neue Nachricht an – bestimmt im Gruppenchat. Ich ignoriere es. Wenn ich zu Hause bin, kann ich den Pretty Pennies immer noch antworten. Drei Klicks später leuchtet die LED neben der Kameralinse grell.

Widerwillig reiche ich Bacon die provisorische Taschenlampe. »Zweiter Stock. Beeil dich!«

Er erspart mir eine Antwort und verschwindet Richtung Villa.

Ein entferntes Summen verrät mir, dass er das Garagentor geöffnet hat. Gleich darauf ertönt das Geräusch erneut. Hat er das Tor hinter sich zugemacht? Gut so, ist unauffälliger.

Unruhig marschiere ich zwischen der Laterne am Gehwegrand und den Autos hin und her, wobei ich den Blick auf den nachtschwarzen Asphalt hefte. Das Blitzen der Taschenlampe hinter den Fenstern würde mich nur verrückt machen.

Ich laufe.

Hin, her. Hin, her. Hin-her. Hinher. Hinher.

Ich fröstle, obwohl die Sommerhitze nicht wirklich runtergekühlt ist. Mein Kopf dröhnt vom Stress und Alkohol.

Motorbrummen und leises Basswummern nähern sich. Als ich eine Limo die Straße hinaufkommen sehe, krampft sich mein Magen zusammen. Dabei versuche ich erst gar nicht, mir einzureden, der Fahrer sei schon zurück und wolle nur parken. Ich weiß es besser, spüre es mit jeder Faser.

Die Pretty Pennies sind zurück.

Mein Körper übernimmt die Regie. Die Knie knicken ein, und ich sacke auf den Asphalt. Der Autopilot hat übernommen, aber das Zittern, das von mir Besitz ergreift, kann selbst er nicht unterdrücken.

Der Wagen hält vor Pats Haus.

Eine Tür geht auf. Der Bass wird lauter.

»Beeil dich!«, höre ich Evie rufen.

»Jaja.« Pat.

Ein dumpfes Türzuschlagen, der Bass ist nun wieder gedämpfter. Schritte entfernen sich.

Hat Pat etwas vergessen? Oder hat Bacons Eindringen einen stillen Alarm ausgelöst? Aber wären dann nicht längst die Cops angetanzt? Was soll ich tun? Bacon hat mein Handy, also kann ich ihn nicht warnen. Soll ich mich verdrücken? Nein, ohne mein Handy gehe ich nirgendwohin! Verdammt!

Vorsichtig spähe ich über den Kofferraumdeckel.

Im Treppenhaus gehen die Lichter an, Pats Reich ist weiterhin dunkel – nein, halt! Gerade hat etwas in einem der Fenster aufgeblitzt. Shit! Bacon ist noch dort. Und der Hausherr ist auf direktem Weg nach oben. Die Frage ist nur: Weiß Bacon, dass er sich verstecken muss? Oder hockt er völlig ahnungslos auf Pats Couch und durchsucht das Tablet?

Ich muss ihn warnen! Ich kann nicht wieder tatenlos rumsitzen und warten, dass Bacon zum zweiten Mal an diesem Tag auf frischer Tat ertappt wird.

Wenn Pat ihn erwischt, wird er ihm sicher keinen weiteren

Deal anbieten. Schon gar nicht in dem Wissen, dass auch der erste nur Fake war. Dann ist Bacon geliefert und ICH mit ihm.

Ich hechte hinter dem Wagen hervor, sprinte an der Limo vorbei und komme vor der Haustür zum Stehen. Dreimal hintereinander drücke ich auf die Klingel. Kurz, lang, kurz. S.O.S. – oder war es lang, kurz, lang? Ach, egal. So oder so wird Bacon es hören und hoffentlich die richtigen Schlüsse ziehen.

Für einen Moment bin ich ratlos. Was jetzt? Einfach umdrehen und abhauen, kann ich wohl vergessen. Wenn Evie oder Vince mich von der Limo aus gesehen haben, werden sie Fragen stellen. Bleibt nur die Flucht nach vorne.

Die Tür ist nur angelehnt, also gehe ich rein. Über mir höre ich das Knarzen der Treppe.

»Hallo? Pat?«, rufe ich und schiebe die Maske zurück über mein Gesicht. Der Autopilot lenkt meine Schritte die Stufen hinauf. Keine Ahnung, was ich mache, wenn ich oben angekommen bin.

Im ersten Stock kommt Pat mir entgegen. »Ach, du bist's!« Er schwankt leicht, seine Stimme klingt aber ziemlich normal. Es ist kein Geheimnis, dass er deutlich mehr verträgt als Evie und ich zusammen. »Hast du es dir doch anders überlegt?«

»Nee, hab nur mein Handy vergessen«, sprudelt der Autopilot für mich los. Hoffentlich ist Pat trotz fehlendem Lallen betrunken genug, dass er sich nicht dran erinnert, wie ich vor meiner Verabschiedung das Handy in meine Handtasche verfrachtet habe. »Und du?«

Pat stapft vor mir die Treppe hoch, ich folge ihm. »Meinen Führerschein.«

»Du meinst, deinen *gefälschten* Führerschein.«

Pat grinst. »Oder so.«

»Weißt du denn, wo du suchen musst?«, frage ich möglichst laut, als wir oben ankommen.

»Ich könnte schwören, ich hab ihn auf meinem Schreibtisch liegen lassen.« Pat öffnet die Tür zu seinem Reich und schaltet das Licht an. Innerlich bereite ich mich auf seinen Wutausbruch vor, aber der bleibt aus.

Schnell scanne ich den Raum. Kleiderschrank, Schreibtisch, Couch-Schlachtschiff ... mein Blick bleibt an einem schwarzen Etwas hängen, das mitten auf der Sitzfläche liegt. Der verdammte Garagenöffner!

Pat steuert sofort den Schreibtisch an. Ich gehe zur Couch, setze mich und lege meine Hand auf das kleine Kästchen. Dann schiebe ich die Hand samt Garagenöffner unter eins der Kissen hinter mir. Bacon wird ihn schon finden. Dabei tue ich so, als würde ich in den Sofaritzen nach meinem Handy suchen, während Pat das Chaos auf seinem Schreibtisch durchwühlt. Wenigstens war Bacon so schlau, das Tablet und sein Handy auf dem Couchtisch liegen zu lassen.

Ich sehe mich weiter um und entdecke ein dunkles Stück Stoff, das rechts unter Pats Bett hervorlugt. Der Zipfel einer Kapuze? Eine Kapuze, die zu einem schwarzen Hoodie gehört.

Ich versuche, normal weiterzuatmen und mir nichts anmerken zu lassen. Was, wenn Pat beschließt, den Führerschein unterm Bett zu suchen? Ich muss ihn davon abhalten. Nur wie?

Schnell springe ich auf, gehe zum Bett und schaue darunter. Bacon starrt mich mit vor Schreck geweiteten Augen an. Ich nicke ihm zu, hoffe, er erkennt in meinem Blick, dass ich ihm aus der Patsche helfen will. Schon wieder.

»Also, unter dem Bett ist er nicht!«, rufe ich Pat zu.

»Ah, hab ihn!« Pat wedelt mit dem Führerschein. »Und du? Handy gefunden?«

Ich schnappe mir Bacons Handy und halte es grinsend hoch. »Jap!« Schnell lasse ich es in meiner Handtasche verschwinden, hoffentlich fällt Pat jetzt nicht auf, dass Bacons Handy weg ist.

Aber er geht bereits zur Tür. »Gut, sonst hättest du bis Montag warten müssen, um das Video zu sehen.«

»Video?« Ich verschlucke mich fast an dem Wort.

»Na, die Überwachungsaufnahme, hab sie im Gruppenchat geteilt.«

Ich muss an die Nachricht denken, die ich weggewischt habe. Mein Magen rebelliert, und ich spüre, wie ein ganzer Schwall Umdrehungen meinen Hals hinaufschießt. Ich schlucke krampfhaft dagegen an.

»Du musst es dir auf jeden Fall reinziehen, ist einfach zu gut.«

»Äh, ja, klar … cool«, würge ich hervor, schaffe es aber nicht, halb so freudig zu klingen, wie ich es unter normalen Umständen tun würde.

Das war's dann wohl.

Alles umsonst.

Selbst wenn Bacon das Video auf Pats Tablet löscht, die Kopien davon kann er nicht vernichten. Unmöglich.

»Kommst du?«

Ich werfe einen Blick rüber zum Bett. Die Kapuze ist nicht mehr zu sehen. Ich will gar nicht wissen, was gerade in Bacon vorgeht. Seine letzte Chance ist verpufft und seine Zeit am Graham somit abgelaufen. Eigentlich müsste ich mich jetzt freuen …

Ich verlasse das Zimmer. Meine Beine fühlen sich wacklig an, als hätte Säure meine Knochen und Muskeln zersetzt. Das schlechte Gewissen drückt auf meine Schultern. Ich will einfach nur noch nach Hause, auch wenn ich mir sicher bin, heute Nacht kein Auge zuzubekommen.

SUNDAY, 13TH JUNE

Ein Tag vor Bacon's Last Will

Gruppenchat der Pretty Pennies

LYNN:
Leute, ich hab DIE Idee!

VINCE:
😱😱😱 Wie kannst du um diese Zeit schon wach sein? Am SONNTAG?!

LYNN:
Es ist zwei Uhr nachmittags

VINCE:
Eben 😱😱😱

EVIE:
Kann das nicht bis morgen warten? Pat und ich sind ... beschäftigt 😊

PAT:
😁

VINCE:
Jackpot, Bro 😎

LYNN:
So beschäftigt könnt ihr ja nicht sein, wenn ihr beide antwortet

VINCE:
Erwischt!

EVIE:
Also gut, welche grandiose Idee ist dir beim Sterneschauen mit Daddy gekommen?

LYNN:
Es geht um Porkface 🐷

EVIE:
Und schon hast du meine volle Aufmerksamkeit!

PAT:
@Lynn ist dir noch eine Challenge für Bacon eingefallen? Besser als die Schweinenase?

LYNN:
Viel besser 😍😍

VINCE:
😨 Jetzt mach's nicht so spannend!

LYNN:
Es soll eine Überraschung werden 😇

EVIE:
Ich hasse Überraschungen!

PAT:
Da musst du wohl durch, Babe 😊

VINCE:
Komm schon! Ein paar Details kannst du uns doch verraten

LYNN:
Okay

LYNN:
Ich weiß, mit welcher Tube er jeden Morgen fährt

EVIE:
Ach?

LYNN:
Anfangs wollte mein Dad, dass ich die Tube zum Graham nehme. Ihr wisst schon, es sollte ja nicht so wirken, als hätte ich zu viel Geld ...

PAT:
Dein Dad ist echt durchgeknallt! 😬

LYNN:
I know

EVIE:
Und weiter?

LYNN:
Beim Oxford Circus hab ich Bacon jeden Morgen aus der Bakerloo steigen sehen

EVIE:
Uuuuuuund??? 😦

VINCE:
Oje, Evie benutzt wieder zu viele Satzzeichen ...

PAT:
Ich sag's euch: Sie ist schon ganz rosa im Gesicht

VINCE:
Gib ihr am besten ein Stück Schoki, dann beruhigt sie sich bestimmt 😁

EVIE:
SEHR WITZIG!

LYNN:
Jedenfalls dachte ich mir, wir könnten Bacon alle zusammen morgen früh auf dem Weg zum Graham überraschen

PAT:
Hä?

VINCE:
Doppel-Hä 😂😂

EVIE:
Hä-Hä 🙄🙄

LYNN:

PAT:
@Vince will deine Zukünftige etwa, dass wir uns mit dem Pöbel in eine dreckige Tube quetschen?

LYNN:
ZUKÜNFTIGE? Hab ich was verpasst?

VINCE:
Für Anfragen bzgl. unseres Beziehungsstatus wenden Sie sich bitte an @Lynn

PAT:

LYNN:
Leute, können wir mal beim Thema bleiben?! Wir steigen alle in Bacons Tube

PAT:
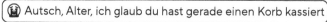 Autsch, Alter, ich glaub du hast gerade einen Korb kassiert

EVIE:
Und wie sollen wir da hinkommen @Lynn?

LYNN:
Äh ... mit der Tube?

VINCE:
Machst du Witze?

LYNN:
Natürlich könnt ihr euch auch mit dem Taxi zur Haltestelle fahren lassen

EVIE:
Schon besser

VINCE:
Wo genau?

LYNN:
Lambeth North, steigt in die Bakerloo Richtung Harrow & Wealdstone

EVIE:

😩 Google sagt, das ist am Arsch von London!!!

LYNN:

In Lambeth eben 😉

PAT:

Wohnst DU etwa da?

LYNN:

Bullshit! Ich hab nur Bacon immer wieder aus dieser Tube kommen sehen. Wir müssen also früh genug einsteigen, um ihn zu überraschen

VINCE:

Und wann sollen wir dort sein?

LYNN:

8.20 Uhr

EVIE:

😭😭😭 Ich brauch meinen Schönheitsschlaf!!!

LYNN:

@Pat wirfst du Evie morgen bitte früh genug aus dem Bett?

PAT:

Geht klar!

EVIE:

Ich wäre vielleicht motivierter, wenn ich wüsste, was du vorhast @Lynn

LYNN:

Vertraut mir! Das wird mega!

VINCE:

Wie mega?

LYNN:

Mega-mega!!! Ich hab was vorbereitet für Speckfresse 😁

PAT:
Jetzt machst du's aber spannend

EVIE:
🙂 Ich HASSE Überraschungen!

PAT:
Das hast du schon gesagt, Babe

EVIE:
Aber noch nicht in Großbuchstaben

LYNN:
Diese Überraschung wirst du lieben, glaub mir 🤍

EVIE:
Okay, weil du es bist! 😊

VINCE:
Komisch, zum ersten Mal freu ich mich auf Montag

PAT:
Und ich erst!

LYNN:
Nicht vergessen, um 8.20, Lambeth North, Bakerloo

PAT:
Aye, aye Käpt'n!

LYNN:
😄

MONDAY, 14TH JUNE

Tag von Bacon's Last Will

»Birds of a feather flock together.«

Tube-Haltestelle Elephant and Castle

Brendon Urie schreit aus den Kopfhörern in meine Ohren, als die Tube einfährt. Zwar könnte ich ihn leiser drehen, dann wäre aber deutlich weniger *Panic!* in MEINER Disco – dabei passt das doch gerade so perfekt zu meinem Leben.

Ich lasse Dads alten iPod in der Schultasche verschwinden. Ein Wunder, dass das Teil überhaupt noch funktioniert. Und auch wenn Dads Musikgeschmack echt okay war, hätte ich jetzt lieber mein Handy wieder.

Die Menge drängt mich auf den Bahnsteig zu. Türen auf, von der Masse weiterschieben lassen, Türen zu, Haltestange umklammern. *The same procedure as every day.* Nicht. Heute ist etwas anders. Ich und ICH. Wir beide sind bis unters Dach voll mit Angst. Weil wir nicht wissen, was uns erwartet.

Mit einem unbarmherzigen Ruck fährt die Tube an, katapultiert mich geradewegs auf mein Verderben zu.

Der nächste Halt ist Lambeth North. Türen auf, Menschen raus, Menschen rein, Türen zu. Eine Frau tritt mir auf den Fuß, hechtet auf einen der heiß begehrten freien Sitzplätze zu. Wie immer ist die Tube voll mit schweigenden Zombies. Alle vermeiden Blickkontakt, hängen ihren Gedanken nach, überall sieht man Handys, Kopfhörer, Kaffeebecher.

Ich hasse Montage, aber dieser hat einen besonders hohen Grad an Beschissenheit erreicht, noch bevor ich überhaupt am Graham angekommen bin. Jede Faser meines Körpers scheint mich nach hinten ziehen zu wollen. Zurück. Nach Hause, in mein Bett, wo ich mich unter meiner Decke verstecken und so tun kann, als würde ich nicht existieren. Super Plan.

Jemand tippt mir auf die Schulter.

Ich drehe mich um. Mein Blick trifft perfekte Augen, streift ein perfektes Lächeln. Schnell will ich MEINE Maske aufsetzen, spüre aber, dass es dafür zu spät ist. Hat jetzt eh alles keinen Sinn mehr. Bacon hat die Bombe platzen lassen. Ganz klar.

»Wie hast du mich gefunden?«, frage ich, glaube ich zumindest. Ich kann meine Stimme nicht hören, Brendon Urie schreit einfach zu laut.

Vince hebt die Hände an mein Gesicht. Ich zucke zurück. Ein Ausdruck, den ich nicht deuten kann, flackert in seinen Augen auf. Dann streift er meine Kopfhörer nach hinten und legt sie um meinen Hals. Stocksteif stehe ich da, lasse es geschehen, während meine Gedanken rasen.

Bloody Jacky schnappt nach Luft. Sie erträgt es nicht, dass ich mich nicht rühre.

Vince beugt sich nach vorne und ... küsst mich.

»Guten Morgen, Sonnenschein.«

Sonnen–? Moment mal – was?! Warum schreit er nicht? Schaut angewidert? Befielt mir, dass ich mich nie wieder am Graham blicken lassen soll? Reißt mir den Penny vom Hals?

»Ich bin's doch nur!« Vince lacht offen und herzlich. Mein Gesichtsausdruck scheint Bände zu sprechen.

Eine Falle! So muss es sein. Was hat er sonst in meiner Tube zu suchen? Selbst wenn jedes Taxi und jeder andere Fahrservice in ganz London besetzt wäre, geht die Wahrscheinlichkeit, dass er in diese Tube einsteigt, gegen minus eine Million. Und das nicht nur, weil er auf der anderen Seite Londons wohnt.

»Würdest du uns jetzt bitte endlich aufklären?«

Uns?

Mein Blick rutscht an Vince vorbei und fällt auf Evie, die gerade eine Portion Desinfektionsmittel aus einem Plastikfläschchen in Pats Handflächen drückt und danach sich selbst die Hände einreibt. Beißender Alkoholgeruch zwickt mich in die Nase.

»W… Was?«, bringe ich hervor. Um einen ruhigen Tonfall brauche ich mich gar nicht erst bemühen.

»Mach's nicht so spannend! Immerhin sind wir extra für dich in diese Keimschleuder eingestiegen.« Herausfordernd zieht Evie ihre perfekt gezupften Augenbrauen nach oben. »Ist er schon da?«

»Wer?«

Evie lacht. Wie immer hat sie den Rock ihrer Schuluniform viel zu weit hochgezogen, sodass ihre Beine noch länger aussehen. »Der war gut, Ly–« Ein Rumpeln erschüttert die Tube und reißt ihr meinen Namen aus dem Mund. Gefolgt von einem Knirschen, das die feinen Härchen auf meinen Armen kitzeln lässt, als hätte ich mit einem aufgeblasenen Luftballon darübergerieben.

Entsetzte Gesichter. Aufgerissene Augen. Schreie. Bremsen quietschen.

Panisch klammere ich mich an der Haltestange fest. Vince reagiert nicht schnell genug, er stolpert mit der Schulter gegen die Stange und quetscht meine Finger ein. Es müsste wehtun, da müsste Schmerz sein, aber ich spüre nichts.

Endlich kommt die Tube zum Stehen.

Es stinkt nach in Flammen stehendem Metall und etwas, das eine Erinnerung durch meinen Kopf schießen lässt, auf die ich gerne verzichtet hätte. Das Bild meiner Cousine Bella, die über Grandmas Küchenablage krabbelt und mit ihren kleinen Händen direkt auf die glühend heiße Herdplatte fasst. Ihr längst vergangener Schrei kitzelt in meinem Gehörgang.

Verbranntes Fleisch und Rost. Unverkennbar. Dieser Geruch gehört hier genauso wenig her wie die Pretty Pennies.

»Du kannst mich wieder loslassen, Babe!« Evie befreit sich aus Pats Griff. Und schon hält sie ihm erneut die Desinfektionsmittelflasche unter die Nase. Als sie auch mir etwas davon anbietet, starre ich sie nur fassungslos an.

Evie zuckt mit den Schultern. »Aber beschwer dich nicht bei mir, wenn du dir irgendwas Ekliges eingefangen hast.«

»Alles in Ordnung?« Vince streicht mir beruhigend über den Arm. Ich beuge mich an ihm vorbei und schaue hinaus. Draußen drückt Finsternis gegen die Scheiben unseres Waggons. Ein kalkweißes Gesicht starrt mir aus der Schwärze entgegen. Es ist mein eigenes. Daneben das von Vince. Wir sind Geister in der Nacht, nicht richtig hier und nicht richtig dort. Ich sehe unseren Spiegelbildern den Schock an.

Eine Durchsage ertönt. Ich verstehe kein Wort, die Leute reden zu laut und wild durcheinander. Niemand schaut mehr auf sein Handy, auch die Kopfhörer sind aus den Ohren verschwunden.

»Ein Jumper!«, ruft ein Junge aufgeregt und drückt seine Nase gegen die Scheibe.

»Jetzt komme ich schon wieder zu spät zu meinem Meeting«, stöhnt die Frau, die gegenüber von dem Jungen sitzt.

»Echt mal«, seufzt ein Mädchen in meinem Alter im Vierersitz daneben. »Können diese nervigen Selbstmörder nicht auf die Ohne-psychische-Probleme-weiterleben-wollende-Arbeitergesellschaft Rücksicht nehmen? Einfach nur dreist! Wir sollten die Hinterbliebenen auf Schadensersatz verklagen.« Sie funkelt die Frau böse an, die kneift die Lippen zusammen, zückt ihr Handy und beginnt wie wild darauf herumzutippen.

Ich muss schlucken, versuche, das Bild zu verdrängen, mit dem das Wort *Jumper* meine Fantasie malträtiert. Doch das funktioniert ähnlich gut, wie den Geruch zu ignorieren, der sich in meine Schleimhäute zu fressen scheint wie ein Virus – da kommt selbst der beißende Desinfektionsmittelgestank nicht gegen an.

Vor meinem inneren Auge erscheint ein klumpiger Haufen Mensch. Knochensplitter. Blut. Hirnmasse, die über Gleise spritzt. Bilder. Bilder. Bilder. Warum haben Gedanken keinen Ausschalter? Oder wenigstens einen Stand-by-Knopf?

Vince nimmt mich in den Arm. »Schhhh ...« Unbeholfen tätschelt er meinen Kopf. Wenn ich es nicht besser wüsste, würde ich glauben, er hat schon viele Jumper in seinem Leben verkraften müssen. Oder es ist ihm einfach egal, dass wir gerade einen Menschen überrollt haben. Vermutlich Letzteres.

»Na, deinen Plan können wir heute wohl abhaken!« Evie klingt enttäuscht. Auch dafür hasse ich sie, und das, obwohl ich immer noch keine Ahnung habe, von was sie da eigentlich redet.

Ich mache mich von Vince los, will weg. Aber genau das geht nicht. »Welchen Plan?« Ich schlucke gegen den Inhalt meines Magens an: Toast mit Erdbeermarmelade und ein Glas Orangensaft.

Evie runzelt die Stirn, als würde sie überlegen, ob ich Witze mache. »Steht sie unter Schock?«, fragt sie an Vince gewandt, als wäre ich gar nicht da oder ein kleines Kind, über das die Erwachsenen reden. *Dumme kleine Lynn!*

»Könnte mich mal bitte jemand aufklären?!« Um mich herum drehen sich Gesichter in meine Richtung. Klar, wenn es draußen schon nichts zu sehen gibt, kann man wenigstens die Irre anstarren, die in der Selbstmord-Tube einen hysterischen Anfall bekommt.

»Was glotzt ihr so?!«, blafft Evie die Leute an.

Manche Gesichter wenden sich schnell ab. In anderen erkenne ich Mitleid, Sensationsgier oder Sorge. Nichts davon gefällt mir.

»Du hast doch selbst vorgeschlagen, dass wir heute Morgen in diese Tube steigen sollen.« Vince fährt mir beruhigend über den Rücken – zumindest glaubt er bestimmt, dass es das ist.

Entgeistert starre ich ihn an. »Ich?!«

Evie nickt Vince zu. »Jap, sie hat definitiv einen Schock.«

»Hallo? Lynn?« Pat schnipst vor meinen Augen, als wäre er ein Hypnotiseur und könnte mich damit aus einer Trance holen. »Weißt du etwa nicht mehr, dass du uns geschrieben hast? Gestern Nachmittag?«

Ich schüttle den Kopf. Wovon reden die drei bloß? »Nein, das hab ich ni–« Plötzlich fällt mir auf, was mich an dieser Geschichte stört. Der Gruppenchat – ohne mein Handy kann ich nicht darauf zugreifen. Mein Handy! Bacon hat es. Wenn also jemand den Pretty Pennies geschrieben hat, dann er. Was er damit bezweckt hat, ist ja wohl eindeutig: Er wollte, dass die Pretty Pennies mit eigenen Augen sehen, dass ich Tube fahre und wo ich zusteige. Er hat mir eine Falle gestellt, und das, obwohl ich ihm helfen wollte.

»Mein Handy, ich hab es nicht mehr«, platze ich heraus.

»Was heißt, du hast es nicht mehr?«, fragt Pat.

Ich entscheide mich, einen Teil der Wahrheit zu sagen. Vielleicht kann ich so den ganzen Rest vertuschen. »Ich habe aus Versehen das von Bacon eingesteckt, als ich bei dir war, Pat.«

»Ach, DU hast es mitgehen lassen?!« Pat lacht, runzelt dann aber die Stirn. »Und wo ist deins? Ich hab nach dem von Bacon gesucht, wollte noch ein paar Codes ausprobieren. Deins hab ich dabei allerdings nicht gefunden.«

»Vielleicht ist Bacon ein zweites Mal bei dir eingestiegen und hat meins mitgenommen?«

»Und dann hat Speckfresse uns geschrieben, wir sollen alle hierherkommen. Nur wozu?«, fragt Vince.

»Gute Frage.« Evie nickt.

»Was hat dieser kleine Bastard vor?«

Ich schlucke.

Draußen flammt Licht auf. Zu meiner Überraschung sehe ich einen erleuchteten Bahnsteig. Haben wir uns bewegt? Dürfen wir endlich aussteigen? Nein, wir stehen immer noch. Und ich weiß, dass es eine ganze Weile so bleiben wird. Zwar war ich selbst nie zuvor in einer Jumper-Tube, habe aber oft genug gehört, was danach passiert. Routine.

Auf einem der typischen Haltestellenschilder lese ich *Aldych Cross*. Ich hab schon von der geschlossenen Haltestelle gelesen, besser gesagt von den unzähligen Gruselgeschichten, die sich um den Geisterbahnhof ranken. Der offizielle Grund für die Schließung lautete, dass die Distanz zwischen Waterloo und Embankment zu klein sei, um eine extra Station zu unterhalten. Die inoffizielle, dass Aldych Cross der größte Knotenpunkt für Jumper war. Der Ruf der Haltestelle wurde mit der Zeit so schlecht, dass die Leute regelrecht Angst bekamen, mit den Linien zu fahren, die Aldych Cross passierten. Wie *unser* Jumper wohl dort reingekommen ist?

Draußen laufen Polizisten den Zug ab. Ich weiß, wonach sie suchen. Wir alles wissen es.

»Schau mal, was für ein süßer Hund!«, sagt eine junge Frau zu ihrer Tochter und deutet hinaus auf den Bahnsteig.

Mit dem Blick folge ich ihrer Geste. Und tatsächlich. Nicht weit entfernt zerrt ein Jack Russel Terrier an seiner Leine, die an einer alten Sitzbank befestigt ist. Mit schief gelegtem Kopf schaut er zu uns herüber. Bis auf die braunen Ohren und einen kreisrunden Fleck um sein rechtes Auge ist er schneeweiß.

Ich blinzle.

Der Hund starrt wie gebannt in Richtung Tube, als würde er darauf warten, dass sein Herrchen gleich zu ihm zurückkommt.

Aber ich weiß es besser.

Totenstille breitet sich in mir aus. Meine Augen erblinden. Oder habe ich sie bloß geschlossen? Auf der Innenseite meiner Lider schwingt die Abrissbirne ein letztes Mal nach hinten.

Doch ... niemand sitzt darauf.

Bacon kann mich nicht mehr verraten.

Er ist fort.

Das interessiert die Stahlkugel allerdings nur wenig. Sie vollzieht einen sauberen Bogen, nur um anschließend mit einem trommelfellzerfetzenden Donnern gegen MICH zu krachen.

Sie zertrümmert MEINE Knochen.

MEIN Grundgerüst.

MEIN Fundament.

Die Gedanken, die MICH zusammengehalten haben.

Die Lügen spritzen aus allen Wunden. Blutrot. Nachtschwarz.

ICH zerfalle.

Ich falle.

Ins Nichts.

»They sow the wind and reap the whirlwind.«

Bakerloo, Aldych Cross

Das Geräusch unzähliger Schritte. Jemand rempelt mich an. Ich umklammere die Haltestange fester. Gemurmel. »Na endlich!«, stöhnt eine Frau.

»Lynn? Kommst du?« Vince.

Ein Schütteln an der Schulter.

»Ich glaub, jetzt hat's ihr echt die Lichter ausgepustet.«

»Ach, so ein Bullshit, Evie!«

»Lynn? Wir dürfen gehen.«

Eine Hand an meinem Arm. Fester Druck.

Widerwillig öffne ich die Augen, bin zurück in der Tube, war nie weg. »Gehen? Wohin?«

Vince verstärkt seinen Griff, als hätte er Angst, dass ich jeden Moment umkippen könnte. »Hast du die Durchsage nicht gehört?«

Mechanisch schüttle ich den Kopf. »Haben sie die …?« *Leichenteile schon eingesammelt,* will ich fragen, bekomme die Worte aber nicht über die Lippen.

Um uns herum drängen Leute nach draußen. Manche haben den Blick starr geradeaus gerichtet, hasten im Laufschritt den Bahnsteig entlang, als könnten sie den Geruch des Todes abhängen. Andere gehen auffällig langsam, bleiben stehen, gaffen. Ein Junge, nicht älter als wir, hat sogar sein Handy gezückt. Das grelle

Licht, mit dem er ins Gleisbett leuchtet, verrät, dass er ein Foto macht. Oder filmt er etwa?

Ein junger Polizist kommt, sagt etwas, das ich nicht verstehe, packt den Jungen am Arm und führt ihn weg.

Jetzt ist die Tube leer. Bis auf die Pretty Pennies und ein Stück Falschgeld.

»Kommt ihr endlich, oder was?« Evie rollt genervt mit den Augen und marschiert zur offen stehenden Tür. Schlagartig bleibt sie stehen. »Iiiih!« Sie deutet in die Spalte zwischen Tube und Bahnsteig, dorthin, wo eben noch der Junge mit seinem Handy hingeleuchtet hat. »Das ist ja eklig!«

Pat geht zu ihr und folgt dem Fingerzeig. Ich kann sein Gesicht nicht sehen, nur, dass er kurz zusammenzuckt.

»Was ist da?«, fragt Vince.

Ich will es nicht hören, bewege die Hände zu meinen Ohren.

»Ein Arm.«

Ich erstarre.

»Wie? Ein Arm?«

»Ein Arm eben. Abgetrennt ...« Evie versucht schockiert zu klingen, aber ihre Stimme macht einen kleinen Hüpfer. So habe ich sie bisher nur einmal erlebt. Damals hatte sie einen schlimmen Autounfall beim Piccadilly Circus beobachtet. Und ich kann mich auch noch genau an das Zucken ihrer Mundwinkel erinnern.

Meine Hände sacken herunter. Warum hatte ich sie gehoben? Ich weiß es nicht mehr, weiß gar nichts mehr. Ein Zittern erfasst mich. Bebt die Erde? Ich presse die Augen zusammen. Meine Fantasie stürzt sich hysterisch lachend auf die Innenseite meiner Lider, malt mit leuchtend roter Farbe auf die dunkle Leinwand.

»Ich dachte irgendwie, da wäre mehr Blut.« Evie. Ist das Enttäuschung in ihrer Stimme? Schon wieder?

Magensäure füllt meinen Mund. Ich schlucke, würge die Angst hinunter. Der Geschmack bleibt, die Angst auch.

»Hat der sich ein Spinnennetz tätowieren lassen?« Pat.

»Nee, das sieht aus wie ... ein Stadtplan oder so.« Evie.

»Scheint das Straßennetz von London zu sein.« Vince.

»Wer lässt sich denn bitte so was stechen?«

»Bestimmt ein Tourguide, der seinen Job ein bisschen zu ernst genommen hat.« Evie gluckst.

Oder Bacon.

Die feinen Linien von Bacons Tattoo tauchen vor meinem inneren Auge auf. Blutverschmiert, auf einem Arm, der ... Erneut schlucke ich gegen die aufsteigende Übelkeit an, spüre aber, dass es dieses Mal nicht klappt.

Ich presse mir die Hand vor den Mund und stürze zum Ausgang. Bloß nicht nach unten sehen! Genauso gut hätte ich mich daran erinnern können, nicht an Elefanten zu denken.

Ich stocke. Mein Blick fällt in die Lücke zwischen Bahnsteig und Tube. Trifft auf den Arm. Bleibt an der Stelle hängen, wo er vom restlichen Körper abgetrennt wurde. Gleitet von den Stofffetzen, die mal ein Hemd waren, über das weitverzweigte Straßennetz Londons.

Dann über den Leberfleck: eine auf dem Kopf stehende Bade-Ente.

Kein Zweifel.

Eine weitere Übelkeitswelle drückt von unten gegen die vorherige. Gerade so schaffe ich es zum Mülleimer. Mit einem widerlichen Geräusch spritzt mein Frühstück in den Plastiksack, der wahrscheinlich seit Jahren dort hängt.

»Lass alles raus!«, johlt Evie hinter mir. Hätte ich ihr doch bloß vor die Füße gekotzt.

Ich schnappe nach Luft, muss husten, würge erneut. Galle brennt sauer auf meiner Zunge. Mehr kommt nicht.

»Hier!« Vince steht neben mir, reicht mir eine Wasserflasche.

Dankbar nehme ich sie und spüle meinen Mund aus. Etwas

streift mein Bein. Ich sehe an mir herunter und entdecke Peanut. Aufgeregt wedelt er mit dem Schwanz.

Ich sinke auf die Bank, an der Peanuts Leine befestigt ist. Mit zitternden Händen streichle ich dem Terrier über den Kopf. Um ihn zu beruhigen oder mich? Mein Blick fällt auf die Marke an Peanuts Lederhalsband, in die sein Name eingraviert ist. Der letzte Prozentpunkt zur Gewissheit – nicht, dass ich ihn gebraucht hätte.

»Der kleine Kerl scheint dich zu mögen!«, sagt Vince von ganz weit weg.

Der kleine Kerl ... Ich muss an Bacons Worte denken, nachdem die Pretty Pennies ihm die unterschiedlichsten Selbstmordvorschläge gemacht haben. Samstagnacht. *Achtest du dann gut auf den kleinen Kerl?* Dazu dieser merkwürdige Unterton. Hat er es da schon gewusst? Dass es keinen anderen Ausweg für ihn geben würde? Hätte ich es sehen müssen?

Ja, ich wollte, dass Bacon leidet, keine Frage, aber den Tod habe ich ihm nie an den Hals gewünscht.

Ich schaue den Bahnsteig hinauf. Zwei Polizisten rollen ein Absperrband aus. Ein dritter redet auf einen Mann ein, der zusammengesunken auf einer weiteren Bank sitzt. Der Zugführer? Worte kann ich keine verstehen, dafür sind sie zu weit entfernt. Am vorderen Ende der Tube sind weiße Sichtschutzwände aufgestellt, vermutlich, damit die Fahrgäste vom Anblick der Leich–

Peanut stößt ein kurzes Bellen aus, als wollte er nicht, dass ich diesen Gedanken zu Ende bringe.

»Ganz ruhig, Peanut!« Ich blinzle die Tränen weg. Hier ist nicht der richtige Ort für sie.

»Peanut? Kennst du den Hund etwa?«, fragt Evie.

Ich nicke.

»Wem gehört er?« Pat.

»Bacon.«

Stille.

Ich knote Peanuts Leine los und stehe auf. Dunkelheit schlägt über mir zusammen, verschluckt den Bahnsteig und die Pretty Pennies.

»Langsam!« Vince fasst mich an der Schulter, gibt mir Halt. Bloody Jacky wimmert leise. Sie ist noch da, in MEINEM Keller, verschüttet unter Tonnen von Beton und Stahl. Aber sie lebt. Und irgendwie spüre ich bei diesem Gedanken Erleichterung.

»Was soll das heißen, der gehört Bacon???« Evies Stimme ist plötzlich ganz schrill, jegliche unterdrückte Sensationsgier ist verschwunden. Ich kann die drei Fragezeichen am Ende ihres Satzes deutlich hören.

Langsam kämpft sich Helligkeit zurück in mein Sichtfeld. Für einen Moment hatte ich gehofft, die Schwärze würde für immer bleiben.

»Was denkst du denn?« Ich sehe Evie herausfordernd an. Das habe ich bisher nie getan, und das scheint auch sie zu begreifen, denn sie runzelt verwirrt die Stirn. Da fällt mir auf, dass ich MEINE Maske nicht aufgesetzt habe. Vorsichtig taste ich nach ihr – sie ist noch da. Das Letzte, was von MIR geblieben ist. Keine Ahnung, wie weit ich es damit schaffe, einfach das Handtuch werfen kann ich allerdings genauso wenig. Nicht jetzt.

»Ja, okay, der Köter sieht aus wie der auf Bacons Sperrbildschirm.« Pat hebt beschwichtigend die Hände. »Aber mal ehrlich, die gibt's wie Sand am Meer, oder?«

Ich unterdrücke einen wütenden Aufschrei und deute auf den Hund. »Du glaubst also, es gibt mehrere Jack Russel Terrier in London, mit zwei braunen Ohren, einem Fleck ums rechte Auge und einem roten Lederhalsband, auf dem Peanut steht?«

Entgeistert starren mich die Pretty Pennies an. Ihr Schweigen ist zornig. Sie sind trotzige Kinder, die nicht akzeptieren wollen, dass sie nicht alles haben können.

»Du meinst …?« Jetzt lässt Pat einen halben Satz zwischen uns in der Luft hängen. Ich brauche die Worte nicht, um zu wissen, was er sagen wollte.

»Oh, fuck!«, stöhnt Vince. »Nicht gut. Das ist gar nicht gut!«

Evies Augen werden zu Schlitzen, als sie mich misstrauisch mustert. »Woher weißt du eigentlich, wie Bacons Hund heißt?«

Wütend funkle ich sie an. Ich sollte das nicht tun, aber ich kann nicht anders. »Was spielt das für eine Rolle? Hast du es immer noch nicht gerafft?«, zische ich, sodass nur die Pretty Pennies mich hören können. »Der abgetrennte Arm, den du gerade gesehen hast, gehört Bacon!« Ich beiße mir auf die Unterlippe, schäme mich, dass mir auch jetzt sein richtiger Name nicht einfallen will. »Er hat euch im Gruppenchat geschrieben. Er wollte, dass wir heute Morgen alle in dieser Tube sind. In der Tube, die –« Ich breche ab, kann es nicht aussprechen.

»Hey! Nicht anfassen!«, brüllt ein Mann so laut, dass die Worte von den Wänden widerhallen.

Ich zucke zusammen, reiße unabsichtlich an Peanuts Leine. Ein empörtes Bellen ist die Antwort.

»Da kommt ein Bulle!«, murmelt Vince. »Verhaltet euch ganz normal.«

»Fuck, fuck, fuck!«, stöhnt Pat.

Ich folge Vince' Blick vorbei an Pat. Ja, Bulle trifft es ganz gut. Der Polizist, der auf uns zumarschiert, ist breit wie ein Stier, hat einen Millimeterhaarschnitt und stechende Augen. Automatisch weiche ich einen Schritt zurück, stoße mit den Beinen gegen die Bank.

Der Bulle baut sich vor mir auf. Er ist so groß, dass ich den Kopf heben muss. Seine Nasenflügel beben vor Wut. »Loslassen!«, knurrt er, zückt einen Kugelschreiber und hält ihn mir vors Gesicht.

»Wie … wie bitte?« Verwirrt betrachte ich den Kugelschreiber.

»Die Leine. Sie ist ein Beweis, genau wie der Hund.«

»Ein ... Beweis?« Wofür? Bacon hat sich umgebracht. Was soll Peanut da bitte beweisen? Ich senke den Blick. Der Terrier hechelt mich an. Sein lächelndes Hundegesicht verschwimmt vor meinen Augen.

»Lynn!«, zischt Evie. Die Panik ist ihr deutlich anzuhören. Wenn ich jetzt sage, dass ich Peanut kenne, kommen wir hier nicht so schnell weg. Dann wird der Bulle Fragen stellen. Fragen, die weder ich noch die Pretty Pennies beantworten wollen.

»Ich ... dachte nur ...«

»Sie steht unter Schock!«, unterbricht Pat mein Gestotter. »Das war ihr erster Jumper.« Es klingt, als hätte er schon Hunderte überlebt. Ein alter Jumper-Hase.

Vince legt seine Hand auf meinen Arm und drückt zu – nicht sehr, es tut nicht weh, aber die Aufforderung dahinter verstehe ich sofort: *Lass den Köter hier und sag kein falsches Wort!*

Mit zitternden Fingern schiebe ich die Handschlaufe der Leine über den erhobenen Kugelschreiber des Bullen. Er fasst ihn an beiden Enden und balanciert die Leine so, dass sie seine Hände nicht berührt.

Peanut stößt ein leises Fiepen aus.

»Henderson!«, bellt der Polizist über meinen Kopf hinweg.

Wieder zucke ich zusammen.

Der junge Polizist von eben kommt auf uns zu, wobei er schnell sein Handy in der Hosentasche seiner Uniform verschwinden lässt. Er kann nicht älter als Anfang zwanzig sein, vermutlich ist er noch in der Ausbildung. In seinem rotfleckigen Gesicht spiegelt sich eine Mischung aus Nervosität und Überforderung. Seine Schultern sind leicht gehoben. Bereit zur Flucht? Oder dafür, gleich in Deckung zu gehen?

»Habe ich Ihnen nicht gesagt, Sie sollen auf den Hund aufpassen?« Der Bulle kann also auch leiser sprechen – nur leider lässt ihn das nicht weniger bedrohlich klingen. Im Gegenteil.

Henderson zieht die Schultern noch ein Stück weiter hoch, bis sein Hals kaum mehr sichtbar ist. »Da war ein Junge, der mit seinem Handy –«

»Bringen Sie die vier nach oben, und nehmen Sie ihre Personalien auf! Könnte sein, dass wir von ihnen einen DNA-Abgleich und Fingerabdrücke brauchen, sie haben den Hund und die Leine berührt.«

Henderson nickt eifrig. »Wird erledigt!«

Mein Magen zieht sich schmerzhaft zusammen. DNA? Fingerabdrücke? Warum habe ich bloß diese blöde Leine angefasst? Die Pretty Pennies sehen auch alles andere als begeistert aus.

»Und danach helfen Sie den Kollegen beim Absperren! Die Jungs von der Spurensicherung sind auf dem Weg. Von denen werde ich was zu hören kriegen.«

Spurensicherung? »Waru–?« Der Bulle schneidet mir mit einem Blick das Wort ab. Dann macht er auf dem Absatz kehrt und ruckt an Peanuts Leine. Der Terrier gehorcht, dreht aber den Kopf in meine Richtung, als würde er mich fragen wollen, was eigentlich los ist. Es kommt mir falsch vor, ihn hier unten allein zu lassen.

Henderson sieht seinem Boss nach. »Oh Mann ...«, seufzt er, lässt seine Schultern fallen, und auch seine Gesichtszüge entspannen sich merklich.

»Mein Beileid«, sagt Vince kumpelhaft. »Ist der immer so?«

»Manchmal ist er noch ätzender.« Henderson nickt zur Treppe. »Und jetzt los, sonst steckt er mich einen Monat lang in die Nachtschicht und lässt mich die Kotze von Besoffenen in den Ausnüchterungszellen aufputzen.«

Mit sanfter Bestimmtheit führt Vince mich zur Treppe, seine Hand weiterhin auf meinem Arm. Nicht, um mich zu stützen, so viel ist mir klar.

Ich möchte einen Blick zurückwerfen. Möchte, dass alles anders ist. Kein Absperrband, kein Sichtschutz. Aber ich lasse es. Ich bin nicht in MEINEM Memory Palace, ich kann mir die Realität nicht basteln, wie ich sie gerne hätte.

»Werden unsere Fingerabdrücke gleich hier abgenommen?«, fragt Vince an Henderson gewandt. »Ich bin mir sicher, dass meine Eltern nicht begeistert davon sein werden. Außerdem hat nur Lynn die Hundeleine berührt.«

Ich weiß, dass das die Wahrheit ist, trotzdem fühle ich mich, als würde Vince mich vor einen fahrenden Bus schubsen. Bloody Jacky bleibt stumm. In ihrem Schweigen schwingt ein unausgesprochenes Ich-hab's-dir-doch-gesagt mit.

»Nein, keine Sorge. Wir werden uns mit euren Eltern in Verbindung setzen, falls wir wirklich Vergleichsproben von euch brauchen sollten.« Henderson steigt hinter uns die Treppe hoch, als hätte er Sorge, einer von uns könnte ihm entwischen. »Oben werden sich Seelsorger um euch kümmern.«

Seelsorger? Pah! Was soll ich denen denn sagen? Dass wir Bacon ... das *Opfer* gekannt haben? Dass Evie, Vince und Pat ihm am Samstag vorgeschlagen haben, wie er sich am besten umbringen könnte? Dass Bacon die Pretty Pennies in meine Tube gelockt hat, damit wir ihn alle zusammen ...

»Warum wird ... um einen Jumper ... so viel Wirbel gemacht?«, will Evie wissen. »Ich meine ... wozu die Fingerabdrücke?« Sie versucht, beiläufig zu klingen, doch ich höre die Anstrengung in ihrem Tonfall, was nicht nur daran liegt, dass sie die Treppenstufen zum Keuchen bringen.

Henderson antwortet nicht.

Ich drehe mich zu ihm um. Der junge Polizist ist ein paar Stufen unter uns stehen geblieben und starrt auf sein Handy. Scheint ja ziemlich spannend zu sein. Er hebt den Blick, sieht aber geradewegs durch mich hindurch. »Weil keiner hier glaubt, dass es ein Jumper war«, sagt er, wobei ein leises Lächeln an seinen Mundwinkeln zupft.

The London Eyes

🏠 Jumper at Aldych Cross
🔍 Crime & Investigate
🔓 Status: open
💰 30 £
👤 MisterCop, DaddyP
💬 13
👁 5.787
📅 Monday, 14th June

AlexxA: Komme gerade aus der Bakerloo. War noch jemand dabei?
I_hate_people: Wegen der 🚓🚓🚓 hab ich ein verdammt wichtiges Match verpasst. Können die Leute sich nicht woanders die Lichter auspusten?
SuperFatLady: Das war garantiert kein normaler Jumper!
BeeMyHero: Wär's en stinknormaler Jumper gewesen, hätten se die Reste von dem von den Gleisen gekratzt und gut is. Ham se aber nich
SuperFatLady: Erst hocken wir über eine Stunde in dieser Konservendose und dann dürfen wir einfach gehen ... Die Sache stinkt zum Himmel!
AlexxA: Scheint was Längeres zu werden. Hab gehört, sie haben die ganze Linie gesperrt
I_hate_people: Zum Glück konnt ich vorher ein paar Fotos machen
BeeMyHero: Und das sagst du uns erst jetzt??? Her damit!!!
I_hate_people: Is aber nix für schwache Nerven

AlexxA: Leute mit schwachen Nerven haben in einem C&I-Room sowieso nichts verloren

I_hate_people hat zwei Bilder in den Room geladen
💷 100 £ pro View

AlexxA: 💀💀💀 Iiii! Das ist ja ein abgetrennter Kopf!!! 💀💀💀
I_hate_people: Ich hab dich gewarnt 😊
NoArmsNoCookies: Boa ist der Typ jung! 😱
Henry**Svengali**: O Shit!!! Den kenn ich! Der geht bei mir aufs College! Krass, ist das krass!!!
I_hate_people: ECHT JETZT???
MisterCop: Wie heißt er?
Henry**Svengali**: Kein Plan, ... alle nennen ihn bloß Bacon
BeeMyHero: Was für n 🥓 Nickname
AlexxA: Welches College?
Henry**Svengali**: Graham
AlexxA: Nobel! 🤴
Henry**Svengali**: Er hatte ein Stipendium, glaub ich ... Von dem merkwürdigen Tattoo wusste ich aber nix
BeeMyHero: Was für n Tattoo?
Henry**Svengali**: Hast du das zweite Foto nicht gesehen?
BeeMyHero: Ahh! Total vergessen ... War zu abgelenkt von dem Kopf 😳
NoArmsNoCookies: Blöde Frage, aber ist das ein Arm?
I_hate_people: Du Fuchs!
ILikeShugar: Wer ist denn so bescheuert und lässt sich eine Straßenkarte tätowieren?

TamyK_19: Hätte er sich mal lieber die von der Underground gestochen 😬
BeeMyHero: Wie is der Typ überhaupt da reingekommen? Dachte, Aldych Cross is dicht
ILikeShugar: Eingebrochen?
AlexxA: Muss wohl ... 😳
GOSSIP_Betty: Weiß jemand, ob @MisterCop schon da ist?
MisterCop: Bin da. Sorry, musste noch was erledigen. Aber ihr habt euch auch gut ohne mich zurechtgefunden, wie ich sehe. Nette Pics @I_hate_people
BeeMyHero: 😂😂😂 Und??? Machs nicht so spannend!
GOSSIP_Betty: 🙊
MisterCop: 1 – 27 + 4 – 19
TamyK_19: Sollen wir das jetzt ausrechnen?
ILikeShugar: Knoten im Hirn 🤯
AlexxA: 😒 Das ist der Code aus dem Polizeifunk, ihr Dinos!
I_hate_people: Immer dieses Frischfleisch ...
TamyK_19: Und was heißt das übersetzt?
MisterCop: 1 – 27 = Tötungsdelikt, 4 – 19 = Leiche
ILikeShugar: 😳😳😳 Hä? Gibt's nicht immer ne Leiche, wenn jemand abgemurkst wird?
AlexxA: Also kein Jumper?
MisterCop: Ne, der wäre ein 9 – 14 Adam gewesen
BeeMyHero: Was is mit Eva? 😂😂😂
AlexxA: @BeeMyHero gute Frage, dazu solltest du unbedingt einen neuen Room öffnen ... nicht
Tina1304: Kann mich ma jemand aufklärn?
AlexxA: #MordAtAldychCross
Tina1304: Dachte, das wär en Jumper gewesen ... 😳
MisterCop: Sieht nicht so aus
GOSSIP_Betty: Hat @DaddyP sich gemeldet?

AlexxA: Nope 🫣
MisterCop: Der versucht gerade rauszufinden, ob der Tube-Fahrer eine Dashcam hatte
I_hate_people: Sind die nicht Standard?
MisterCop: Nee, aber viele Zugführer filmen ihre Fahrten selbst. Solltest mal die Klickzahlen auf YouTube anschauen – lohnt sich
GOSSIP_Betty: Kam schon was in den Nachrichten?
SuperFatLady: Nö, deshalb sind wir ja hier ... 🤐
MisterCop: Sie haben eine Mitarbeiterkarte von Burger Heart bei der Leiche gefunden – na ja, zumindest einen Teil davon, scheint unter die Räder der Tube gekommen zu sein

MisterCop hat ein Bild in den Room geladen
💷 *50 £ pro View*

BeeMyHero: Alta @MisterCop wo haste das Teil wieder her???
MisterCop: 😎 Ich hab meine Quellen
AlexxA: 😳
DaddyP: Hallo, meine Süßen 🤗
BeeMyHero: DaddyP is in the house!!! 😍😍😍
MisterCop: @DaddyP hat alles geklappt?
DaddyP: Ich lad euch gleich das Video von der Dashcam hoch. Der Fahrer hat live gestreamt, den Stream dann aber abgebrochen und lokal gespeichert, vermutlich für die Bullen. War gar nicht so leicht, da dranzukommen
I_hate_people: Und trotzdem hast du es geschafft – deshalb lieben wir dich 🥰
DaddyP: Ist aber keine schöne Sache ... 😣
BeeMyHero: Sag doch gleich, das wird teuer 😁

NoArmsNoCookies: Vielleicht sehen wir ja sogar den Mörder 😱
AlexxA: Wenn es überhaupt einen gibt ...
I_hate_people: @AlexxA du Spaßbremse 😝
SuperFatLady: Wo bleibt jetzt das Video @DaddyP???
GOSSIP_Betty: @SuperFatLady ganz ruhig, Brauner 😂

DaddyP hat ein Video in den Room geladen
💷 *100 £ pro View*

I_hate_people: 😱😱😱😱
Tina1304: Heftig!!!
Henry**Svengali**: Wenn ich das am Graham erzähl, wird der Room hier explodieren 😱
AlexxA: Und wer ist der Typ, der ihn auf die Gleise schubst?
Henry**Svengali**: K. A.
Tina1304: Erkennt man ja kaum, geht viel zu schnell
I_hate_people: 😱😱😱😱
I_hate_people: 😱😱😱😱
TamyK_19: Ich glaub, @I_hate_people hat nen Hänger 😅
MisterCop: @DaddyP kann man da was an der Qualli schrauben?
DaddyP: Sorry, Leute, hab schon alles rausgeholt. Mehr ist nicht drin ...
BeeMyHero: Ich kann's nicht anschaun!!! PayPal zickt rum 😡
NoArmsNoCookies: Das ist dann wohl Pech 😝

SuperFatLady: Kannst ja auf die geschnittene Version bei CNN warten 😁
BeeMyHero: Als ob die so was zeigen
AlexxA: Ein Hoch auf TLE!
I_hate_people: 🙈🙉🙊🙈

»In for a penny, in for a pound.«

Last Chances Café, West End

Im Last Chances ist es voll und stickig. Evie, Pat, Vince und ich haben einen Vierertisch an der verglasten Front ergattert.

Die Einrichtung hier ist das Kontrastprogramm zu der im Mister Sandman's. Dunkle und ziemlich verschrammte Holztische dominieren das Bild. Viel zu rustikal, um noch als vintage durchzugehen. Die mit rotem Kunstleder überzogenen Sitzbänke wirken wie aus einem amerikanischen Diner geklaut, wollen aber nicht so richtig zum restlichen Look passen. Der Kronleuchter über uns ist angelaufen und verstaubt, die Luft wirkt, als wäre sie schon dreimal geatmet worden. Ausgetretene Dielen erzählen von den Touri-Gruppen, die hier ein- und ausgehen.

Ich schaue nach draußen. Polizeiautos und Vans von BBC verstopfen die Straße neben der heruntergekommenen Fassade des Her Majesty's Theatre. Ist es wirklich erst ein Jahr her, seit ich mit meiner alten Schulklasse im Phantom der Oper war? Oder ein halbes Leben? Das Einzige, woran ich mich erinnere, sind die viel zu eng beieinanderstehenden, durchgesessenen roten Samtsitze und jede Menge klebriges Popcorn, das ich nach der Vorstellung aus meinen Haaren ziehen musste. Bloody Jacky hat von der Show bestimmt mehr mitbekommen, nur werde ich sie sicher nicht danach fragen.

Zwar kann ich den ehemaligen Zugang zur Aldych-Cross-Haltestelle von meinem Platz aus nicht sehen, aber ich weiß, dass er hinter der angrenzenden Häuserfront liegt. Weit haben wir es also nicht geschafft.

Habe ich dem Polizisten eigentlich meine Adresse gegeben? Wie war sein Name noch gleich? Irgendwie ist alles verschwommen. Das Bild einer älteren Dame mit einem netten Lächeln erscheint in meinem Kopf. Sie fragt mich, wie es mir geht, gibt mir eine Karte, erzählt irgendetwas von einem Notfalltelefon. Vince hält meine Hand, drückt sie immer wieder. *Sag ja nichts Falsches!*

Und jetzt bin ich hier.

»Was soll das heißen: Keiner glaubt, dass es ein Jumper war?« Evie nimmt einen Schluck von ihrem Latte, verzieht das Gesicht und stellt das Glas mit spitzen Fingern zurück auf den Untersetzer. Über ihrer Oberlippe hat sich ein Milchbart gebildet. Wäre heute ein anderer Tag, würde ich lachen.

»Ist doch ganz einfach: Wenn er nicht gesprungen ist, war es Mord.« Vince klopft mit dem Stiel seines Teelöffels auf die Tischplatte, dazu wippt sein rechtes Bein im Takt. Er sitzt auf der Bank so dicht neben mir, dass ich bei jeder seiner Bewegungen mitschwanke. Ich möchte ihm sagen, dass er gefälligst still halten soll, schaffe es aber nicht, den Befehl an meinen Mund weiterzugeben.

»Bestimmt war es Mord!«

Irritiert bemerke ich die Hoffnung, die in Evies Augen aufblitzt. Doch dann begreife ich, was der Mord an Bacon für sie und die Jungs bedeuten würde. Die Pretty Pennies wären aus dem Schneider. Niemand würde sie mit Bacons Tod in Verbindung bringen. Aber wie passt das damit zusammen, dass Bacon Evie, Vince und Pat heute Morgen in genau diese Tube gelockt hat? Meine Tube? Das war kein Zufall!

»Könnte sein.« Pat zieht den Knoten seiner Krawatte auf und stopft sie in die Schultasche.

Ein merkwürdiges Zittern ergreift von mir Besitz. Ich strecke die Hände aus und lege sie um die lauwarme Tasse Cappuccino, die vor mir steht. Meine Fingerspitzen bewegen sich nur ganz leicht, kaum merklich. Aber in mir drin fühlt es sich an, als würde mein ganzer Körper beben. Und das hat überhaupt nichts damit zu tun, dass die Klimaanlage im Café auf Hochtouren läuft.

Langsam hebe ich die Tasse an meine Lippen. Kaffeeduft steigt mir in die Nase. In meinem Magen rumort es unheilvoll. Ohne einen Schluck genommen zu haben, stelle ich die Tasse wieder ab.

»Refill?« Eine Frau Anfang vierzig hält vor unserem Tisch, in der Hand eine Kaffeekanne. Auf dem Namensschild an ihrem T-Shirt steht *Betty*. Sie hat wasserstoffblonde Korkenzieherlocken und einen viel zu schrillen Lippenstift aufgelegt, der sich mit dem leicht gelblichen Ton ihrer Zähne beißt.

Vince schiebt ihr seine Tasse hin. Als hätte er nicht schon genug intus. Betty schenkt ihm nach. »Kommt ihr auch aus der Bakerloo?«

Meine Finger verkrampfen sich, etwas Warmes schwappt über meine Hände. Ich sehe hinunter. Meine Tasse ist halb leer, dafür sind der Tisch und meine Hände voll hellbrauner Flüssigkeit.

»Hier, Schätzchen!« Betty schiebt den Serviettenständer zu mir. »War wohl dein erster Jumper, was?«

Mechanisch zupfe ich ein paar Servietten aus der Metallhalterung, weiß, dass das von mir erwartet wird. Jetzt ist das Zittern meiner Finger deutlich zu erkennen. »Wo... woher ... wissen Sie?« Ich beiße mir auf die Zunge. Kriege ich denn wirklich keinen zusammenhängenden Satz mehr hin?

Betty lacht und nickt rüber zum Theater. »Na, aus Phantom der Oper könnt ihr nicht kommen, die erste Show startet erst heute Nachmittag. Außerdem sehen die Leute, die im Musical waren, nie so aus, als hätten sie sich gerade die Seele aus dem Leib gekotzt. Die sind höchstens ein bisschen zerknautscht und trällern ziemlich schief vor sich hin. Ich kann das halbe Stück auswendig, dabei war ich nie selbst drin. Echt nervig, könnt ihr mir glauben!«

Mir fällt auf, dass das Café bis auf den letzten Tisch voll ist. Ein paar Gesichter kommen mir bekannt vor. Waren sie in unserem Waggon? Grüppchen haben sich gebildet, niemand sitzt allein da. Ein Jumper verbindet, ein Mord schweißt zusammen. Manche Gäste haben ihr Handy gezückt. Ich kann mir denken, wo sie sich herumtreiben, um ihren neuesten Gossip loszuwerden. Genau dafür wurde The London Eyes ja auch erfunden. Die Leute füttern DADs Monster.

Betty seufzt. »Früher war das anders, als Aldych Cross noch nicht geschlossen war.«

Fast denke ich, sie hätte meine Gedanken gehört. »Sie meinen, weil hier mehr Leute ausgestiegen sind?« Um meine Hände zu beschäftigen, nehme ich ein paar weitere Servietten und lege sie auf die Cappuccino-Pfütze. Sofort saugen sie sich voll.

»Ihr wart wirklich noch nie im Last Chances, oder?«

Evie schüttelt stellvertretend für uns alle den Kopf.

Betty winkt ab. »Dafür seid ihr wahrscheinlich eh zu jung, Aldych Cross ist ja schon seit Jahren dicht. Und jetzt ist sowieso alles anders, die Leute kommen auf TLE viel bequemer an ihren Gossip. Dazu braucht niemand mehr einen exzentrischen Café-Besitzer, der den Polizeifunk abhört.«

»Das haben Sie getan?«, fragt Pat neugierig. »Warum?«

»Nicht ich, mein Boss.« Sie zwinkert Pat zu. Flirtet sie etwa mit ihm? Dann lacht sie ein raues Raucherlachen, als sie unsere verdutzten Gesichter sieht. »Das Morbide zieht die Menschen an – war schon immer so. Es fasziniert sie. Mein Boss hat damals das Café in Last Chances umbenannt – fand er wohl passender. Aber eins muss man ihm lassen: Er hat aus einer Not heraus Profit geschlagen. Viele Jumper sind sogar für ihre Henkersmahlzeit extra hierhergekommen.«

»Woran haben Sie gemerkt, dass es Jumper waren?«, frage ich, dankbar für die Ablenkung, die eigentlich keine ist.

»Sie haben viel zu viel Trinkgeld gegeben.«

Verständnislos glotze ich sie an. »Und Sie haben nichts unternommen?«

Bettys Miene verfinstert sich. »Hätte ich jedem, der mir ein paar Pfund zu viel auf dem Tisch hinterlässt, gleich die Bullen auf den Hals hetzen sollen?«

Ja. Ich schlucke die Antwort runter.

»Natürlich nicht!« Verständnisvoll schüttelt Evie den Kopf.

Das scheint Betty zu besänftigen, denn die Gewitterwolken auf ihrer Stirn lösen sich wieder auf. »Mit der Zeit wurde es fast schon zum Trend, hier einen Abschiedsbrief zu hinterlassen.« Sie deutet zur Wand neben der Bar, an die viel zu viele handbeschriebene Blätter gepinnt sind.

»Die sind alle von Jumpern?«, fragt Pat.

»Ich glaube nicht. Einige wollten einfach nur mitmachen, andere mit einem Teil ihres Lebens abschließen, einen Neustart wagen.« Betty wirkt verträumt, schaut durch uns hindurch in eine andere, *bessere* Zeit. Dann verzieht sie ihr Gesicht. »Jetzt kommen fast nur noch singende Touris her.«

Plötzlich ist es nicht mehr Evie, der ich am liebsten vor die Füße kotzen würde. So schnell kann sich das Blatt wenden. »Und was war an dieser Haltestelle so besonders, dass sich so viele Leute dort vor die Tube geworfen haben?«

»Keine Ahnung, echt.« Betty zuckt mit den Schultern. »Aber soll ich euch was verraten?« Sie hat einen verschwörerischen Tonfall aufgelegt. »Das war kein normaler Jumper und auch kein Obdachloser, der sich für ein Nickerchen auf die Gleise gelegt hat.«

»Woher wissen Sie das?«, frage ich lauter und schroffer als beabsichtigt. Der Bienenschwarm verstummt schlagartig. Niemand sieht uns an, trotzdem ist mir klar, dass jetzt alle im Last Chances die Ohren spitzen. Und das, obwohl ich mir sicher bin, dass wir nicht der erste Tisch sind, an dem Betty ihre Show abzieht.

Jemand tritt gegen mein Schienbein. Ich zucke zusammen und bemerke Evies warnenden Blick.

»Meine Gäste sind nicht die Einzigen, die auf TLE unterwegs sind.« Betty hebt die Kaffeekanne, als wollte sie uns zuprosten. »Ich muss dann mal weiter.«

Kaum hat sie unseren Tisch verlassen, erhebt sich der unsichtbare Bienenschwarm wieder in die Luft.

Pat und Vince schnappen sich ihre Handys. Wie ferngesteuert greife ich in meine Tasche, fische das Handy heraus, drücke den Powerbutton, starre auf Peanut, der mir vom Bildschirm aus entgegenhechelt. Ah, richtig, Bacon hat ja mein –

Ich stutze. Auf dem Display wird eine WhatsApp-Nachricht angezeigt. Der Absender ist *Jacklynn*. Ich. Daneben steht, dass die Nachricht vor siebenundfünfzig Minuten eingegangen ist.

Sie sind hinter mir her. Das war so nicht geplant.

Alles ist schiefgelaufen. Pass auf dich auf! Tut mir leid. Ben

Wieder und wieder stolpert mein Blick über die beiden Zeilen, bis sie vor meinen Augen verschwimmen. Ich blinzle gegen die Tränen an, gegen die Angst, die nach meiner Kehle greift. Ben. Bacon hat mir von meinem Handy aus geschrieben. Zwei Zeilen. Er wusste, mehr würde ich nicht lesen können, ohne seine PIN zu kennen.

Und was hat die Nachricht zu bedeuten? Was ist schiefgegangen? Wer war hinter ihm her? Und was war geplant?

Ich schiebe die Panik beiseite. Jetzt ist nicht die Zeit, um in ihr zu ertrinken. Die ist heute Nacht, wenn ich allein bin, mit mir und meinen Gedanken.

Bacon wollte mich warnen. Aber wovor? Oder vor wem?

Hatte er mein Handy bei sich, als er …? Panik. Panik. Panik. Ich atme gegen sie an. Wie soll ich den Cops erklären, was mein Handy bei einer Lei… Nicht denken! Manche Worte haben selbst in Gedanken zu viel Macht.

Bestimmt dauert es nicht lange, bis die Ermittler rausfinden, wem das Handy gehört. Dem Mädchen, das auch Peanuts Leine berührt hat!

Sie werden Fragen stellen. Sie werden in meinem Leben rumstochern!

Ich hebe den Blick, in der Erwartung, drei fragend dreinschauenden Pretty Pennies zu begegnen. Fehlanzeige. Sie sind mit ihren Handys beschäftigt. Soll ich ihnen von Bacons Nachricht erzählen? Aber dann müsste ich ihnen erklären, warum er sie mit Ben unterschrieben und warum er meine Nummer in seinem Handy eingespeichert hat ... hatte. Also entscheide ich mich dagegen. Langsam stecke ich das Handy zurück in die Tasche.

Um mich auf andere Gedanken zu bringen, lehne ich mich zu Vince rüber und beobachte, wie er durch die Übersicht der neuesten TLE-Rooms scrollt. Die Titel der Rooms werden auf Türschildern angezeigt. Selbst wenn ich mein eigenes Handy dabeihätte, könnte ich es ihm nicht gleichtun. Weil DAD nicht will, dass ich SEIN Lebenswerk benutze. In Wahrheit kann ich mir den Zugang aber einfach nicht leisten. Jeder Besuch in einem der Rooms kostet. Je krasser die Infos, desto teurer der Zutritt. Das liegt vor allem daran, dass eine Menge Hacker für The London Eyes arbeiten. Und Leute in wichtigen Positionen, die Infos weitergeben, während sie noch dampfend heiß sind. Unter den Informanten sollen sich Polizisten, Reporter, Nachrichtensprecher und viele hohe Tiere aus der Politik tummeln. Die App ist eine Art Darkweb für den Durchschnittsbürger und die Hausfrau von nebenan. Natürlich ist das alles nicht gerade legal, und einige Klagen gegen die Verantwortlichen gingen schon durch die Medien – bisher ohne Erfolg. In einer Reportage habe ich mal mitbekommen, dass die TLE-Server auf der ganzen Welt verstreut sind, was den Ermittlern die Arbeit wohl ziemlich schwer macht. Meist verschwinden die Rooms genauso schnell wieder, wie sie aufgetauscht sind, und mit ihnen jedes Beweismaterial. Das Gerücht, der Erfinder der App lebe in London, hält sich aber hartnäckig. Auch wenn niemand eine Ahnung hat, wie er aussieht. MEIN Glück. So konnte ich ihn problemlos als MEINEN DAD ausgeben.

»Hab ihn gefunden!« Vince tippt auf eine Tür mit der Aufschrift: *Jumper at Aldych Cross*. Sie öffnet sich, und eine Meldung ploppt auf: *Das Betreten dieses Rooms kostet 30 £. Möchtest du fortfahren?*

Vince drückt *Ja*. Eine PayPal-Maske erscheint, auf der er die Zahlung bestätigt.

Jetzt ist auf seinem Handy ein Raum zu sehen. Er ist völlig weiß und hat nur ein Fenster, das hinaus auf die Themse und das legendäre Londoner Riesenrad zeigt. In der Raummitte schwebt ein Chatverlauf. Darunter liegen drei Boxen. Eine rote, eine blaue und eine gelbe – alle mit Schleife. Vince scrollt durch den Text, bleibt ab und zu an einer Zeile hängen, aber es geht so schnell, dass ich nichts lesen kann.

»Scheint von ein paar Leuten eröffnet worden zu sein, die auch in der Tube waren.«

»Welche Kategorie?«, fragt Evie.

»C and I.«

Crime and Investigate. Auf The London Eyes gibt es nicht nur Klatsch und Tratsch, sondern auch Leute, die glauben, sie könnten die Welt verbessern, indem sie selbst bei Verbrechen ermitteln. Ein Fall ging durch die Medien, weil die User in einem C&I-Room tatsächlich belastende Beweise über den Tatverdächtigen in einem Mordfall gesammelt hatten. Diese konnten aber aus irgendwelchen Gründen nicht vor Gericht zugelassen werden. Kurz darauf wurde der Verdächtige freigesprochen. Keine zwei Tage später fand man ihn tot in seiner Wohnung. Gasvergiftung. Was für ein Zufall.

»Gibt es Hinweise?«, fragt Pat.

»Ja.« Vince zoomt die drei Geschenkboxen heran und klickt auf die rote.

Das Öffnen dieses Hinweises kostet 100 £. Möchtest du jetzt fortfahren?

Ja.

Die Box klappt auf.

Bacons blutverschmiertes Gesicht starrt mich daraus an. Tote Augen. Der Mund leicht geöffnet, als wollte er schreien. Haut wie Wachs.

Der Schock trifft mich mit voller Wucht in die Magengrube. Ich presse die Augenlider fest aufeinander, schlucke, schlucke, schlucke gegen die Übelkeit an.

Es hilft nicht. Das Foto von Bacons abgetrenntem Kopf hat sich in mein Gedächtnis gefräst und wird von dort auf die Innenseite meiner Lider projiziert.

Evie stößt ein hysterisches Kieksen aus, vermutlich hat Vince ihr gerade das Foto gezeigt.

»Heftig, das ist echt ...« Pat lässt den Rest des Satzes in der Luft hängen. Weil es kein passendes Wort dafür gibt. Ich weiß das, er weiß das und die anderen auch.

»Wo haben die Speckfresses Mitarbeiterkarte her?«, murmelt Vince.

Mitarbeiterkarte? Ich blinzle. Das schreckliche Foto auf Vince' Handy wurde von einem neuen abgelöst. Tatsächlich: eine Plastikkarte von Burger Heart. Blutverschmiert. Darauf das Foto eines lächelnden Bacon.

»Sieht ziemlich ramponiert aus«, ergänzt Pat.

Vince legt das Handy vor sich auf den Tisch und zoomt das Foto der Plastikkarte heran, an der ein zerfetztes blaues Band befestigt ist. Winzige Burger und Herzen sind abwechselnd daraufgedruckt.

Pat hat recht, der Teil der Karte, auf dem Bacons persönliche

Daten stehen, ist so zerfetzt, dass man kaum etwas erkennen kann. Bestimmt ist die Tube dafür verantwortlich.

Bilder, Bilder. Bilder.

Ich schüttle den Kopf, schüttle sie ab, beuge mich über das Handy, ignoriere die dunkelroten Spritzer über Bacons Foto, versuche, die Daten daneben zu entziffern, um mich abzulenken. Der Nachname ist leicht zu erkennen: Hunt. Der Vorname ist da schon schwieriger. Nur den ersten Buchstaben kann ich lesen. Ein H.

Harris Hunt? Harvey Hunt? Holden Hunt? Hudson Hunt? Harley Hunt? Harry Hunt? Hardin Hunt? Howard Hunt? Da klingelt nichts bei mir.

Bei der Adresse habe ich weniger Probleme. Bacon wohnt ... *wohnte* im Shearsmith House, Hindmarsh Close, White Chapel.

»Im Chat steht, dass die Mitarbeiterkarte bei der Leiche gefunden wurde«, sagt Pat mit Blick auf sein eigenes Handy. Klar, dass er auch dem Room beigetreten ist. Wenn man ein echter Pretty Penny ist, teilt man sich keinen Zugang.

Evie legt ihren Kopf an Pats Schulter. »Lass mal sehen, was in der dritten Box ist, Babe!«

Vince klickt ebenfalls auf die gelbe Box. Ohne zu überlegen, bestätigt Vince die Zahlung von weiteren hundert Pfund. Ein Video erscheint. Sofort ist klar, dass es durch die Scheibe des Tube-Führerhauses aufgenommen wurde. Scheinwerfer beleuchten einen dunklen Tunnel, die grauen Wände verschwimmen zu einem matschigen Brei.

Die Tunnelwand auf der linken Bildseite verschwindet. Aldych Cross. Zwei Gestalten. Rangeln miteinander. Zu dicht am Gleis. Eine von beiden fällt mitten ins Scheinwerferlicht und –

Ich presse die Augen so fest zusammen, wie ich nur kann. Zu spät. Das Bild der fallenden Person hat sich bereits in mein Gedächtnis gebrannt. Die Schuluniform. Die kurz rasierten Haare.

Bacon.

Sie sind hinter mir her.
Das war so nicht geplant.
Alles ist schiefgelaufen.

Ich spüre, wie etwas Warmes meine Wange runterläuft, und wische es schnell mit dem Handrücken weg. Eine Pretty Penny heult nicht wegen einem Loser, der ihre Freunde beklauen wollte. Aber eine Bloody Jacky schon. Dieses Mal würde ich gerne mit ihr tauschen. Mich in MEINEM Keller einschließen, meine Knie umarmen und den Tränen freien Lauf lassen.

»Ha! Na, wenn das mal kein Grund zum Feiern ist!« Evie strahlt übers ganze Gesicht. Vince stößt ein erleichtertes Seufzen aus, und auch Pat wirkt, als hätte man ihm eine Last von den Schultern genommen.

Ein Vibrieren lässt die Tischplatte erzittern, dann noch eins uns noch eins. Die Handys der Pretty Pennies leuchten auf.

»Äh, Leute?« Stirnrunzelnd starrt Pat auf sein Handy.

»Ach du Scheiße.« Ein Klirren – Vince hat seinen Löffel fallen gelassen.

»Was ist?«, frage ich und merke, wie meine Stimme eine Oktave nach oben rutscht. Wurde noch ein Beweis im C&I-Room hochgeladen?

»Lynn?« Pat sieht mich durchdringend an. »Du hast uns gerade einen Link geschickt!«

»Ich?!« Mit meinem Zeigefinger tippe ich auf die Kuhle zwischen meinen Schlüsselbeinen.

Evie hebt den Kopf, sie ist ganz bleich. »Was zur Hölle ist Bacon's Last Will?«

The London Eyes

- Bacon's Last Will
- Crime & Investigate
- Status: closed
- - £
- Bacon
- 13
- 3
- Sunday, 13th June

Bacon hat ein neues Video in den Room geladen
 00 £ pro View

Das ist es also, mein letztes Video. Nummer fünf, um genau zu sein. Keine Sorge, ich mach's kurz und schmerzlos. Wie ihr sicher bereits wisst, liebe Pretty Pennies, musste ich euch leider enttäuschen. Ein frischer, dampfender Haufen Hundescheiße bin ich nicht geworden. Aber man kann ja bekanntlich nicht alles haben, richtig? Welchen eurer kreativen Vorschläge ich mir stattdessen zu Herzen genommen hab, habt ihr bestimmt auch schon mitbekommen.

Und jetzt seid ihr dran! Ich hab meinen Teil des Deals eingehalten. Heute ist Zahltag.

Neunzigtausend für mein Leben. Das war die Abmachung.

Wie gesagt hinterlasse ich Bacon's Last Will jemandem, der

eure Schulden eintreiben wird. Ich vertraue ihm, weil ich weiß, dass er alles daransetzen wird, das Geld von euch zu bekommen. Kleiner Tipp: Ihr solltet es euch nicht mit ihm verscherzen. Falls ihr es doch tut ... who cares? Mich bestimmt nicht mehr.

Vermutlich werdet ihr nie begreifen, was so wichtig war, dass ich sogar bereit war, dafür draufzugehen. Aber das macht nichts. Jetzt ist sowieso alles egal. Mein Kontakt wird sich bald bei euch melden.

Wenn ihr nicht bezahlt, wird der Zugang zu Bacon's Last Will freigeschaltet. Dann ist der Spuk vorbei – und euer Leben, zumindest so, wie es bisher war.

Wie gerne würde ich eure Gesichter sehen! Na ja, auch ich kann nicht alles haben. Genauso wenig wie ihr, egal wie pretty ihr von außen seid.

Wir sehen uns in der Hölle.

Bacon over and out.

»Free things always hurt.«

Last Chances Café, West End

Ich starre auf Bacons Gesicht, das auf Vince' Handy eingefroren ist. Insgesamt hat er fünf Videos von sich in den Room geladen, die wir eins nach dem anderen angeschaut haben. Vom ersten bis zum letzten wurden alle am selben Ort aufgenommen. Bacon sitzt an einem Tisch und spricht in die Kamera. Hinter ihm sind immer derselbe Kleiderschrank und dieselbe geschlossene Zimmertür zu sehen. Sonst nichts. Die Videos dauern zusammengerechnet vielleicht fünfundzwanzig Minuten. Bacon scheint sie direkt hintereinander aufgenommen zu haben. Keine Ahnung, warum er nicht einfach ein langes Video gedreht hat. Lässt TLE nur eine Maximaldauer von ein paar Minuten zu? Hochgeladen wurden sie jedenfalls alle heute Nacht.
Bacon over and out.
Bacon over and out.
Bacon over and out.
Seine letzten Worte wirbeln durch das Chaos in meinem Kopf. Das Bild eines fallenden Körpers schält sich aus meiner Erinnerung. Bacon in seiner Schuluniform. Er fällt und wird von einer unsichtbaren Macht zurück auf den Bahnsteig gezogen. Fällt und wird zurückgezogen, fällt und wird zurückgezogen … als hätte mein Hirn ein ganz persönliches GIF der Grausamkeit für mich erstellt.
Sie sind hinter mir her.

»Aber ... das ergibt doch überhaupt keinen Sinn.« Evie.

Ich blinzle. Der Tränenschleier verschwindet und mit ihm das GIF von Bacons letzten Sekunden.

»Wir haben gesehen, dass er gestoßen wurde!« Trotzig schiebt Evie ihren Unterkiefer nach vorne und verschränkt ihre Arme vor der Brust. Am liebsten würde ich sie anschreien! Dass nie wieder irgendetwas einen Sinn ergeben wird! Aber ich kann nicht, darf nicht zerstören, was ich mir so mühsam aufgebaut habe. Sonst hätte ich Bloody Jacky völlig umsonst weggesperrt.

»Und warum klingt es in diesen vier beschissenen Videos so, als hätte er sich wegen uns umgebracht?«, knurrt Pat.

»Ich sag doch, das ergibt keinen Sinn!«

»Fünf«, murmle ich.

»Was?«, fragt Pat.

»Es waren fünf Videos.«

»Scheiß drauf, dann waren es eben fünf beschissene Videos! Fakt ist, Bacon hat sich die Mühe gemacht, vor seinem Tod einen Room auf TLE zu eröffnen, der unser Leben ficken kann. Wenn der veröffentlicht wird, sind wir geliefert!«

»Nicht so laut!« Vince lässt seine Handflächen über der Tischplatte auf und ab schweben, als wollte er Evies Worte damit leiser drücken.

Das war so nicht geplant.

Alles ist schiefgelaufen.

Ich versuche, mich möglichst unauffällig umzusehen. Die Leute an den Nachbartischen scheinen in ihre eigenen Diskussionen vertieft zu sein. Ein paar Tische sind inzwischen leer, der unsichtbare Bienenschwarm ist kleiner geworden.

»Und wer hat den Link in unseren Gruppenchat gestellt?«, frage ich mit gedämpfter Stimme.

»Na, bestimmt dieser Typ, von dem Bacon gefaselt hat.«

»Sollen wir ... sollen wir ihm antworten?«, stottert Evie.

»Ich mach schon!« Pat tippt los.

Auf Vince' Handy erscheint eine Nachricht von Pat:

> Was soll der Dreck? Wer bist du?

Gebannt starren wir auf die beiden Häkchen hinter der Nachricht. Sie verfärben sich nicht blau.

»Scheint offline zu sein!« Pat runzelt die Stirn.

»Schlau kombiniert, Sherlock!« Evie versucht sich an einem Lächeln, doch es will ihr nicht gelingen. Genauso schnell, wie es aufgetaucht ist, verblasst es wieder.

Vince beugt sich vor. »Eins ist uns wohl allen klar: Niemand am Graham darf erfahren, dass wir in dieser Tube waren.«

»Warum?«, fragt Pat. »Dann wüssten alle, dass wir ihn nicht geschubst haben können!«

»Ja, genau«, Vince schnalzt mit der Zunge. »Und wie erklärst du, warum wir ausgerechnet an diesem Tag mit dieser Tube gefahren sind und an einer Haltestelle eingestiegen sind, die meilenweit von unseren Häusern entfernt ist? Mal ganz abgesehen davon, dass jeder weiß, dass wir normalerweise niemals Tube fahren. Das würde Fragen aufwerfen … wollen wir das?«

Evie zuckt zusammen und schnappt sich ihr Handy, als hätte es geklingelt, was es aber nicht hat.

»Die Cops haben unsere Daten«, stellt Pat nüchtern fest. Entweder ist er die Ruhe selbst oder er hat innerlich abgeschaltet.

»Ja, kann schon sein«, sagt Vince. »Aber die kennen Bacons Videos nicht. Und so muss es auch bleiben.«

Lauter rote Flecken tauchen an Evies Hals auf. Wenn ich es nicht besser wüsste, würde ich glauben, sie hat eine allergische Reaktion. »Was ist?«, frage ich sie alarmiert.

Sie antwortet nicht. Noch nie habe ich gesehen, dass irgendetwas eine solche Reaktion in Evie ausgelöst hat.

Pat schaut über ihre Schulter auf das Handy. Seine Augen weiten sich. »Echt jetzt? Babe!«

»Da wusste ich nicht, dass es Bacon ist!«, verteidigt sie sich.

»Evie? Sag schon, was los ist!« Unruhig rutscht Vince auf seinem Platz nach vorne.

Ich brauche Evies Antwort nicht abzuwarten, ich kann mir denken, was sie getan hat. Pat nimmt seiner Freundin das Handy ab und dreht uns das Display zu. Evies Insta-Story ist geöffnet. Pat hat den Daumen auf das Display gepresst, damit die Story nicht weiterspringt. Ein Foto wird angezeigt. Ein Selfie in der Tube. Evies Gesichtsausdruck soll wohl Trauer zeigen, wirkt aber eher wie ein missglücktes Duckface. Über ihrer Brust klebt ein Textfeld: *#AldychCross*. Daneben vergießt eine heulende Schildkröte Fontänen aus Tränen. Im Hintergrund stehen @Pat_o_Meter und @Vincent_TheKing. Von mir sieht man nur eine Hand, die sich an eine Haltestange klammert.

»Fuck, Evie!«, knurrt Vince. »Was soll der Scheiß?«

»Wer hat Bacon denn geraten, er soll sich vor einen Zug werfen?«, feuert sie zurück.

Vince presst die Lippen aufeinander. »Wie viele Leute haben das schon gesehen?«

Evie nimmt Pat ihr Handy ab. »Ein paar Hundert ... bis jetzt. Die meisten Follower hocken bestimmt gerade in der Schule.«

Zum ersten Mal wirkt Evie schuldbewusst. Der Gesichtsausdruck steht ihr nicht. Er sitzt wie eine viel zu kleine Kinderbrille, die an den Schläfen in die Haut einschneidet.

»Ich lösch die Story einfach!« Evie tippt auf das Display.

Ich will etwas sagen, sie irgendwie aufhalten ...

»Fertig.« Evie legt ihr Handy zurück auf den Tisch. »Und was jetzt?«

Drei Handys vibrieren gleichzeitig los. Schon wieder.

»Lynn hat geantwortet«, verkündet Pat.

Gruppenchat der Pretty Pennies

LYNN:
Habt ihr die Videos angeschaut?

EVIE:
Ja

LYNN:
Dann wisst ihr alles, was ihr wissen müsst

PAT:
Du bist also der Typ, der unser Geld eintreiben soll?

LYNN:
Klug kombiniert, Sherlock!

PAT:
Woher weißt du ...?

LYNN:
Ich kann lesen. Sehr interessant, euer Chatverlauf 🙂

VINCE:
Und wo sollen wir auf die Schnelle 90 Riesen herkriegen?

LYNN:
Tu nicht so, als hättet ihr die Kohle nicht ...

VINCE:
Denkst du etwa, wir können mal eben zur Bank gehen und uns so viel Geld auszahlen lassen?

LYNN:
Genau das denke ich, sonst ...

EVIE:
Sonst?

LYNN:
Ihr habt Bacon gehört, mehr gibt es dazu nicht zu sagen

PAT:
Du kleiner Penner!

LYNN:
Na na, wenn ihr mir blöd kommt, veröffentliche ich die Videos auch noch, nachdem ich die Kohle hab

VINCE:
Wer sagt uns, dass du das nicht sowieso tust?

LYNN:
Ich

EVIE:
Na toll ...

PAT:
Und wer ist Ich?

LYNN:
Steckt eure hübschen Nasen nicht in Angelegenheiten, die euch nichts angehen

LYNN:
Ich kenne euch nicht. Für mich seid ihr nichts weiter als eine Horde verwöhnter Highschool-Kids. Wenn ihr bezahlt, vergesse ich euch und diese ganze Scheiße. Glaubt mir, ich will auch nicht länger als nötig mit euch kleinen Hosenscheißern zu tun haben

VINCE:
Okay, dann sag uns, wo wir die Kohle hinbringen sollen

LYNN:
Swedenborg Gardens

EVIE:
Wo soll das sein?

LYNN:
Frag Google 😒

LYNN:
Jedenfalls ... dort ist ein Spielplatz. An der Unterseite der Rutsche wird eine Plastiktasche kleben. Legt die 100k dort rein und verschwindet!

PAT:
100? Bacon hat was von 90 gesagt!

LYNN:
Dann ist der Preis wohl gerade gestiegen 😃

PAT:
Du kleiner Penner!

LYNN:
120k 😊

LYNN:
Will noch jemand rummeckern?

VINCE:
Schon gut! Du kriegst dein Geld!

LYNN:
Wundervoll 🤩

EVIE:
Bis wann haben wir Zeit?

LYNN:
Um 12 a. m. mache ich den Room öffentlich

EVIE:
DAS IST IN 2 STUNDEN!!!

LYNN:
ICH WEIß!!! 😂

PAT:
Unmöglich!

LYNN:
Dann macht es möglich 😃

LYNN:
Wenn ihr das Geld in die Tasche gesteckt habt, verschwindet ihr sofort! Und versucht ja nicht, mich zu verscheißern! Was sonst passiert, dürfte klar sein ...

LYNN:
Bacon konnte die Kohle nicht schnell genug auftreiben. Er war einfach zu schwach. Und damit hat er den Stab an mich weitergegeben. Der kleine Scheißer kann froh sein, dass er tot ist, sonst würde ich ihn jetzt killen! Wegen ihm bin ich in diesen ganzen Bullshit geraten. Aber ich habe nicht vor, so zu enden wie er. Glaubt mir, ich bin nicht Bacon! Mir pisst man nur einmal ans Bein ...

LYNN:
Kapiert?

VINCE:
Ja

EVIE:
Ja

PAT:
Von mir aus

LYNN:
Sehr schön. Dann bis später! 😊

»You can't get blood from a stone.«

Bank of England, Threadneedle Street, City of London

Neben der Kupferstatue eines Mannes auf einem Pferd machen wir halt. Auf der Straßenseite gegenüber ragt die beeindruckende Front der Bank of England empor. Heller Stein, riesige Säulen – könnte als Palast durchgehen. Ich war bisher nie drin, auch nicht im dazugehörigen Museum, aber ich kann mir vorstellen, dass es innen noch pompöser wird.

»Also gut.« Evie klatscht in die Hände. »Jeder von uns hebt dreißig Riesen ab. Danach treffen wir uns wieder hier bei …« Sie schaut hoch zu dem Steinsockel, auf dem die Statue steht. »Wellington«, liest sie vor, was in den Sockel graviert ist.

Meine Kehle fühlt sich an, als würde sich die Penny-Kette darum schnüren wie ein Strick. Pat und Vince nicken nur. Die drei Pennies setzen sich in Bewegung, gehen auf die Fußgängerampel zu, die sich direkt gegenüber dem Eingang zur Bank befindet.

Plötzlich haben dieser Wellington und ich mehr gemeinsam, als mir lieb ist. Ich kann mich nicht bewegen, bin selbst in Kupfer gegossen. Wie komme ich aus der Sache nur wieder raus? Ich kann auf keinen Fall in diese Bank gehen! ICH bin am Arsch!

Wenn ich den Pretty Pennies jetzt die Wahrheit verrate, war alles umsonst. ICH war umsonst.

Bloody Jacky jubelt, sie glaubt, sie hat gewonnen.

»Wartet mal!«, sage ich viel zu leise. Der Verkehrslärm verschluckt meine Worte. »Leute!«, rufe ich.

Die drei drehen sich um. Erst jetzt kapieren sie, dass ich nicht mehr bei ihnen bin. Sie kommen zu mir zurück, fragend sehen sie mich an.

»Ich ... also ...« Zu gerne würde ich in meinen Memory Palace verschwinden und mir eine Ausrede überlegen, aber dafür ist keine Zeit. Und dann wäre da noch das Problem, dass Bacons Abrissbirne den Palace in Schutt und Asche gelegt hat. Alles, was von MIR geblieben ist, ist MEINE Maske – und auch die scheint allmählich Risse zu bekommen.

»Was ist denn?« Pat wirft einen Blick auf sein Handy. »Wir müssen uns beeilen!«

Ich ersticke, was total absurd ist, weil ich so schnell atme, als würde ich rennen. Doch je mehr Luft ich in meine Lunge pumpe, desto weniger scheint wirklich dort anzukommen. Diese verdammte Penny-Kette sitzt einfach viel zu eng!

Was soll ich sagen? Welche Lüge würden Pat, Evie und Vince mir abkaufen? Gerade jetzt, wo die Kacke sowieso schon am Dampfen ist. In den Augen der Pretty Pennies ist MEIN DAD der Erfinder von The London Eyes. ER ist stinkreich, es gibt keinen Grund dafür, dass – Ah! Doch, den gibt es! Meine Ausrede für alles! DAD! Warum bin ich nicht viel früher darauf gekommen?

»Ich kann da nicht rein.« Ich nicke rüber zur Palast-Bank.

»Und warum nicht?« Evies Augen werden schmal. Ihr Verständnis für MICH scheint für die nächsten Monate aufgebraucht zu sein. Trotzdem muss ich es versuchen.

»Mein Dad ...«

»Nicht schon wieder!«, stöhnt Evie.

»Wenn er erfährt, dass ich so viel Geld abgehoben habe, wird er wissen wollen, wofür. Und er ist niemand, den man mit einer Lüge abspeisen kann. Er wird rausfinden, was passiert ist. Und dann nimmt er mich sofort vom Graham und sperrt mich wieder zu Hause ein.« Der Reihe nach sehe ich die Pretty Pennies an und hoffe, mein Gesichtsausdruck wirkt schuldbewusst. Dabei tut es mir alles andere als leid. Wenn jemand verdient hat, für Bacons Tod zu bluten, dann die drei! Geld bedeutet ihnen nichts, genauso wenig wie Bacons Tod ihnen etwas bedeutet hat, bis sie kapierten, welche Schwierigkeiten auf sie zurollen könnten.

Vince schaut auf sein Handy. »Leute, wir haben keine Zeit für ewig lange Diskussionen.«

»Also gut.« Evie seufzt. »Wir übernehmen deinen Anteil!«

Vince nickt. »Wir lassen dich nicht hängen.«

Ein warmes Gefühl breitet sich in meinem Bauch aus. Habe ich den Pretty Pennies unrecht getan? Etwas, das sich ganz verdächtig nach einem schlechten Gewissen anfühlt, bläht sich in mir auf und –

»Aber dafür bist du uns was schuldig!«, ergänzt Pat.

Vince und Evie nicken.

Zack! Mein schlechtes Gewissen platzt wie ein Ei in der Mikrowelle. So schnell kann's gehen.

»In Ordnung«, lüge ich.

Evies Blick durchbohrt mich. »Also gut«, murrt sie. Dann wendet sie sich ab, und die Jungs folgen ihr.

Ruckartig löst sich der Druck der Penny-Kette um meine Kehle. Ich schnappe nach Luft und sinke auf die Steinbank, die rund um den Sockel der Wellington-Statue angebracht ist. Aber auch wenn ich jetzt wieder freier atmen kann, spüre ich, dass ein Gewicht auf meiner Brust lastet. Bacon ist tot. Er wurde ermordet!

Was hat der Erpresser im Gruppenchat geschrieben? *Wegen ihm bin ich in diesen ganzen Bullshit geraten.* Was hat er mit *dieser ganze Bullshit* gemeint? Und warum klang es so, als würde er befürchten, der Nächste auf einer Todesliste zu sein?

Sie sind hinter mir her. Das war so nicht geplant.
Alles ist schiefgelaufen.

Hat Bacon zuerst seinen Selbstmord geplant, und dann hat jemand dafür gesorgt, dass er es auch wirklich durchzieht? Und dieser Jemand will jetzt das Geld von den Pretty Pennies eintreiben? Um WAS damit zu tun? Wieder lande ich bei der anscheinend wichtigsten Frage: Wofür brauchte Bacon so viel Geld? Oder für wen?

Ich schließe die Augen. Sofort taucht das Bild eines U-Bahn-Tunnels vor mir auf. Ich bin eine Tube, rase durch die Dunkelheit, meine Scheinwerfer beleuchten die Schienen vor mir. Der linke Teil der Tunnelwand verschwindet. Zwei Gestalten, sie rangeln miteinander. Ich will bremsen, aber es ist zu spät. Ich bin zu nah. Ich –

»Pennt die etwa?« Evie. Sie klingt genervt. Wahrscheinlich wäre ich das an ihrer Stelle auch.

Ich öffne die Augen. Die Pretty Pennies stehen vor mir. Wie viel Zeit ist vergangen? Es gefällt mir nicht, wie mich die drei ansehen. Als wäre ich kein Teil mehr von ihnen. Als hätte dieser eine Moment vor der Bank of England entschieden, dass ich den Penny um meinen Hals nicht verdiene.

»Habt ihr das Geld?«, frage ich, um das Schweigen zu brechen.

»Alles da.« Pat klopft auf seine Schultasche. »Uns bleiben noch vierzig Minuten.«

»Zum Übergabeort brauchen wir knapp zwanzig«, sagt Vince mit Blick auf sein Handy.

»Dann los!« Evie winkt ein Taxi ran.

Pat steigt vorne ein, ich quetsche mich zwischen Evie und Vince auf die Rückbank. Zu nah, zu nah, zu nah! Wenigstens hat Bloody Jacky ihren Wimmer-Einsatz verpasst. Vermutlich kapiert sie, wie dünn die Luft für MICH wird, und jetzt weiß sie nicht, ob sie lachen oder weinen soll.

Keiner sagt ein Wort. Das, was es zu sagen gibt, kann niemand aussprechen, solange der Taxifahrer nicht taub ist. Und die Lust auf Small Talk steht wohl nicht nur bei mir auf minus dreitausend.

Vince nimmt meine Hand und streicht mir mit dem Daumen über den Handrücken. Die Berührung schickt Gänsehaut meinen Arm hinauf. Statt die Hand wegzuziehen, drücke ich seine. Wäre alles anders, würde ich ihn nicht so sehr hassen, könnte mich die Berührung bestimmt beruhigen. Manchmal frage ich mich, wie es wohl wäre, eine echte Pretty Penny zu sein. Doch dann fällt mir wieder ein, was das bedeuten würde, und ich schüttle den Gedanken schnell ab.

Ob Mum schon weiß, dass ich die Schule schwänze? Sicher hat man sie längst darüber informiert, und sie hat vergeblich versucht, mich zu erreichen.

Ich starre durch die Windschutzscheibe auf die Straße. Der Asphalt und die anderen Autos verschwimmen vor meinen Augen. Ab und zu taucht ein großer roter Punkt darin auf – vermutlich einer der Doppeldeckerbusse. Das Rot erinnert mich an Blut. Auf Bacons Gesicht.

Der Druck auf meiner Brust wird stärker. Als gäbe es noch eine viel größere Penny-Kette, die sich um meinen Brustkorb schnürt. Am liebsten würde ich sie abreißen, genauso wie die um meinen Hals. Meine Tage als Pretty Penny sind sowieso gezählt – vielleicht sind es sogar nur Stunden. Keine Ahnung, wie lange es dauern wird, bis Evie, Pat und Vince die dreißig Riesen von mir zurückfordern. Heute Abend? Morgen? Übermorgen? Nächste Woche? Eigentlich könnten sie es sich locker leisten, meinen Teil der Summe zu übernehmen. Aber darum geht es nicht. Sondern ums Prinzip. Ich stecke in der Sache mit drin, also soll ich auch gefälligst meinen Teil dazu beitragen. Dass auf dem Überwachungsvideo nur drei Pretty Pennies zu sehen sind, die Bacon bedrohen, kümmert da kei– DAS VIDEO!!!

Beinahe hätte ich laut aufgelacht! Die ganze Zeit habe ich die Lösung all meiner Probleme direkt vor der Nase und erkenne sie nicht! Die Leiche im Keller der Pretty Pennies ist Bacon! Immerhin sind die drei bereit, einen Haufen Geld dafür zu bezahlen, dass Bacon's Last Will und das Überwachungsvideo nicht an die Öffentlichkeit gelangen.

Verdammt, was würde ich jetzt geben, um mein Handy wiederzuhaben! Hätte ich es Bacon bloß nicht gegeben, dann wäre er niemals an die Überwachungsaufnahme gekommen. So konnte er mein Handy in seinem vorletzten TLE-Video in die Kamera halten und die Überwachungsaufnahme abspielen, die Pat im Gruppenchat geteilt hat.

Seit ich von der Aufnahme weiß, haben sich meine Gedanken darum gedreht, sie zu löschen. Um Bacon zu schützen und MEINE Identität zu wahren. So war es zumindest, als Bacon noch gelebt hat. Jetzt ist er tot, und damit hat das Video eine ganz neue Gewichtung bekommen. Es ist nicht mehr das Problem – es ist mein Ticket in die Freiheit. Wieder zwickt mich das schlechte Gewissen. Weil Bacon tot ist und ich diesen Umstand für mich ausnutze. Ich fühle mich schäbig.

Der Wagen hält. »Swedenborg Gardens«, sagt der Taxifahrer.

»Money talks.«

Swedenborg Gardens, Hindmarsh Close, White Chapel

Swedenborg Gardens ist nicht halb so idyllisch, wie der Name vermuten lässt. Denn wer denkt bei einem Garten oder Park schon an eine quadratische, von der Sonne verbrannte Rasenfläche, umgeben von Plattenbauten, die wie riesige Betonpfeiler in den Himmel ragen? Dass der Park quadratisch angelegt ist, weiß ich, weil Vince auf seinem Handy Maps geöffnet hat. Ein Blick auf die Karte reicht, um zu sehen, dass der Taxifahrer uns an der Seite des Parks rausgelassen hat, von der aus ein kurzer Weg direkt am Spielplatz vorbeiführt.

Vince zoomt den Übergabeort heran. Von oben wirkt er genauso trist, wie der runtergekommene Hochhaus-Charme drumherum vermuten lässt. Eine achteckige, graue Fläche, auf der lieblos Spielgeräte verteilt wurden. Da lacht das Kinderherz – nicht.

Das Rattern eines Zugs hallt zu uns rüber. Das Geräusch scheint von den Hochhäusern zurückgeworfen zu werden, was den Eindruck erweckt, als würde der Zug den Park umrunden. Ein weiterer Blick auf Vince' Handy verrät mir, dass die Gleise der Stadtbahn ganz in der Nähe verlaufen.

Wir erreichen den Spielplatz.

Auch in live wirkt er alles andere als einladend. Die Spielgeräte sind größtenteils aus bunt angemalten Eisenrohren geformt, von denen großzügig die Farbe abblättert. Der Boden besteht aus eingelassenen Gummimatten, die farblich perfekt zu den Plattenbauten passen und bei jedem Schritt leicht nachgeben. Erfüllt seinen Zweck, mehr nicht.

Ich schaue mich um. Rund um den Platz sind vereinzelt Bäume gepflanzt, aber auch die können die Wohlfühlskala nicht nach oben ausschlagen lassen.

Außer uns ist niemand hier. Glaube ich. Schlagartig fühle ich mich beobachtet. Lauert der Erpresser ganz in der Nähe? Oder wohnt er sogar in einem der Hochhäuser und sieht direkt auf uns runter?

»Hier klebt keine Tüte!«, ruft Pat, der bereits die vordere der beiden Rutschen erreicht und von unten inspiziert hat.

»Dann muss es die andere sein!« Evie geht zur zweiten, höheren Rutsche, die an einem blau-gelben Klettergerüst befestigt ist. Wir folgen ihr.

Evie betrachtet die Rückseite der Metallrutsche. »Jap!«

Pat sieht sich die Sache ebenfalls genauer an und verzieht sein Gesicht. »Und da sollen wir jetzt einfach mal so hundertzwanzig Riesen reinlegen? In eine verdammte Primarktüte?«

»Wäre dir eine edle Papptasche von Gucci lieber?«, murmle ich und kann mir ein Augenverdrehen gerade noch so verkneifen. Immerhin waren die Anweisungen im Gruppenchat mehr als eindeutig. Für einen Rückzieher ist es echt zu spät.

Evie mustert mich mit hochgezogenen Augenbrauen. Ich beiße mir in die Innenseite meiner Wange. Mist, warum konnte ich nicht die Klappe halten? Nicht, weil die Pretty Pennies keinen Spaß verstehen, sondern weil dieser Satz überhaupt nicht zu MIR passt. MEINE Maske fängt an zu bröckeln, und es fällt mir immer schwerer, LYNNS Fassade aufrechtzuerhalten. Aber ich muss! Zumindest so lange, bis ich das Überwachungsvideo habe. Danach kann ich den dreien endlich die Wahrheit ins Gesicht spucken. In meinem Bauch setzt ein warmes Vorfreude-Kribbeln ein. Das wird ein Fest!

»Also dann!« Pat öffnet seine Schultasche, holt drei Bündel mit Fünfzig-Pfund-Noten hervor und beugt sich hinter die Rutsche. Ein Rascheln ertönt. »Fertig.«

Verwirrt sehe ich ihn an. Das ist alles? Drei Geldbündel? Irgendwie hatte ich gedacht, seine Tasche müsste randvoll sein.

»Und wie geht's weiter?« Nervös tritt die sonst so coole Evie von einem Bein aufs andere. An den Anblick könnte ich mich gewöhnen.

Vince zückt wieder sein Handy. »Ich schreib im Chat, dass wir das Geld deponiert haben und jetzt verschwinden.«

»Und das war's dann?« Pat verschränkt die Arme vor der Brust. »Wir hauen einfach ab und hoffen, der Typ lässt uns in Ruhe?«

»Du hast doch gelesen, was er geschrieben hat!«, blafft Vince ihn an. So habe ich ihn noch nie mit Pat reden hören. »Wenn er uns hier sieht, war's das für uns. Willst du das?«

Pats Kiefermuskeln treten hervor. »Alter, du glaubst hoffentlich nicht wirklich, dass die Sache nach diesem einen Mal abgehakt ist, oder?« Er deutet auf die Rutsche. »Dieser Typ taucht gleich hier auf und ist hundertzwanzig k reicher. Wir hatten zwei Stunden Zeit, die Kohle zu besorgen. Das macht für ihn einen Stundenlohn von sechzigtausend Kröten. Was glaubst du, wie lange es dauert, bis er uns wieder schreibt? Bacon ist tot, daran können wir nichts ändern! Und solange es das Überwachungsvideo von uns gibt, sind wir gefickt!«

»Schrei doch noch lauter«, knurrt Vince, »dann hört jeder, der hier vorbeikommt, wie tief wir in der Scheiße stecken!«

»Jungs!« Evie streicht Pat beruhigend über den Arm. »Was sollen wir denn sonst machen, Babe?«

»Wir müssen rausfinden, wer der Typ ist!«

»Und wie stellen wir das an?« Ich deute rüber zu den wenigen Bäumen, die den Spielplatz umgeben. »Hinter denen können wir uns ja wohl schlecht verstecken.«

Pat zückt sein Handy und wischt darauf herum. Dann zieht auch Evie ihr vibrierendes Smartphone hervor und wirft Pat einen verwunderten Blick zu. »Ein Videocall?«

»Nimm ihn an!«, sagt Pat.

Evie wischt über das Display. »Und was dann?«

Pat geht zu der kleineren Rutsche und kniet sich davor auf den Boden. Über den geöffneten Videoanruf auf Evies Handy können wir mitverfolgen, wie Pat sein Handy auf dem Boden platziert. Das Bild ruckelt und wackelt, bis es endlich stabil ist. Als Pat aufsteht, sehen wir im Hintergrund uns selbst, wie wir uns zu dritt über Evies Handy beugen.

Pat nickt Vince zu. »Jetzt kannst du dem kleinen Scheißer schreiben!«

Wir warten auf dem Parkplatz hinter einer Texaco-Tankstelle, die nur wenige Hundert Meter vom Spielplatz entfernt ist, aber durch mehrere Baumreihen verdeckt wird.

Nervös gehe ich zwischen zwei leeren Parkflächen auf und ab. Die Sonne knallt mir auf den Kopf, und das weiße Hemd der Schuluniform klebt an meiner Haut. Bestimmt ist es an manchen Stellen schon durchsichtig geschwitzt. Alles andere als pretty, doch was spielt das noch für eine Rolle?

Ich könnte mich zu den Pretty Pennies in den Schatten der Bäume stellen, nur müsste ich dann den Abstand zu ihnen verringern, und das will ich nicht.

»Und?«, frage ich zum gefühlten fünfzigsten Mal.

Evie starrt wie gebannt auf ihr Handy und schüttelt den Kopf. Pat und Vince, die sich links und rechts über Evies Schulter gebeugt haben, ebenfalls.

Da halten alle drei in der Bewegung inne.

Ich bleibe stehen. »Was ist?«

Keine Antwort.

Schnell gehe ich zu ihnen und quetsche mich zwischen Evie und Vince, um etwas sehen zu können.

Das Bild auf Evies Handy zittert auf und ab.

»Warum …?« Ich kneife die Augen zusammen. Plötzlich laufen zwei Füße in knallpinken Sandalen durchs Bild.

Vince stöhnt. »Bloß ein Kind!«

Wie aufs Stichwort fängt das Bild wieder an zu wackeln, gefolgt von den pinken Sandalen. Ich muss unweigerlich grinsen. Wir warten hier darauf, einen mysteriösen Erpresser dabei zu beobachten, wie er das Lösege–

»Da ist noch jemand!«, zischt Evie.

Jetzt sehe ich es auch! Vom rechten Rand ragt ein Schatten ins Bild. Groß, eindeutig nicht der eines Kindes.

Die Person bewegt sich nicht. Worauf wartet sie bloß? Dann macht sie einen Schritt hinein ins Bild. Es ist ein Kerl. Er trägt kurze Hosen, die seine bleichen, dürren Beine gut zur Geltung bringen. Dazu einen Hoodie, die Kapuze überm Kopf. Muss verdammt heiß unter dem Teil sein. Das Gesicht kann ich nicht erkennen, weil er Pats Handy den Rücken zugewandt hat. Er dreht den Kopf von links nach rechts. Hält er nach Beobachtern Ausschau? Nach uns?

»Das muss er sein!«, flüstert Evie, als hätte sie Angst, der Typ könnte sie hören.

»Dreh dich um, du kleiner Penner!«, knurrt Vince dem Mann zu.

Plötzlich tut der Fremde genau das. Er starrt in unsere Richtung. Ich halte die Luft an und bin mir sicher, die Pretty Pennies tun es mir gleich.

Das Gesicht unseres Erpressers erinnert an einen Totenschädel. Die Wangen sind eingefallen, und die Knochen treten spitz hervor. Auch die Augen sind tief in die Höhlen gesunken und werden von dunklen Schatten umrandet.

»Fuck!«, zischt Evie und drückt auf das Symbol des Mikros rechts unten. Jetzt ist es durchgestrichen.

»Hat er uns etwa gehört?«, fragt Pat erschrocken.

Wir alle kennen die Antwort. Wie gebannt starren wir auf den Skelett-Mann, der immer noch in unsere Richtung starrt.

»Babe, mach einen Screenshot!«

Evie drückt zwei Tasten und friert das Videobild für einen Moment ein. Gerade rechtzeitig, denn schon hat sich das Skelett wieder umgedreht.

Erleichtert atmen wir auf.

Der Typ macht sich an der Rutsche zu schaffen.

»Das ist auf jeden Fall unser Mann!«, sagt Vince unnötigerweise, als das Skelett die Plastiktüte entfernt hat.

»Oder er ist ein Junkie, der uns beobachtet hat und jetzt richtig schön Drogen shoppen gehen kann.«

Ich boxe Evie auf die Schulter. Sie lächelt jedoch nicht. In ihren Augen blitzt unverhohlenes Misstrauen auf, das mich zusammenzucken lässt.

Um ihrem Blick auszuweichen, sehe ich wieder auf ihr Handy. Dort klemmt sich das Skelett gerade die Primarktüte unter den Arm und verschwindet aus dem Bild.

Gruppenchat der Pretty Pennies

LYNN:
Ich hab durchgezählt, scheint alles da zu sein

PAT:
Dann kannst du Bacons Room ja jetzt schließen

LYNN:
Schon erledigt

EVIE:
ECHT???

LYNN:
Klick auf den Link, dann siehst du, dass es den Room nicht mehr gibt 😊

VINCE:
Wer sagt uns, dass du keine Kopien hast?

LYNN:
Oh, die hab ich, keine Sorge 🙂

PAT:
Was soll der Scheiß?

LYNN:
Dieser Scheiß ist meine Lebensversicherung. Damit ihr nicht auf dumme Gedanken kommt. Sollte mir also etwas zustoßen …

VINCE:
So war das nicht vereinbart!

LYNN:
Ach ja? Ich hab nur gesagt, dass Bacons Room veröffentlicht wird, wenn ihr nicht bezahlt. Und dass ich nach der Geldübergabe nichts mehr mit euch zu tun haben will. Vom Löschen der Videos war nie die Rede

PAT:
Du verarschst uns doch!

LYNN:
Haltet einfach die Füße still. Solange niemand von unserer kleinen Abmachung erfährt, habt ihr nichts zu befürchten

LYNN:
Und noch was

EVIE:
Was?

LYNN:
An eurer Stelle würde ich die Überwachungsaufnahmen überall löschen. Wer weiß, wer sich da draußen noch so rumtreibt und es auf euch abgesehen hat ...

PAT:
Ist das eine Drohung?

LYNN:
Nur ein kostenloser Rat. Was ihr draus macht, ist eure Sache. Mir kann's egal sein, ob sich noch ein paar Hacker von TLE auf euer kleines Geheimnis stürzen

EVIE:
Und wie geht's weiter?

LYNN:
Für euch? Wie bisher, denke ich. Ihr könnt euch ein neues Opfer an eurem nach Kohle stinkenden College suchen. Ist mir scheißegal! Bacon hatte sich wohl erhofft, ihr würdet euch bessern, aber ich mach mir da nix vor

PAT:
Und was machst du mit der Knete? Wofür hat Bacon sie gebraucht?

LYNN:
Wie gesagt: Haltet eure Nase da raus und sie bleibt weiterhin in eurem Gesicht

LYNN:
Und ja – das war eine Drohung 😉

»Better safe than sorry.«

Parkplatz Texaco-Tankstelle, Hindmarsh Close, White Chapel

Pat taucht zwischen den Bäumen am Rand des Parkplatzes auf und winkt mit seinem Handy. »Hab's!«, ruft er, als hätte er selbst nicht mehr daran geglaubt, es je wiederzusehen.

»Und was machen wir jetzt?« Evie wirkt nun ruhiger, noch nicht gelassen, aber sie scheint bereits auf dem besten Weg zu sein, die ganze Bacon-Sache innerlich abzuhaken.

»Du und Vince, ihr löscht erst mal die Überwachungsaufnahme von euren Handys«, sagt Pat im Kommandotonfall zu seiner Freundin. »Meins ist schon sauber.«

»Was soll das werden?« Ich blinzle, glaube, mich verhört zu haben, hoffe es.

»Na, was wohl? Wir werden dieses Scheißvideo los!«

FUCK! Ich möchte schreien. Was soll ich nur tun? Wenn die Pretty Pennies die Aufnahme löschen, ist mein schöner neuer Plan zunichte. Mein eigenes Handy werde ich wohl nicht wieder zurückbekommen.

»Aber dann tut ihr genau das, was der Erpresser euch geraten hat!«, rufe ich aufgeregt.

»Na und?« Pat runzelt die Stirn. Natürlich versteht er nicht, warum ich so durch den Wind bin. Ich muss mich zusammenreißen!

»Wollt ihr nicht lieber noch eine Kopie sichern, falls …?« Ich stocke. Ja, falls was? Welches Argument könnte die Pretty Pennies davon überzeugen, dass es besser wäre, ein für sie sehr belastendes Video zu behalten?

»Falls ...?« Evie sieht mich durchdringend an.

Ich zucke mit den Schultern. »Weiß auch nicht. Könnte ja sein, dass das Video irgendwo wieder auftaucht und manipuliert wurde. Wäre es da nicht besser, das Original zu haben?«

»Du meinst, wir könnten jemals in die Verlegenheit kommen, dieses Video irgendjemandem zeigen zu wollen, weil es uns in einem *besseren* Licht dastehen lässt?« Pat lacht. Er scheint meinen Einwand für einen Scherz zu halten. »Falls es dir entgangen ist, wir kommen darin nicht besonders gut weg!«

Fuck, fuck, fuck! Ich presse die Lippen aufeinander.

Evie tippt auf ihrem Handy herum. »Gelöscht!«, sagt sie.

Vince nickt.

Panik lässt mich von Neuem zittern. Was soll ich nur tun? Ich brauche dieses Video! Samstagnacht wollte ich noch, dass es für immer verschwindet, und jetzt gibt es keine schlimmere Vorstellung für mich.

»Hast du es auch aus dem Gruppenchat gelöscht, Babe?«

»Fast vergessen!« Wieder zückt Evie ihr Handy.

In meinen Fingern zuckt es. Soll ich es ihr aus der Hand reißen? Aber was würde das bringen? Drei gegen eine – wie das ausgeht, dürfte klar sein.

»Erledigt!« Evie strahlt übers ganze Gesicht und gibt Pat einen Kuss. »Und was ist mit deiner Cloud? Speichert die Überwachungskamera nicht alles dort ab?«

Pat küsst Evie zurück. »Auch sauber.«

Das war's dann wohl! Meine große Chance ist genauso schnell verpufft, wie sie aufgetaucht ist. Ein Teil von mir möchte sich auf die Straße legen und mit den Fäusten auf den Asphalt trommeln. Aber ich lasse es – nicht bloß, weil der Boden bestimmt glühend heiß ist. Ich will einfach nur noch nach Hause.

»Und weiter?« Evie zieht die Augenbrauen hoch. »Glauben wir diesem Typ, dass er uns in Zukunft in Ruhe lässt? Ich meine: der Link zu Bacons Room funktioniert wirklich nicht mehr. Er scheint sein Wort zu halten.«

»Ja, genau so lange, bis er wieder Kohle braucht!«, murrt Pat.

»Was schlägst du vor?« Vince klingt, als würde er sich bei einem Mitarbeiter im Baumarkt erkundigen, welche Wandfarbe am besten zu Eichenholz passt.

»Schick mir mal den Screenshot, Babe!«

Evie tippt auf ihr Handy.

»Und was willst du damit?«, frage ich, obwohl es mir scheißegal ist. Mich kümmert es nicht die Bohne, wer Skelett ist und ob er die Pretty Pennies auf Lebzeiten erpresst. Soll er doch, verdient hätten sie es.

Pat strahlt uns an, als hätte er soeben erfahren, dass er reicher als der Gründer von Amazon und Marc Zuckerberg zusammen ist. »Ich stelle es in den C&I-Room und setze ein Kopfgeld auf den Drecksack aus!«

Mir fällt die Kinnlade runter. »Du willst, dass er …?«

Pat zuckt mit den Schultern. »Wir werden sehen, was dabei rumkommt. Vielleicht finden wir auch nur raus, wer er ist.«

»Und weiter?« Meine Stimme gehört mir nicht mehr, sie klingt viel zu schrill. »Was willst du dann tun?«

Pat legt den Kopf leicht schief. »Dann ist Zahltag, Baby!«

Gänsehaut kribbelt von meinem Nacken aus meine Arme hinunter, und das, obwohl es selbst im Schatten der Bäume mindestens dreißig Grad hat und mein Gesicht sich anfühlt, als hätte ich es gegen die Haube eines heißen Kugelgrills gepresst. Erst der Mord an Bacon, dann die Geldübergabe … für heute reicht es mir wirklich mit schlechten Nachrichten. Wann endet dieser beschissene Tag endlich?

Wenn es doch bloß eine weitere Kopie der Überwachungs–

»Bacon!«, rufe ich, als mir klar wird, wer ganz sicher eine Kopie hat – äh, *hatte.*

Die Pretty Pennies starren mich an.

»Alles klar bei dir?« Vince legt einen Arm um mich. Wahrscheinlich denkt er, ich stehe immer noch unter Schock.

Ich bin so aufgeregt, dass ich mich zwingen muss, ein paar Sekunden verstreichen zu lassen. Wenn ich es richtig anstelle, bringe ich die Pretty Pennies dazu, sich ihr eigenes Grab zu schaufeln. Und mit etwas Glück glauben sie sogar, ich würde mich für sie aufopfern. »Bacon hat bestimmt Kopien von seinen Videos und der Überwachungsaufnahme«, sage ich.

»Und?«, fragt Pat. Evie und Vince scheinen ebenfalls nicht zu kapieren, worauf ich hinauswill.

»Na, wollt ihr etwa warten, bis seine Eltern oder die Cops seine Sachen durchwühlen und auf die Videos stoßen?«

Jetzt hab ich sie am Haken.

»Shit!«, stöhnt Pat. Vince knallt sich die flache Hand gegen die Stirn. In Evies Augen taucht ein glasiger Schimmer auf. Ein Anblick, an dem ich mich normalerweise nicht sattsehen könnte, wäre da nicht das Ticken, das nur ich hören kann. Mir läuft die Zeit weg. Denn wenn es stimmt, was ich eben gesagt habe, verliert mein Druckmittel bald seine Durchschlagskraft, sollte die Polizei es vor mir finden.

»Ihr wisst, was das bedeutet, oder?«

Ratlose Blicke antworten mir.

»Wir müssen bei Bacon einsteigen, bevor die Cops dort aufkreuzen!«

Evie nickt vorsichtig, ihre Augen sehen nun wieder ganz normal aus. Schade. Wenigstens ist das Misstrauen darin verschwunden. Das ist doch schon mal was!

»Und wie finden wir raus, wo er wohnt?«, fragt Pat.

»Gewohnt hat«, verbessert ihn Vince.

»Fresse, Alter!«

»Jungs!«

»Ich weiß, wo wir ganz einfach nachschauen können.« Ich muss grinsen – aber aus einem ganz anderen Grund, als die Pretty Pennies jetzt vermutlich denken.

»Ach, echt?«, fragt Evie verblüfft.

»Wo denn?« Vince drückt meinen Arm, als wollte er die Antwort aus mir rauspressen.

Ich sehe ihn direkt an. »Schon vergessen, dass wir ein Foto von seiner Mitarbeiterkarte haben?«

»Du bist brillant!«

Sofort zückt Pat wieder sein Handy. »Ich fass es nicht!«, ruft er aus.

»Kann man die Adresse lesen?« Evie versucht, einen Blick auf Pats Handydisplay zu ergattern.

»Nicht nur das.« Ungläubig schüttelt Pat den Kopf. Dann hält er uns sein Handy entgegen. Maps ist geöffnet. Unser Standort wird mit einem kleinen grauen Punkt knapp hinter dem Tankstellen-Symbol mit der Überschrift »TEXACO« angezeigt. Von dort aus führt eine blau gepunktete Linie nach oben, am Spielplatz vorbei, und endet an einem der Hochhäuser, das als großes rotes Ziel gekennzeichnet ist.

Unten in der Infoleiste steht, dass das Haus, in dem Bacon bis heute Morgen gelebt hat, zweihundert Meter von unserem Standort entfernt ist.

»Hope for the best, prepare for the worst.«

Shearsmith House, Hindmarsh Close, White Chapel

Wir stehen vor einem der hässlichsten Hochhäuser Londons. Der Putz hat die Farbe von festgetrocknetem Schlamm, und die Fenster blicken auf uns herab wie tote Augen. Insgesamt erinnert es mich an das Haus aus dem Horrorfilm Dark Water, den Pat unbedingt bei unserem letzten Filmeabend sehen wollte.

»Äh, hat jemand einen Dieter dabei?« Evie deutet auf die Eingangstür, deren unterer Glaseinsatz eine unschöne Begegnung mit einem Backstein oder etwas vergleichbar Schwerem gemacht hat. Vom Einschlag aus haben sich haarfeine Risse wie ein Spinnennetz ausgebreitet.

»Babe, das heißt Dietrich.« Pat rüttelt an der Tür, aber sie ist verschlossen.

»Schon klar, Sherlock!«

»Wir könnten warten, bis jemand rauskommt«, schlägt Vince vor.

»Oder wir klingeln einfach!« Ich betrachte die Tafel mit den Klingelschildern, die sich an der Wand neben der Eingangstür befindet. Sie ist noch überladener, als ich es bei einem Hochhaus dieser Größe erwartet hätte. Die Wohnungen müssen winzig sein. Reihe für Reihe lese ich die Namen. »Hunt!« Ich deute auf einen Klingelknopf im oberen Drittel.

»Ist das dein Ernst?« Evie wirkt, als wollte sie gleich ihre Hand auf meine Stirn legen, um zu prüfen, ob ich Fieber habe. »Und was sollen wir sagen, wenn seine Mum oder sein Dad öffnet? *Hallo, Ihr toter Sohn hat vielleicht schon mal von uns erzählt, aber in Wahrheit sind wir gar nicht so schlimm. Dürfen wir kurz in sein Zimmer und seine Sachen durchwühlen?*«

»Nicht wir, nur ich.« Innerlich hoffe ich, man merkt mir nicht an, wie aufgeregt ich bin. Jetzt darf nichts schiefgehen! Ich muss dafür sorgen, dass ich Bacons Wohnung allein betrete. Wenn die Pretty Pennies mitkommen, habe ich keine Chance, die Aufnahmen an mich zu nehmen.

»Versteht ihr, was sie meint?«, fragt Evie an die Jungs gewandt.

»Ich glaube, sie will allein reingehen«, antwortet Vince.

Es gefällt mir nicht, dass sie über mich reden, als wäre ich nicht da. Aber ich sage nichts, obwohl mir dazu einiges einfallen würde.

»Uns bleibt nicht viel Zeit! Vertraut mir einfach!«

Evie rollt mit den Augen. »Das letzte Mal, als du das im Chat geschrieben hast, kam raus, dass es Bacon war, der uns in diese verdammte Tube gelockt hat.«

»Jetzt bin ich nicht Bacon, oder?« Ich winke mit den Händen vor Evies Gesicht und komme mir ziemlich bescheuert vor. »Du hast es doch eben selbst gesagt: Falls Bacon zu Hause von euch erzählt hat, könnt ihr nicht dort aufkreuzen.«

»Aber woher soll seine Mum oder sein Dad wissen, wie wir aussehen?«, gibt Evie zurück. »Wenn sie überhaupt da sind …«

Seine Mum zumindest nicht. Das weiß ich, weil Bacon letztes Mal im Sandman's so etwas angedeutet hat. Ob sie tot ist oder die Familie verlassen hat, weiß ich nicht. Nur bei einer Sache bin ich mir sicher: Sie wird nicht die Tür öffnen. Bleibt noch sein Dad.

»Falls er Fotos gezeigt hat, erkennen sie euch bestimmt sofort«, sage ich, um Evie noch weiter zu verunsichern.

»Und wo soll Speckfresse Fotos von uns hergehabt haben?«

»Echt jetzt, Evie?« Ich verdrehe die Augen. »Meinst du nicht, dass es einen Ort gibt, an dem man sehr viele Fotos von euch drei findet?«

Beinahe kann ich das Klirren hören, als der Penny fällt.

»Verdammt!«, zischt Evie.

»Und es gibt nur eine unter uns, von der keine Fotos auf Evies Beauty Paradise existieren.«

Pat und Vince nicken langsam, Evie presst die Lippen aufeinander, sagt jedoch nichts mehr.

»Dann los!« Pat deutet mit einer Kopfbewegung auf die Klingeltafel.

Ich drücke auf den Knopf neben dem Namen *Hunt*. Gespannt starre ich darauf, als würde er gleich explodieren. Aber das tut er nicht. Um genau zu sein, passiert überhaupt nichts.

»Niemand da«, murmelt Vince.

»Noch besser!«, jubelt Evie.

Nein, nein, NEIN! Es muss jemand da sein! Wenn nicht, kommen die Pretty Pennies bestimmt auf die glorreiche Idee, in die Wohnung einzubrechen. Dann ist meine letzte Chance, an das Video zu kommen, futsch.

Ich drücke wieder auf die Klingel – länger, viel länger.

»Das bringt doch ni–« Ein Knacken im Lautsprecher unterbricht Evie.

»Was soll'n der Scheiß?«, knurrt eine verschlafene Männerstimme aus der Gegensprechanlage. Bacons Dad? Oder hat er einen Bruder? Selbst wenn, die Stimme klingt tief und damit deutlich älter als die eines Bruders.

Mein Herzmotor beschleunigt, als würde ich gerade eine neue Runde Flucht-vor-Lady-High-Heel spielen und nicht wie erstarrt dastehen.

Vince stößt mich mit dem Ellenbogen in die Seite.

»Hallooo?« Bacons Dad – zumindest glaube ich, er ist es –

klingt, als würde sein Geduldsfaden in einer Stange Dynamit enden.

»Mach schon!«, zischt Evie mir zu.

»Äh ...«, stoße ich nicht besonders originell hervor. »Hallo, Mister Hunt, hier ist Lynn!«

Pat reißt die Augen auf. Sofort wird mir klar, was ich getan habe. Hätte ich mir nicht irgendeinen anderen Namen einfallen lassen können? Zu spät!

»Lynn wer?«, knurrt der Mann aus der Gegensprechanlage.

»Eine Freundin von ...« Ich stocke! Das Wort *Bacon* liegt mir auf der Zunge. Hilfe suchend sehe ich die anderen an. Ratloses Schulterzucken ist die Antwort. War ja klar. »Ich gehe mit Ihrem Sohn aufs Graham«, sage ich schnell und hoffe, dass die Stimme wirklich zu Bacons Dad gehört.

»Ja, und?«

Ich schlucke. Offenbar hat er keine Ahnung, was Bacon zugestoßen ist. Ist er eben erst nach Hause gekommen? Oder hat er bis gerade geschlafen? Wenigstens weiß ich jetzt sicher, dass er Bacons Dad ist.

Evie macht mit ihrem Zeigefinger eine Drehbewegung, als würde sie eine unsichtbare Spule abwickeln: *Beeil dich!*

»Ich ... also, ich habe etwas bei ihm im Zimmer vergessen. Kann ich kurz nachsehen?«

»Hä? Wann?«, blafft er aus der Gegensprechanlage.

»Jetzt?«

»Nee, ich mein, wann du was bei ihm vergessen hast!«

Gute Frage!

»Vor ein paar Tagen. Er hat mir bei einem Referat geholfen.«

Ein Grunzen, nicht besonders zuversichtlich.

Hilflos sehe ich die anderen an, doch die starren alle wie gebannt auf die Gegensprechanlage. »Es ist wirklich dringend! Ich muss das Referat heute Nachmittag in der Schule halten.«

Wieder ein Grunzen.

»Also gut!« Ein genervtes Seufzen dringt aus der Gegensprechanlage. »Neunter Stock! Aber du musst die Treppe nehmen. Der Aufzug hat gestern den Löffel abgegeben. Scheißteil.«

»Kein Problem!«, versichere ich, obwohl ich schon beim Gedanken ans Treppensteigen einen weiteren Schweißausbruch bekomme.

Ein Knacken in der Leitung. Die Haustür stößt ein gebrechlich klingendes Summen aus. Ich öffne sie und bleibe im Eingang stehen. »Also, dann bis gleich!«, sage ich zu meinen *Freunden*. Es ist merkwürdig, doch die Vorstellung, ohne die drei dort reinzugehen, gefällt mir plötzlich überhaupt nicht mehr. Trotzdem weiß ich, dass es meine einzige Chance ist.

»Du glaubst doch nicht, wir lassen dich allein da hochgehen?!« Vince tätschelt mir im Vorbeigehen die Schulter.

Wüsste ich nicht, was ich weiß, wäre ich jetzt gerührt. Stattdessen werde ich nervös.

»Echt?« Evie scheint genauso viel von der Idee zu halten wie ich. »Ich dachte, uns soll keiner sehen?«

»Wir gehen ja nicht mit in die Wohnung«, sagt Pat.

Puh! Beinahe hätte ich erleichtert aufgeseufzt.

Pat streckt seiner Freundin eine Hand hin. »Komm schon, Babe! Wir warten im Treppenhaus. Nur für den Fall.«

Der Gedanke, da oben nicht ganz auf mich allein gestellt zu sein, beruhigt mich irgendwie. Obwohl ich mir niemals die Pretty Pennies als Unterstützung aussuchen würde, hätte ich die Wahl.

Evie ergreift Pats Hand, und wir gehen nach drinnen. Zwei Aufzüge erwarten uns, an denen ein Out-of-order-Schild hängt. Jemand hat *Fuck the system* draufgesprayt. So passt es wenigstens zum Rest des Eingangsbereichs. Es gibt kaum einen Quadratmeter, der nicht vollgeschmiert ist – überwiegend mit Genitalien, deren Proportionen fragwürdig sind.

»Schön hier.« Naserümpfend sieht Evie zur einzigen Lichtquelle hinauf: einer flackernden Leuchtstoffröhre.

»Dann mal los!« Vince marschiert an den beiden Aufzügen vorbei und öffnet eine Tür, neben der ein Schild mit einem Treppensymbol befestigt ist. Ich folge ihm. Sofort schlägt mir eine Welle aus Uringestank entgegen.

»Iiii, hier stinkt's!«, sagt Evie unnötigerweise und hält sich die Nase zu. Zum gefühlt hundertsten Mal heute atme ich gegen den Würgereflex an.

»Riecht, als hätte jemand ins Wischwasser gepisst«, stöhnt Pat.

»Ja, klar! Als ob hier einer wischt!«, murrt Vince.

Evie kichert.

Wir machen uns an den Aufstieg. Nach nur drei Stockwerken fange ich an zu keuchen. Diese Hitze, verbunden mit der Aufregung, und jetzt auch noch Sport – echt nicht zu empfehlen!

Vor der Tür mit der aufgemalten 9 bleiben wir stehen. Ab hier muss ich allein weiter. Wobei ich im Moment nicht weiß, welche Vorstellung ich schlimmer finde: gleich Bacons Dad gegenüberzutreten oder länger in diesem verpesteten Treppenhaus zu bleiben.

Pat drückt mir sein Handy in die Hand. »PIN ist 0510. Falls du Hilfe brauchst, ruf sofort Evie oder Vince an!«

0510, der fünfte Oktober – Evies Geburtstag, natürlich. Mit einem bitteren Gefühl stecke ich das Handy ein. Bis vor wenigen Minuten hätte ich alles dafür gegeben, mit Pats Handy allein zu sein. Aber das ist jetzt *sauber*, wie er so schön gesagt hat, und somit für mich nutzlos.

»Bis gleich!« Ich atme tief durch, was ich dank des Gestanks sofort hustend bereue.

Dann öffne ich die Tür vom Treppenhaus.

»A penny for your thoughts.«

Shearsmith House, 9. Stock, Wohnung der Hunts

Die Tür zur Wohnung der Hunts ist nur angelehnt. Ich klopfe dagegen, sie öffnet sich einen Spalt und gibt den Blick auf einen dunklen Flur frei. »Hallo?«
Keine Antwort.
»Mister Hunt?«, frage ich leise, als hätte ich Angst, Bacons Dad bei etwas zu stören. Was für ein Schwachsinn, bestimmt hat er die Tür für mich offen gelassen!
Ich stoße sie ganz auf und mache einen vorsichtigen Schritt über die Schwelle. »Hier ist Lynn! Ich hoffe, es ist okay, dass ich reinkomme?!«
Wo ist der Typ bloß? Ich schaue zum Treppenhaus. Die Feuerschutztür ist geschlossen, dahinter warten die Pretty Pennies. Egal, ob ich vor- oder zurückgehe, in jeder Richtung erwartet mich ein Haufen Probleme. Am liebsten würde ich den Flur hinuntergehen, in der Hoffnung, dass an dessen anderem Ende ein weiteres Treppenhaus wartet. Und dann: bloß weg hier! Einfach verschwinden, nach Hause, die Decke über den Kopf ziehen und an nichts denken. Natürlich ist mir klar, dass das unmöglich ist. Bacon ist tot! Wie soll ich also jemals wieder an nichts denken können?
»Willst du da Wurzeln schlagen, Kid?«
Ich mache einen erschrockenen Satz zurück.
Vor mir steht ein Mann. Von der Statur her könnte er dem

Skelett von vorhin glatt Konkurrenz machen. Seine Haut wirkt wie zerknitterte Pappe. Er ist unrasiert, die Augen sind glasig und blutunterlaufen, die braunen Haare hängen ihm in fettigen Strähnen ins Gesicht. Vermutlich war das gelbbraun verfärbte Feinrippunterhemd irgendwann mal weiß. Dazu trägt er eine Badehose mit grünen Enten drauf. Die beiden vorne aufgenähten Taschen machen deutlich, dass er sie verkehrt herum anhat.

»Äh ...« Meine Zunge pocht. Habe ich mir etwa vor Schreck daraufgebissen? Ich schlucke den Geschmack rostiger Nägel hinunter. »Ha ... hallo. Ich bin Lynn.«

»Was du nicht sagst!« Bacons Dad grinst schief. Seine Zähne sind bräunlich verfärbt. Ein säuerlicher Geruch wabert mir entgegen. Riecht wie eine Mischung aus Bier, Schweiß und Erbrochenem. Ich spüre, wie mein Mund sich verziehen will, kann den Reflex aber gerade noch bekämpfen.

Ich versuche, in dem ausgemergelten Gesicht etwas von dem Jungen zu erkennen, der vorgestern ganz nah neben mir gekauert hat. Es will mir einfach nicht gelingen.

»Wusste gar nicht, dass mein Sohn so hübsche Freunde hat!« Er mustert mich von oben bis unten. Gänsehaut folgt seinem Blick. Das schiefe Grinsen wirkt auf einmal noch viel unheimlicher als zuvor.

Er macht einen Schritt zurück und bedeutet mir, einzutreten.

Ich bewege mich nicht, weiß, dass ich muss, doch meine Beine scheinen anderer Meinung zu sein. Bloody Jacky stöhnt genervt. Als wäre sie plötzlich die Mutigere von uns beiden! Das gibt mir den nötigen Schubs nach vorne. Ich trete ein. Die Luft ist stickig und müffelt, als hätte die Wohnung kein einziges Fenster.

Ein Telefon klingelt. Das Geräusch kommt vom Ende des Flurs, an dem eine Tür offen steht. Ein schmaler Lichtstreifen fällt auf den Teppichboden.

»Kann man hier nich einmal in Ruhe pennen?«, knurrt Bacons

Dad und stolpert den Flur entlang. In der offenen Tür am Ende dreht er sich zu mir um. »Du findest dich ja bestimmt allein zurecht.« Er macht eine wedelnde Handbewegung, als wäre ich eine lästige Fliege, die seinen Kopf umkreist. »Hol einfach dein Zeug und mach die Tür hinter dir zu, wenn du gehst.« Mit diesen Worten verschwindet er.

Das Klingeln verstummt.

»Ja?«, höre ich Bacons Dad bellen. »Ach, Stiff, du bist's! Was gibt's? Doc is nich da.«

Das ist sie: meine Chance! Wer weiß, wie viel Zeit mir bleibt, bis das Telefonat beendet ist!

Gehetzt verschaffe ich mir einen Überblick. Vom Flur gehen sechs Türen ab. Ich schätze mal, dass die, hinter der Bacons Dad gerade verschwunden ist, zum Wohnzimmer führt. Das heißt, dass die daneben vermutlich zur Küche gehört. Also bleiben noch vier. Ich strecke meine Hand nach dem Türgriff aus, der mir am nächsten ist, zucke zurück. Fingerabdrücke! Vielleicht ist es übertrieben, trotzdem zupfe ich mein Hemd aus dem Bund des Faltenrocks. Den weißen Stoff stülpe ich über meine Finger, erst dann drücke ich die Klinke runter.

Badezimmer.

Ein üblerer Geruch als der von eben beißt mir in die Nase. Es braucht nicht viel Fantasie, um die Pfütze neben der Toilette dafür verantwortlich zu machen. Schnell schließe ich die Tür wieder.

Ein ungutes Gefühl rührt sich in meinem Inneren. Überrascht begreife ich, dass es Mitleid ist. Hier hat Bacon gelebt, mit einem Mann, der ganz offensichtlich keine besonders strahlende Vaterfigur für ihn war. *Vielleicht hatte Bacon das Stipendium ja doch ein bisschen mehr verdient als du*, meldet sich eine leise Stimme in mir. Sofort schüttle ich den Kopf und bringe die Stimme damit zum Schweigen.

Bleiben noch drei Türen.

Ich öffne die rechts vom Bad. Im Raum dahinter ist es dunkel. Auch hier drin riecht es muffig. Kein Wunder, der Rollladen scheint nicht erst seit heute unten zu sein. Das Licht, das vom Flur aus in den Raum dringt, fällt auf ein Doppelbett. Sieht ganz nach Elternschlafzimmer aus. Die Bettdecken sind zerwühlt, überall liegen Kleider auf dem Boden.

Okay, also muss Bacons Zimmer hinter einer der beiden übrigen Türen sein. Ich nehme die links vom Bad.

Ein Blick reicht, und ich weiß, dass ich hier richtig bin. Der Raum hat die Größe einer Abstellkammer. Zugleich wirkt er, als würde er zu einer völlig anderen Wohnung in einem völlig anderen Haus gehören. Vor allem, weil es drinnen tausendmal besser riecht als im Rest der Wohnung – ein bisschen nach Frittierfett, Hund und Deo. Hätte mir heute Morgen jemand gesagt, dass ich diesen Geruch mal als Wohltat empfinden würde, hätte ich vermutlich laut losgelacht.

Ich lausche, die Stimme von Bacons Dad ist nicht mehr zu hören, dafür plärrt SpongeBob aus Richtung Flurende. Ist das Telefonat schon beendet? Kommt Mister Hunt gleich, um nach mir zu sehen? Wobei ... ich schätze ihn nicht gerade als einen treusorgenden Dad ein, den es interessiert, was ein fremdes Mädchen im Zimmer seines Sohns treibt. Trotzdem will ich keine Sekunde länger als nötig hierbleiben.

Schnell trete ich ein und schließe die Tür hinter mir.

Sonnenlicht fällt durch ein winziges Fenster auf einen penibel aufgeräumten Schreibtisch. Das Bett ist gemacht, daneben ein Hundekörbchen, die Schulbücher im Regal stehen stramm wie Soldaten. Alles sieht aus, als hätte Bacon sein Leben ordentlich und sauber zurücklassen wollen. Zugleich wirken die Einrichtung und alle persönlichen Gegenstände darin total unpersönlich. Keine Poster an den Wänden, nichts, was darauf hinweisen könnte, dass Bacon irgendein Hobby hatte. Nur Schulsachen. Bacons ganze

Konzentration scheint dafür draufgegangen zu sein, einen guten Abschluss zu machen. Klar, wofür – um hier rauszukommen.

Jetzt verstehe ich noch viel mehr, warum ihm sein Platz am Graham so wichtig war. Für jemanden mit seinem Hintergrund ist ein Abschluss an einem Elitecollege das goldene Ticket in ein besseres Leben. Ohne das Stipendium hätte er sich das niemals leisten können. Und er wusste, dass die Pretty Pennies ihm dieses Ticket bald wegnehmen würden.

Aber ist das Grund genug, sich umzubringen? Okay, das Video aus der Tube hat uns verraten, dass er auf die Gleise gestoßen wurde. Doch Bacons Room auf TLE sagt deutlich, dass alles ganz anders geplant war. Oder war das nur ein makabrer Scherz, der schrecklich schiefgegangen ist?

Wieder tauchen die Bilder in meinem Kopf auf, wieder schüttle ich ihn, um sie loszuwerden. Jetzt ist nicht die Zeit, um durchzudrehen! Leider kann ich auch nicht eben mal schnell im Memory Palace verschwinden und mir in einer neu gestalteten Gummizelle meine Lunge aus dem Hals schreien.

Ich gehe zum Schreibtisch und setze mich auf den Drehhocker. Ein zugeklappter Laptop steht auf der Arbeitsplatte. Hat Bacon hier die Videos aufgenommen? Ich werfe einen Blick über die Schulter: Da ist der Kleiderschrank und daneben die Zimmertür.

Bacon over and out.

Gänsehaut überkommt mich.

Ich öffne den Laptop und starre in das Auge der Webcam, dem Bacon seine letzten Worte gewidmet hat. Ein Kloß bildet sich in meinem Hals. Ich würge ihn hinunter und drücke mit meinem Ellenbogen den Power-Knopf, um auch hier keine Fingerabdrücke zu hinterlassen. Der Bildschirm springt sofort an.

Kennwort

Natürlich. Gerade als ich dachte, der Tag könnte nicht noch beschissener werden!

Ich schnappe mir einen Kugelschreiber und tippe damit *Peanut* in das Feld. Enter.
Das Kennwort ist falsch. Wiederholen Sie den Vorgang.
Vanillemilchshake
Das Kennwort ist falsch. Wiederholen Sie den Vorgang.
PrettyPenniessuck
Das Kennwort ist falsch. Wiederholen Sie den Vorgang.
Toll. Damit enden auch schon meine brillanten Einfälle zum Thema Passwort. Was mache ich denn jetzt? Soll ich einfach den ganzen Laptop mitnehmen? Aber sobald ihn die Pretty Pennies in die Finger kriegen, ist die Sache gelaufen! Bestimmt werfen sie ihn in die Themse, oder Pat fährt mit seinem Tesla so oft drüber, bis er nur noch Schrott ist. Dann komme ich niemals an das Video ran!

Ich wische den Kugelschreiber an meinem Hemd sauber, lege ihn zurück und gehe zum Bücherregal. Vielleicht hat Bacon irgendwo eine externe Festplatte oder einen USB-Stick versteckt, auf dem er die Videos gespeichert hat. Hoffentlich!

Ich ziehe die gesammelten Werke von Shakespeare raus und sehe in die entstandene Lücke. Nichts. Auch sonst scheint sich nichts Außergewöhnliches im Regal zu befinden.

Okay, versuche ich also mein Glück im Kleiderschrank, der zwischen Bett und Tür gequetscht ist. Kein Fingernagel passt dazwischen, als wäre die komplette Einrichtung extra für dieses Zimmer angefertigt worden.

Im Schrank hängen fünf Schuluniformen, darunter stapeln sich Jeans, T-Shirts, ein paar Pullover, Boxershorts und Socken. Überschaubar, so wie der Rest von Bacons Sachen. Ich durchsuche die Taschen der Schuluniformen. Bis auf ein paar Stifte und ein zerknülltes Taschentuch sind sie leer.

»Das darf doch alles nicht wahr sein!« Wütend boxe ich auf einen Stapel T-Shirts ... und spüre etwas Hartes, gegen das meine

Fingerknöchel stoßen. Hastig hebe ich die Shirts an und entdecke ein kleines Päckchen.

Mein Herzmotor gibt Vollgas. Was wohl dadrin ist? Immerhin war es wichtig genug, um von Bacon versteckt zu werden. Ich stelle das Päckchen auf dem Schreibtisch ab und öffne es, indem ich wieder den Kugelschreiber zu Hilfe nehme. Ein ekelhaft süßlicher Gestank schlägt mir entgegen und lässt mich husten.

Ich starre auf den Boden des Päckchens. Dort liegt etwas. Ich erkenne das Körperteil sofort, mein Magen auch. Er fühlt sich an, als würde er sich meinen Hals hinaufschieben. Wenn schon nichts mehr darin ist, dass ich ausspucken kann …

Ich stürze zum Fenster und reiße es auf. Von der Sonne aufgeheizte Luft knallt mir ins Gesicht – besser als nichts. Ich atme, so ruhig ich kann, was mir nur halb gelingen will. Zu spät fällt mir auf, dass ich den Fenstergriff mit meiner bloßen Hand berührt habe. Egal, die Abdrücke kann ich später abwischen!

Von Bacons Zimmer aus hat man eine unverbaute Aussicht auf die Gleise der Stadtbahn. Romantisch. Ein Zug rattert vorbei, das Geräusch hallt zu mir rauf, übertönt die panischen Schreie in meinem Inneren. Das Rattern wird leiser, ich straffe die Schultern und widme mich wieder dem Inhalt des Päckchens.

Fassungslos starre ich auf den abgetrennten Finger. Seine Größe und der breite, kurz geschnittene und dunkel verfärbte Fingernagel verraten mir, dass er einem Mann gehört haben muss.

Darunter liegt ein zusammengefaltetes Stück Papier. Braune Flecken haben sich in die weißen Fasern gefressen. Blut, so viel ist klar.

Vorsichtig, um den verwesenden Finger ja nicht zu berühren, greife ich nach einer Ecke des Papiers, ziehe es heraus und falte es auseinander.

Das abgedruckte Foto toppt den verwesenden Finger sogar noch.

Ein junger Mann.

An einen Stuhl gefesselt.

Den Kopf leicht im Nacken, der Blick starr, als würde er einen Punkt an der Zimmerdecke betrachten, den nur Tote sehen können.

Aufgeschlitzte Kehle.

Blut. Wie ein großes rotes Halstuch.

Abgetrennter kleiner Finger.

Blut.

Ich will wegsehen, kann aber nicht, bin ein Vampir, der jedes noch so blutige Detail gierig in sich aufsaugt.

Unter dem Foto wurde eine Nachricht abgedruckt: Tu, was wir dir sagen. Sonst bist du der Nächste. Deine Zeit läuft!

War die Botschaft an Bacon gerichtet? Woher kannte er den Mann auf dem Foto? Und warum sollte Bacon *der Nächste* sein?

Die Tür hinter mir wird aufgerissen. Ich fahre so heftig zusammen, dass ich das Foto in meiner Faust zerknülle.

»Was tust du da?!«, knurrt jemand.

Eindeutig nicht die Stimme von Bacons Dad.

Langsam drehe ich mich um und schaue dem Skelett in die tief eingesunkenen Augen.

»If you play with fire, you'll get burned.«

Shearsmith House, 9. Stock, Wohnung der Hunts

»Was hast du hier verloren?«, zischt das Skelett und kommt einen Schritt auf mich zu.

Jetzt, da die Tür wieder geschlossen ist, wird noch deutlicher, wie klein Bacons Zimmer ist. Das Skelett steht so dicht vor mir, dass ich seinen Zigarettenatem riechen kann. Aus der Nähe verstärkt sich der Eindruck eines Totenschädels, der mit menschlicher Haut überzogen wurde. Sie ist fleckig, unrein wie die eines alten Mannes, der sein Leben lang zwischen Alkohol und Drogen hin und her getorkelt ist. Ich würde ihn auf über zwanzig schätzen.

Inzwischen trägt er keine Kapuze mehr, den Hoodie hat er gegen ein schwarzes XXL-T-Shirt getauscht, das um die Brust schlackert. Seine langen Arme ragen hervor wie die dürren Äste einer Vogelscheuche. Kurz bleibt mein Blick an den hässlichen Vernarbungen in seiner Armbeuge hängen. Klar, woher die kommen.

»Ich ... wollte nur ...«, stottere ich los, hab aber keine Ahnung, was ich eigentlich sagen will. Die Kanten des zusammengeknüllten Papiers stechen in meine Handfläche.

»Komm mir ja nicht mit der Story, du hättest hier was fürs College vergessen, Lynn!«

Meinen Namen aus seinem Mund zu hören, lässt mich erschaudern. Er weiß, wer ich bin. Er weiß, dass ich zu den Pretty

Pennies gehöre. Ist das dieser Stiff, mit dem Bacons Dad eben telefoniert hat? Der Name würde jedenfalls super zu ihm passen.

»Bitte, veröffentliche Bacons Room nicht!«, würge ich hervor.

Das Skelett verschränkt die knöchernen Arme vor der Brust. »Ich hab echt keinen Plan, was du meinst.«

»Meine Freunde und ich – wir haben beobachtet, wie du das Lösegeld abgeholt hast.«

»Ihr solltet euch verpissen!«, zischt er.

»Stiff, ich will dich nicht verpfeifen oder so, keine Panik.« Beim Klang des Namens zuckt er zusammen, widerspricht mir aber nicht. »Ich will nur, dass du Bacons Room nicht veröffentlichst.«

»Warum nicht? Wir hatten eine Abmachung. Du hast dich nicht dran gehalten.«

Was soll ich bloß sagen? Mir wird klar, es gibt nur einen Weg. Nach vorne. Keine Lügen, mir fallen sowieso keine ein.

»Weil ich die Pretty Pennies bluten sehen will.«

Er zieht die Augenbrauen hoch. »Warum?«

»Ich habe eine Rechnung mit ihnen offen.«

»Und das soll ich dir glauben?«

Ich nicke. »Der einzige Grund, warum ich nicht will, dass du die Videos veröffentlichst, ist, weil sie dann ihre Macht verlieren würden. Sie wären wertlos.«

Jetzt grinst er, wodurch sich die Haut über den Wangenknochen strafft. Das, was bei jedem anderen zumindest gespielt freundlich ausgesehen hätte, lässt mich bei ihm frösteln.

»Du willst also Trittbrettfahrerin spielen?«

So habe ich es noch nicht betrachtet. »Kann schon sein. Aber dafür brauche ich das Überwachungsvideo. Bacons Room ist mir egal, nur die eine Aufnahme ist wichtig!«

»Verstehe!« Das Grinsen verschwindet und macht einem ernsten Ausdruck Platz. »Es juckt dich also überhaupt nich, was ihr angerichtet habt?!«

»So meinte ich das nicht!«

»Wie dann?«

»Bacon hätte bestimmt auch seine Freude daran gehabt, wenn die Pretty Pennies noch ein bisschen mehr leiden.« Mein Bauchgefühl sagt mir, dass das sogar stimmen könnte – sicher bin ich mir aber nicht.

»Bacon ist tot!«

Bacon. Ist. Tot! BACON. IST. TOT! BACONISTTOT-BACONISTTOT!!!, echot der Satz in mir nach. Er prallt in meinem Inneren ab wie der Ball in einem dieser uralten Flipperautomaten. Mit jedem Aufschlag scheint er tiefere Wunden in mir zu aufzureißen. Irgendwann wird der Ball in meinen Eingeweiden oder in meinem Herzen stecken bleiben. Und dort wird er einwachsen, ein Teil von mir werden, wie ein bösartiger Tumor.

Ich beiße mir auf die Unterlippe. Fest. Fester. Der Schmerz wächst, bäumt sich auf, drückt den in mir herumjagenden Satz nieder.

Die Worte fallen in ein tiefes schwarzes Loch. Das Spiel ist aus. Der Schmerz hat gewonnen. Wieder mal.

Bacon ist tot.

Ja.

Und ob ich es will oder nicht, ich bin in seinen Tod verwickelt.

»Ich weiß«, sage ich und muss mich räuspern, damit meine Stimme nicht versagt. »Er soll nicht umsonst gestorben sein.«

Das Skelett verschränkt die Arme vor der Brust. »Kann schon sein, aber lass mich damit in Ruhe!«

»Erst machst du einen auf brutalen Bösewicht und jetzt ziehst du den Schwanz ein?«, platze ich heraus. »Willst du noch mehr Geld?«

»Um die Kohle geht's mir nicht. Nicht mehr.«

»Sondern?«

»Gar nichts. Ich kann dir nicht helfen.«

»Du meinst, du willst mir nicht helfen?« Wut steigt in mir auf.

»Du könntest mir einfach mein Handy zurückgeben. Da ist das Video drauf. Und danach vergessen wir beide, dass dieses Gespräch je stattgefunden hat.« Ich strecke die Hand aus – nicht weit, so viel Platz ist nicht zwischen uns, und ich will ihn nicht berühren.

»Da musst du nicht mich fragen.«

»Was soll das heißen?«

Er hebt die knochigen Schultern und lässt sie wieder fallen. »Ich hab dein Handy nicht mehr.«

Nicht gut, gar nicht gut! »Wer dann?«

»Die Typen, denen Doc Geld geschuldet hat, wollten es.«

»Wer zur Hölle ist Doc?«

»War.«

»Hä?«

»Wer zur Hölle *war* Doc – muss es heißen.«

»Und?«

»Bacons großer Bruder.«

Bacon? Hat er ihn zuvor schon so genannt? Sein Spitzname scheint Bacon bis nach Hause verfolgt zu haben.

»Und was hat sein Bruder mit der ganzen Sache zu tun?«

»Ich hab ihm immer gesagt, er soll sich nich mit diesen Typen einlassen. Aber er wollte nich hören. Und dann wurde er ausgeraubt und hat seinen ganzen Stoff verloren. Glaub mir, bei den Typen hat man keine Schulden – zumindest nich sehr lange.«

Ich denke an das Foto in meiner Faust. Der Mann mit der aufgeschlitzten Kehle. Doc? *Deine Zeit läuft!*

»Bacons Bruder hat also den falschen Leuten neunzigtausend Pfund geschuldet?«

Stiff nickt.

»Und warum haben sie geglaubt, Bacon könnte ihnen das Geld besorgen?«

»Weil Doc so blöd war, zu behaupten, Bacon würde zu den Pretty Pennies gehören und könnte die mal eben anpumpen.«

»Getötet haben sie ihn trotzdem.«

»Woher weißt du das?« Sein Blick fällt auf das Päckchen, das auf dem Schreibtisch steht, und er nickt. »Vielleicht wollten sie an ihm ein Ex… also äh … ein Beispiel zeigen, oder so.«

»Und Bacon?«

Stiff zuckt mit den Schultern. »Er hat mir den Link zu seinem Room geschickt und das Admin-Passwort. Als ich kapiert hab, was er vorhatte, war er schon weg. Später hab ich auf TLE gelesen, dass er tot ist.« Stiff schüttelt den Kopf. »Mit diesen Typen ist echt nicht zu spaßen. Also hab ich dafür gesorgt, dass sie ihre Kohle kriegen – sonst wär ich der Nächste auf ihrer Liste gewesen.«

»Die haben Kontakt zu dir aufgenommen?«

Stiff erschaudert. »Haben mir ein Video von der Dashcam der Tube geschickt, auf dem man erkennt, wie Bacon …«

Ich weiß, welcher Film gerade vor seinem inneren Auge abläuft, verdränge aber selbst jeden Gedanken an die Bilder aus der Tube. Wenn ich sie erneut zulasse, schaffe ich es vielleicht nie wieder, von ihnen loszukommen.

»Und was ist mit Bacons Room?« Hoffnung keimt in mir auf – mit etwas Glück gibt es ja doch eine letzte Möglichkeit, an das Video zu kommen. »Hast du den Zugang noch?«

Stiff sieht mich mitleidig an. »Den wollten die Typen natürlich auch.«

Ich begreife, was das bedeutet. »Die halten sich die Pretty Pennies warm.«

»Bevor ich ihnen das Passwort gegeben hab, hab ich Bacons Room offline gestellt. Was aber nicht heißt, dass ihr in Sicherheit seid. Bestimmt dauert's nicht lang, bis die Typen sich bei euch melden. Und dann wird's richtig hässlich!«

»Hässlich?« Wie soll es bitte noch hässlicher werden?

Die Türklingel schrillt. Das Geräusch durchfährt mich wie ein Stromschlag. Sind das die Pretty Pennies? Wollen sie nach mir sehen oder mich warnen?

Schritte schlurfen den Gang hinauf, Bacons Dad murrt etwas in die Gegensprechanlage, das ich nicht verstehe.

Auf einmal wirkt Stiff gehetzt. »Diese Typen ... sie wissen jetzt, dass ihr in wenigen Stunden hundertzwanzig Riesen auftreiben könnt. Die nächste Summe wird höher sein, viel höher. Sie haben euch in der Hand. Das hört niemals auf!«

Pat hatte also recht. Es ist nur noch viel schlimmer, als er es sich vorgestellt hat.

»Ich dachte, du hättest ihnen nur neunzigtausend gegeben?«, frage ich, obwohl es keinen Unterschied macht.

»Wollte ich, ja. Aber natürlich haben sie im Gruppenchat auf deinem Handy gelesen, dass ich mehr von euch bekommen hab. Und glaub mir, wenn die Typen etwas von dir wollen, gibst du es ihnen.«

»Hast du versucht, dich noch mal anzumelden? Bei Bacons Room?«

»Vergiss es.« Er winkt ab. »Die haben sofort das Passwort geändert.«

»Wo finde ich *die*?«, will ich wissen, ohne eine Ahnung, was ich mit der Antwort anfangen soll.

»Du kannst nicht einfach bei denen aufkreuzen und nach dem Video fragen!« Stiff klingt belustigt und panisch zugleich.

»Weißt du, wo ich sie finden kann oder nicht?«, wiederhole ich mit Nachdruck.

Er zuckt mit den Schultern. »Nee, kein Plan. Die finden dich, wenn die was von dir wollen.«

Kraftlos lasse ich mich auf den Schreibtischhocker fallen. »Das heißt also, irgendwelche Killer-Drogenbosse haben jetzt mein Handy und den Zugriff auf Bacons Room?«, fasse ich die schlimmsten Eckpunkte zusammen – was nicht unbedingt hilft, die von Neuem hochkochende Panik in mir runterzudrücken.

»Und glaub mir, die sind nicht so nett wie ich.«

Ein bitteres Lachen platzt aus meinem Mund. Der Tag kann also echt noch beschissener werden. Das Schlimmste ist: Es macht nicht den Anschein, als wäre ein Ende in Sicht.

»Was wolltest du eigentlich hier?« Mir ist klar, dass ich kein Recht habe, ihn das zu fragen – allerdings juckt mich das momentan nur wenig.

»Vor den Cops hier sein.«

Fragend sehe ich Stiff an.

»Bacons Dad ist ein echtes Arschloch, aber selbst er sollte nicht allein sein, wenn er erfährt, dass sein Sohn tot ist. Mal ganz abgesehen davon, dass er von Docs Tod auch noch nichts weiß.« Er zuckt mit den Achseln. »Das bin ich ihm irgendwie schuldig.«

»Bacon, Doc oder seinem Dad?«

»Allen dreien ... schätze ich.«

»Verstehe.« Ich weiß nicht, was ich sonst noch sagen soll, also gehe ich an Stiff vorbei zur Zimmertür. »Ich sollte besser verschwinden.«

Er hält mich nicht zurück, es ist alles gesagt.

Im Flur bemerke ich, dass die Wohnungstür wieder offen steht. Habe ich sie nicht geschlossen? Ich ziehe sie ganz auf.

Zwei Polizisten starren mir entgegen. Eine Frau und ein älterer Mann. Stocksteif verharre ich auf der Schwelle, den Türgriff fest in der Hand. Waren die beiden auch bei Aldych Cross? Erkennen sie mich wieder?

Die Frau wirft einen Blick auf das Klingelschild neben der Tür und dann auf mich. »Wir haben gerade mit deinem Dad gesprochen. Können wir reinkommen?« Der mitleidige Ausdruck in ihren Augen macht unmissverständlich klar, wozu die beiden hergekommen sind.

Ich bewege mich nicht vom Fleck, bekomme keinen Ton heraus. Das zusammengeknüllte Erpresserschreiben, das ich immer noch in der Faust halte, sticht in meine verschwitzte Handfläche.

»Wo ist dein Dad?«, fragt nun der Polizist.

»Lynn ist nur eine Freundin.« Stiff legt seine Hand auf meine. Sie ist kalt wie die eines Toten. Mir ist nicht aufgefallen, dass er mir gefolgt ist.

»Ja.« Langsam löse ich meine Finger vom Türgriff. »Ich wollte gerade gehen.« Das klang ja *sehr* überzeugend. So viel zum Thema schauspielerisches Talent. Wie konnte ich nur so lange bei den Pretty Pennies nicht auffliegen?

Die Polizistin lächelt mich weiter an, was die Situation nur noch merkwürdiger macht. Ich kann das Mitleid, das an ihr klebt wie Sirup, beinahe riechen.

»Ich bring Sie zu Mister Hunt.« Stiff schiebt mich ein Stück zur Seite und winkt die Beamten herein.

Jetzt stehen wir zu viert in dem dunklen, schmalen Flur. Ich wage es nicht, mich zu bewegen. Wenn ich könnte, würde ich aufhören zu atmen, aber an dem Versuch bin ich ja erst vor Kurzem gescheitert – in Pats Alkohollager, unter der Treppe. War das wirklich erst vor zwei Tagen?

»Also, bis dann!«, sage ich zu niemandem und irgendwie zu allen.

Ohne ein weiteres Wort mache ich einen großen Schritt nach draußen. Auf dem Schuhabstreifer drehe ich mich um. Stiff schiebt die Tür zu. Unsere Blicke treffen sich. Ich glaube, ein leichtes Nicken zu erkennen.

Die Tür fällt ins Schloss.

»A stitch in time saves nine.«

Spielplatz, Swedenborg Gardens

Das Metallgerüst, an dem ich lehne, erzittert. Es trägt die Korbschaukel, in der Evie und Vince nebeneinandersitzen und vor- und zurückschwingen. Pat schubst sie mit seinem Fuß an.

»Jetzt mal ganz langsam! Du sagst, dieser Stiff, der von uns das Geld bekommen hat, hat den Zugriff auf Bacons Room und dein Handy nicht mehr? Sondern irgendwelche krassen Drogenbosse, die Bacon und seinen Bruder auf dem Gewissen haben?« Vince sieht mich an, als würde er mich gleich packen und in ein Porzellangeschäft zerren wollen, um den halb leeren Geschirrschrank in meinem Oberstübchen mit Tassen aufzufüllen.

»Hey, Leute!« Evie hält ihr Handy hoch. »Lynn hat uns eine Sprachnachricht geschickt.«

Ich werfe ihr einen bösen Blick zu, doch sie zuckt nur mit den Schultern. Die Jungs scheinen kein Problem damit zu haben, dass Evie so tut, als würde ich zu den Bösen gehören.

»Echt?« Pat fasst sich an die Hosentasche und streckt mir dann fordernd seine Hand hin.

»Was?« Irritiert sehe ich auf seine ausgestreckte Handfläche.

»Mein Handy.«

Das hatte ich in all der Aufregung völlig vergessen! Ich gebe es ihm zurück.

Evie hält ihr Handy so, dass wir alle gut zuhören können, und drückt auf das Display.

»*Es freut mich sehr, eure Bekanntschaft zu machen, liebe Pretty Pennies!*«, ertönt eine Männerstimme aus dem Handy, die deutlich jünger klingt als die von Bacons Dad und nicht halb so verschlafen. Sogar ein Lächeln meine ich herauszuhören. »*Die hundertzwanzig Riesen sind wohlbehalten bei mir angekommen – vielen Dank dafür! Ihr habt euren Job sehr gut und schnell erledigt.*«

Ein schweres Seufzen ertönt. »*Allerdings habe ich nun begriffen, wie viel euch daran liegt, dass die Videos von diesem kleinen Scheißer nicht online gehen. Und es wäre doch sehr schade, wenn ich diese Gelegenheit an mir vorbeiziehen lasse. Und da ihr die erste Summe so problemlos und schnell aufgetrieben habt, dürfte der neue Preis auch ein Kinderspiel für euch sein.*«

Evie, Vince und Pat starren auf das Handy, aus dem nun ein leises Kichern ertönt.

»*Und da es jetzt um ein bisschen mehr Kohle geht, lasse ich euch bis Ende der Woche Zeit. Sicherlich müsst ihr vorher euren Eltern einiges erklären, bevor jeder von euch zweihundertfünfzigtausend abhebt. Eine Million ist eine schöne runde Summe für euren Ruf und den eurer Familien, findet ihr nicht? Die Infos zur Geldübergabe schicke ich euch bald.*«

Die Aufnahme ist zu Ende.

»Das war's!« Pat schlägt mit der flachen Hand gegen das Schaukelgerüst. Die Vibration zittert in meiner Schulter. »Wir werden keinen Penny mehr bezahlen, sonst hört das nie auf!«

»Dann veröffentlichen die das Überwachungsvideo, und wir sind am Arsch«, gibt Evie mit schriller Stimme zurück. »Der Shitstorm auf Insta und TikTok ist vorprogrammiert. Alle meine Coops werden abspringen. Meine Karriere als Model ist gelaufen, bevor sie überhaupt richtig angefangen hat!«

Natürlich zieht sie nicht mal in Erwägung, für ihre Taten verurteilt zu werden. Ein golden key öffnet eben jede Tür, auch die aus dem Gefängnis.

Ich nicke langsam und überlege, welche Konsequenzen die Veröffentlichung von Bacons Room für mich haben könnte. Im Vergleich zu Evie, Pat und Vince bin ich noch recht gut davongekommen, nur wird das die Leute am Graham nicht davon abhalten, mit dem Finger auf mich zu zeigen, hinter meinem Rücken zu tuscheln. Und dann geht alles wieder von vorne los. Vom Rufmord, der den Pretty Pennies und ihren Familien bevorsteht, bin ich zwar meilenweit entfernt, doch das ist nur ein kleiner Trost. Ich hätte etwas tun können, einschreiten. Aber ich wollte nicht. Um meine Tarnung und meinen Platz bei den Pretty Pennies nicht zu gefährden ... Und all das aus einem einfachen Grund: weil ich es völlig in Ordnung fand, Bacon leiden zu sehen. Er hat mir das Stipendium weggenommen und dafür sollte er bezahlen. Ich war nicht besser oder schlechter als die Menschen, die ich für mein Leid verantwortlich gemacht habe. Und jetzt bekomme ich die Quittung.

Bloody Jacky lacht schadenfroh. Sie kapiert als Einzige, wie verzwickt meine Lage ist. Einerseits würde ich mit der Veröffentlichung des Videos die Genugtuung bekommen, die Pretty Pennies untergehen zu sehen. Andererseits könnte mich ebendieses Video an den Ort zurückkatapultieren, an dem ich nie wieder sein wollte: am Boden. Dort, wo man getreten wird. Aus keinem anderen Grund wollte ich damals – noch vor Dads Tod – das Stipendium fürs Graham so unbedingt. Um von vorne beginnen zu können. Um eine echte Chance zu haben. Um nie wieder das Opfer sein zu müssen.

»Bacons Room darf nicht veröffentlicht werden!«, murmle ich.

Die drei Pennies nicken. Wenn sie wüssten, warum ich so entschlossen bin, würden sie bestimmt anders reagieren.

»Was hast du da eigentlich in der Hand?« Evie sieht mich fragend an.

Verwirrt schaue ich auf meine Hände. Die rechte habe ich immer noch zur Faust geballt. Zwischen den Fingern lugen weiße

Papierenden hervor. Ich öffne die Faust. Erst jetzt bemerke ich, wie sehr ich sie verkrampft hatte.

»Was ist das?« Pat kommt zu mir.

»Der Erpresserbrief, von dem ich euch erzählt habe.« Ich entfalte das von meinem Schweiß leicht feuchte Papier, streiche es auf meinem Oberschenkel glatt und halte es Pat hin. »Das ist Doc, Bacons Bruder.«

Er betrachtet das Foto und zieht angewidert die Oberlippe hoch. »Sieht ja übel aus!« Er reicht das Papier an Vince weiter.

»Ach du Scheiße!« Vince stemmt seine Füße in den Boden, damit die Korbschaukel aufhört, sich zu bewegen. »Jetzt kapier ich, warum Bacon ...« Er bricht ab, und ich spüre, dass dieser Satz zu denen gehört, die niemals vollendet werden. Weil es kein Ende gibt, das der Wahrheit gerecht wird. Weil Vince niemals auch nur ansatzweise verstehen wird, wie Bacon sich gefühlt haben muss.

Evie sagt gar nichts. Sie ist blass und sieht aus, als müsste sie sich jeden Moment übergeben. Ich würde es ihr gönnen.

»Wenn wir nur wüssten, wo das aufgenommen wurde«, überlegt Pat laut.

Vince kneift die Augen zusammen. »Vor dem Fenster im Hintergrund sieht man Blumen. Scheint ein Garten oder ein Park zu sein.«

»Ach, echt?« Schnell gehe ich zu Evie und Vince, um mir das Foto noch einmal genauer anzuschauen.

Tatsächlich! Hinter Bacons totem Bruder befindet sich ein Fenster. Es ist nicht mal besonders klein oder verschwommen. Eigentlich sticht es einem sofort ins Auge, wenn man nicht zu sehr damit beschäftigt ist, Docs blutüberströmte Kehle anzustarren. Das, was da hinter dem Fenster zu erkennen ist, lässt mein Herz schmerzhaft stocken.

Vince hat recht, da sind wirklich Blumen. Und sie kommen mir nur allzu bekannt vor.

Ich schließe die Augen, öffne sie wieder. Der Blumenwald auf dem Foto – Rosen, um genau zu sein – ist immer noch da. Die großen Blütenkronen sitzen auf dünnen Stämmen, lassen die Rosenbüsche aussehen wie blühende Minibäume.

Das Fenster scheint sich im ersten Stock zu befinden, aber der Winkel, aus dem das Foto aufgenommen wurde, ist so steil, dass man die kleinen Grabsteine unterhalb der Rosenbäumchen gut ausmachen kann. Die Blüten sind wunderschön. Das pure Leben, das aus dem Tod emporwächst. Friedlich und irgendwie schrecklich zugleich.

Das letzte Mal, als ich auf dem East London Cemetery war, erinnerten die Stammrosen eher an kahle, knorrige Äste. Damals hing mein Atem in Wölkchen vor meinem Gesicht, blieb aber nicht lange genug, um die festgefrorenen Tränen auf meinen Wangen zu verbergen. Sogar als sie längst getrocknet waren, blieben sie als rote Streifen zurück.

Nicht weit entfernt befindet sich das Krematorium. Auch das wüsste ich lieber nicht. Seit Dads Beerdigung war ich nicht mehr an seinem Grab. Ich konnte einfach nicht, und ich wollte nicht. Was soll es bringen, mit einem Rosenbaum zu sprechen?

Ich beiße mir auf die Unterlippe, um die Tränen gar nicht erst aufkommen zu lassen. Zu spät. Angestrengt schaue ich nach oben, tue so, als würde mich die Sonne blenden, was sogar stimmt.

»Das ist kein Park«, bringe ich hervor. Nur ganz leicht höre ich das Zittern in meiner Stimme. Hoffentlich bemerken die anderen es nicht.

»Weißt du etwa, wo das ist?«

Ich sehe Evie an. Sie zieht die Augenbrauen hoch, als hätte ich mich gerade als Komplizin der Erpresser entlarvt.

Soll ich ihnen die Wahrheit verraten? Mein Bauchgefühl schreit NEIN! Aber warum? Weil ich nicht will, dass die Pretty Pennies jemals den Ort betreten, an dem Dad ... »Das ist ein

Friedhof. Eine Bekannte meines Dads wurde da begraben«, sage ich, um meine eigenen Gedanken zum Schweigen zu bringen.

»Wusste gar nicht, dass es auf Highgate so einen Platz gibt.« Natürlich geht Pat davon aus, dass die *Bekannte* meines DADs zwischen Karl Marx und George Michael liegt. Ich war selbst schon auf dem berühmten Londoner Friedhof, für den man als Normalsterbliche sogar Eintritt bezahlen muss. Aber die bunten Rosenbäumchen haben wirklich so gar nichts mit den verwitterten, verwilderten und von Bäumen umringten Grabmalen zu tun.

»Gibt es nicht«, sage ich.

»Welcher Friedhof ist es dann?«, bohrt Evie nach.

Soll ich lügen? Und was ist, wenn sie dem Friedhof einen Besuch abstatten wollen?

»Ich bin mir nicht ganz sicher«, entscheide ich mich murmelnd für eine Zwischenlösung. »Entweder ist es der City of London Cemetery oder der East London Cemetery.«

Evie wirkt überrascht, und ich weiß sofort, warum. Beide Friedhöfe sind keine letzten Ruhestätten für Leute wie *uns* oder *unsere* Bekannten. Und allein für diesen überraschten Ausdruck hasse ich sie noch ein Stückchen mehr! Denn sogar im Tod halten sie und die anderen sich für etwas Besseres. Zwar glaube ich nicht an den Himmel und schon gar nicht an die Hölle, aber ich hoffe, dass alle Menschen wenigstens im Tod gleich sind. Selbst ohne Schuluniform. Damit auch die Pretty Pennies endlich mal beim Pöbel sitzen, weil in der Unendlichkeit kein Geld der Welt einen Wert mehr hat.

Ich weiche Evies Blick aus. »Sie mochte diesen Rosengarten so gerne, deshalb hat sie sich gegen Highgate entschieden«, rechtfertige ich mich für die Fake-Bekannte meines Fake-Dads.

»Das heißt, Bacons Bruder wurde auf einem Friedhof ermordet?« Pat schnalzt mit der Zunge. »Wie praktisch. Da war die Leichenentsorgung bestimmt easy!« Er zückt sein Handy.

»Was machst du?«, frage ich ihn.

»Schauen, wo die Friedhöfe sind.«

»Und?«

»Der East London Cemetery ist in Newham, knapp sechs Meilen von hier.«

»Was ist mit dem anderen?«, will Vince wissen.

»Manor Park.«

»Na und?« Evie zuckt mit den Schultern.

»Ich denke, ich sollte da mal vorbeischauen.«

»Wozu?« Vince runzelt die Stirn. »Meinst du etwa, die Drogenbosse hocken da rum und warten darauf, dass du ihnen Hallo sagst?«

»Ja, genau.« Pat stöhnt genervt.

»Was willst du dann da?«, frage ich.

»Mit dem Typ plaudern, der für die Drogenbosse die Drecksarbeit erledigt.«

Evie macht große Augen. »Du meinst, die haben jemanden auf dem Friedhof, der für sie Leichen entsorgt?«

»Ist naheliegend, oder? Online steht, dass beide Friedhöfe ein Krematorium haben.«

Auch wenn mir die Vorstellung nicht gefällt, klingt die Vermutung ziemlich einleuchtend.

»Kannst du auf Maps erkennen, ob einer der Friedhöfe einen Rosengarten hat?«, fragt Vince.

Ich versuche, Pat nicht allzu nervös anzustarren.

»Nope.«

Noch besser! Durchatmen!

»Und was ist dein Plan? Willst du einfach da vorbeispazieren und jeden, der im Krematorium arbeitet, fragen, ob er nebenberuflich für fiese Drogenbosse Leichen beseitigt?« Ich kann es nicht vermeiden, gehässig zu klingen, und ich will es auch gar nicht.

»So ähnlich.« Pat lächelt mich an.

Obwohl mir die Nachmittagshitze auf den Kopf brennt, überkommt mich ein eisiger Schauer. Dieses Lächeln habe ich noch nie bei Pat gesehen. Und ich wünsche mir, es wäre so geblieben.

»Vorher hole ich meine Knarre.«

Was. Zur. Hölle?!? Ist das sein Ernst? Oder hat es ihm jetzt alle Sicherungen rausgehauen? Klar, Pats Zimmer hängt voller Waffen, und sein Dad, Mister Securitas, ist das schlechteste Vorbild, das man sich in Sachen Konfliktlösung wünschen kann. Aber Pat kann doch nicht wirklich glauben, dass wir es gutheißen, wenn er –

»Ich komme mit!«

Verdattert schaue ich Vince an. Im Gegensatz zu mir scheint er Pats Plan mehr als nachvollziehbar zu finden.

Pat klopft seinem besten Freund auf die Schulter. »Geht nicht, Bro! Du musst diesen Stiff beschatten. Er weiß zu viel. Warte einfach vor dem Haus, bis er rauskommt, und folg ihm. Wir müssen wissen, wo er wohnt.«

Er weiß zu viel, echot Pats Stimme in mir nach. Und zum ersten Mal frage ich mich, wie weit die Pretty Pennies wirklich gehen würden, um ihre Hintern zu retten.

Vince zieht einen Flunsch. »Ich dachte, das erledigen die Leute auf TLE für uns?«

»Ja, aber falls das zu lange dauert, brauchen wir einen Plan B.«

»Hast du das Foto vom Skelett überhaupt hochgeladen?«

Pat schüttelt den Kopf. »Noch nich–«

»Ist euch beiden zufällig die gleiche Sicherung durchgebrannt?«, unterbreche ich ihn. Hilfe suchend sehe ich zu Evie, doch die sitzt nur zusammengesunken in der Korbschaukel und starrt Löcher in die Luft. Als hätte sie überhaupt nichts mit der ganzen Sache zu tun.

»Lynn!« Vince' Kiefermuskeln treten hervor, sein Blick ist härter als der von Bacons Stahlaugen je war. »Wir haben keine andere Wahl!«

»Natürlich haben wir eine!«, protestiere ich.

»Und welche soll das sein?« Jetzt hebt Evie doch den Kopf. »Sollen wir zu den Cops? Dann landet der Fall in den Medien. Unsere Eltern werden durchdrehen – und dein Dad erst recht! Dass wir Bacon nicht eigenhändig vor die Tube geschubst haben, wird keinen interessieren. Wir werden ALLES verlieren!« Evies vor Minuten noch schreckgeweitete Augen sind nun wieder normal groß. Übel ist ihr offenbar auch nicht mehr. Als hätte sie einen Filter der Emotionslosigkeit über ihr Gesicht und ihre Gefühlswelt gezogen. Da ist nichts mehr. Nur Kälte. »Wir machen es, wie Pat vorgeschlagen hat!«

Das Gefühl von Machtlosigkeit umklammert mich wie die Umarmung eines Feindes. Egal, was ich jetzt einwende, ich werde die Pretty Pennies nicht umstimmen können. Weil ich kein Teil von ihnen bin, nie war. Das scheint ihnen inzwischen klar geworden zu sein, auch wenn niemand es ausspricht. Sie werden alles dafür tun, die Wahrheit zu vertuschen. Und wenn ich mich weiter gegen sie stelle, lande ich auf ihrer Abschussliste ganz oben. Denn ich bin auch jemand, die *zu viel weiß*.

Schnell nicke ich.

»Ich gehe mit dir, Babe!« Evie klettert aus der Korbschaukel und gibt Pat einen Kuss.

Alle drei Pretty Pennies sehen mich an. Vince hat sogar seine rechte Hand ein winziges Stück nach vorne gestreckt, als wollte er mich zu sich ziehen. In seinem Blicken steht eine unausgesprochene Frage: *Für welche Seite entscheidest du dich?*

Was soll ich tun? Vince begleiten und Stiff beschatten? Aber der könnte längst über alle Berge sein. Hoffentlich! Also mit Pat und Evie die Waffe holen und danach zum Friedhof? Nein, ich muss vor ihnen dort sein! Und mit etwas Glück finde ich den Typ, der im Krematorium arbeitet, zuerst.

Nur was mache ich dann? Ihn warnen? Ihn bitten, dass er mir

im Gegenzug eine Kopie des Überwachungsvideos beschafft? Ich habe keine Ahnung! Ich weiß nur, dass ich mich längst für eine Seite entschieden habe – und das ist nicht die, auf der die Pretty Pennies stehen.

Alles, was mir jetzt noch helfen kann, ist eine Geschichte. Normalerweise würde ich dafür einen Raum in MEINEM Memory Palace anbauen, aber das geht jetzt nicht.

Ich atme ganz ruhig, bin voll in meinem Element. Ich brauche keinen Memory Palace mehr, ICH bin mein Memory Palace. LYNN Bailey wurde aus Lügen geboren. Jetzt nach einer weiteren Lüge zu greifen, ist wie blinzeln. Ein Reflex. So einfach.

»Okay, während ihr beide Pats Waffe holt«, ich deute auf Evie und Pat, schwenke dann weiter zu Vince »und du Stiff beschattest, fahre ich zu den Friedhöfen und finde heraus, welcher der richtige ist. So sparen wir Zeit.« Der Reihe nach sehe ich den dreien fest in die Augen. Wenn nur einer von ihnen den Köder schluckt, fressen die anderen beiden ihn, ohne auch nur einen Gedanken daran zu verschwenden, dass er vergiftet sein könnte.

Vince lässt seine Hand sinken, nickt aber zugleich. »Kein schlechter Plan.«

Innerlich atme ich auf, äußerlich lächle ich MEIN bestes Masken-Lächeln.

»Zu welchem gehst du zuerst?«, fragt Evie.

»East London Cemetery. Falls es der richtige Friedhof ist, melde ich mich bei euch. Wenn ihr nichts von mir hört, bedeutet das, wir treffen uns auf dem Friedhof am Manor Park.« Es fühlt sich überraschend gut an, den Ton anzugeben. Vor allem, weil ich mir damit etwas Zeit verschaffe. Und weil ich natürlich nicht vorhabe, ihnen den richtigen Friedhof zu nennen.

Die drei nicken.

Wir teilen uns auf.

Das Ticken in meinem Inneren wird lauter.

The London Eyes

🏠 Jumper at Aldych Cross
🔍 Crime & Investigate
🔓 Status: open
💷 100 £
👤 MisterCop, DaddyP
💬 13
👁 68.299
📅 Monday, 14th June

BeeMyHero: @MisterCop gibt's schon was Neues?
MisterCop: Nicht wirklich. Die Leute von der Spurensicherung sind noch beschäftigt. Das kann dauern 😐
AlexxA: @Henry**Svengali** du kanntest das Opfer, richtig?
Henry**Svengali**: 😐 Kennen ist bisschen übertrieben. Er war halt auf dem gleichen College wie ich
I_hate_people: Dann schieß doch mal los! Hatte er irgendwelche Feinde?
Henry**Svengali**: Na ja, er war nicht gerade beliebt, wenn es das ist, was du meinst ...?
SuperFatLady: Geht das nicht jedem zweiten Teenie so? 💩
Henry**Svengali**: Ja, schon, aber Bacon hat's von allen Seiten abgekriegt
BeeMyHero: Jetzt lass dir ma nich alles aus der Nase ziehn, Kleiner! Wir lassn dir auch alle ein paar Sterne für die Infos rüberwachsn ✨✨✨

Henry**Svengali**: Wenn ihr mich auf Rang 4 pusht, erzähl ich euch alles, was ihr wissen wollt! 😄😉
BeeMyHero: Ahh, da will jemand für die Porn Rooms freigeschaltet werden 😈
TamyK_19: Sterne? Was soll das denn schon wieder sein?
I_hate_people: 😒 Ich sag's doch, immer dieses Frischfleisch!
ILikeShugar: @I_hate_people du warst bestimmt auch mal neu hier 😒
Henry**Svengali**: Wollt ihr mehr über Bacon hören oder nicht?
Tina1304: @TamyK_19 & @ILikeShugar ihr müsst auf das Profil von @Henry**Svengali** gehen. Neben seinem Namen könnt ihr ihm ein Rating geben. Wenn jeder von uns fünf Sterne gibt, dürfte es reichen, um ihn einen Rang aufsteigen zu lassen. Je höher euer Rang, desto exklusiver sind die Rooms, die ihr betreten könnt
ILikeShugar: Und wie kommt man an mehr Sterne?
I_hate_people: Siehst du doch, Schätzchen: GOSSIP. Das oder du blätterst nen Haufen Kohle für jeden Room hin 😈
TamyK_19: Erledigt! Danke @Tina1304 fürs Erklären!
BeeMyHero: Ich hab auch Sternchen verteilt 👍
I_hate_people: 👍
AlexxA: Jap!
ILikeShugar: Ich auch 👍
GOSSIP_Betty: Check!
SuperFatLady: Längst fertig
MisterCop: Geschafft! @Henry**Svengali** congrats zum Upgrade 👍 👍 👍
SuperFatLady: Na, da hat ja echt nicht mehr viel gefehlt

NoArmsNoCookies: Sorry, musste kurz weg, Arbeit ... Was hab ich verpasst?
DaddyP: @Henry**Svengali** wollte uns gerade erzählen, welche Feinde Porky hatte
HenrySvengali**:** Bacon
NoArmsNoCookies: Nice! Da bin ich ja noch rechtzeitig gekommen 😍😍😍
HenrySvengali**:** Na ja, es gibt da diese eine Clique am Graham, die ganz schön auf Bacon rumgehackt hat
BeeMyHero: 🥓 Ich komm immer noch nicht auf diesen Nickname klar 🐷
HenrySvengali**:** Den hat er übrigens auch dieser Clique zu verdanken. Ich glaub, seine Schuluniform hat mal nach Speck gerochen oder so ...
AlexxA: Da vermisst man doch gleich die Collegezeit. Nicht 💩
MisterCop: Und wer ist in dieser Clique?
HenrySvengali**:** Vier aus der Stufe über mir. Evie Watson, Patrick Kennedy, Vincent Murray und Lynn irgendwas. Die Letzte ist ziemlich neu, über die weiß ich auch kaum was, macht ein totales Geheimnis um sich. Zusammen nennen sie sich die Pretty Pennies
I_hate_people: 🙄 Du verarschst uns!
SuperFatLady: Lasst mich raten: Die vier knabbern nicht gerade am Hungertuch?
HenrySvengali**:** 👍
HenrySvengali**:** Jedenfalls hatten sie Bacon ziemlich auf dem Kieker. Witzig, wenn man bedenkt, dass Evie, Patrick und Vincent mit dafür verantwortlich waren, dass Bacon überhaupt ans Graham gekommen ist
AlexxA: Wie das?
HenrySvengali**:** Sie sitzen im Gremium, das Bacons

Stipendium ins Leben gerufen hat. Pilotprojekt oder so ... macht sich gut im Lebenslauf
MisterCop: Und warum haben sie so auf ihm rumgehackt?
Henry**Svengali**: Bacon hat ihnen wohl mal ans Bein gepisst und das haben sie persönlich genommen 💀
I_hate_people: Wer würde das nicht?
AlexxA: Haben sie ihn auch verprügelt?
Henry**Svengali**: So sind die nicht. Die machen sich nicht die Hände schmutzig, zumindest nicht selbst
DaddyP: Dann lasst uns hoffen, dass sie nie rausfinden, was du uns gerade gesteckt hast — könnte sonst übel für dich enden @Henry**Svengali**
Tina1304: Krass! Ich hab Evie Watson gegoogelt! Das ist ja die von Evies Beauty Paradise. Meine Cousine fährt total auf die ab!
I_hate_people: 👽👽👽
I_hate_people: 👽👽👽
I_hate_people: 👽👽👽
TamyK_19: Ich glaub, @I_hate_people hat wieder nen Hänger 👽
AlexxA: @DaddyP hast du schon angefangen zu graben?
DaddyP: Natürlich, meine Süßen! Über die Eltern der beiden Jungs gibt es auch einiges zu finden. Nur das zweite Mädel scheint online nicht zu existieren. Ich grabe weiter! Bald werdet ihr hier alles über die Pretty Pennies erfahren, was es zu wissen gibt
SuperFatLady: Du bist unser kleines Gossip-Schweinchen, weißt du das?
DaddyP: Ist mir lieber als Trüffel, die mag ich nicht
SuperFatLady: Sind aber eine Delikatesse!
DaddyP: Kann schon sein! Aber den Dreck anderer Leute auszubuddeln, macht wesentlich mehr Spaß 😈

»Honesty is the best policy.«

East London Cemetery and Crematorium, West Ham

Auf dem Friedhof ist es irgendwie ... still. Nicht mal die Straße jenseits der Friedhofsmauer ist zu hören – vermutlich liegt das an der Front aus Reihenhäusern, die sich direkt dahinter erhebt. Wohnen mit Blick auf den Friedhof. Wenigstens muss man sich da nie Sorgen um lärmende Nachbarn machen.

Ich fühle mich wie eine Ameise unter einem Brennglas. Das Hemd klebt an mir, der Gurt meiner Schultasche schneidet in meine Schulter, und unter dem dunklen Bundfaltenrock staut sich Hitze. Ich wische mir mit dem Unterarm über die Stirn. Bestimmt ist mein Gesicht knallrot.

Nur wenige Meter vom Tor entfernt beginnen die ersten Grabreihen. Ein Meer aus roten, weißen, rosa und gelben Rosen schwebt über kleinen Grabsteinen und Engelsfiguren. Jedes Grab ist quadratisch angelegt und gerade so groß, dass ein Rosenstamm Platz darauf hat. Das von Dad befindet sich einige Reihen weiter hinten. Seit seiner Beerdigung war ich nicht dort. Mum kommt mehrmals die Woche her, gießt den Rosenbaum, spricht mit Dad – oder den Blumen.

Kies knirscht unter meinen Schritten. Ich erreiche eine Kreuzung. Geradeaus stehen die beiden Kapellen, die nicht nur aus der Ferne völlig identisch aussehen. Ich finde es immer noch merkwürdig, dass es hier zwei davon gibt. Aber vermutlich sind sie einfach dazu da, zwei Beerdigungen gleichzeitig abhalten zu können.

In der linken war ich schon, und ich hatte nicht vor, sie jemals wieder zu betreten.

Ich wende mich nach rechts, wo mich ein grau geziegeltes Haus mit weißen Fenstern erwartet. Es wirkt wie aus einem Magazin für idyllisch gelegene Ferienhäuser kopiert. Über der weiß umrandeten Tür steht *Office*.

Ich sehe vom einzigen Fenster im ersten Stock zu den Rosengräbern hinter mir und wieder zurück. Das muss es sein! Das Gebäude, von dem aus das Foto von Bacons Bruder gemacht wurde! Leider hat Pat das Erpresserschreiben mitgenommen, aber eigentlich brauche ich es nicht, ich spüre, ich bin am richtigen Ort.

Was mich wohl dort erwartet? Laufe ich dem Mörder von Bacons Bruder direkt in die Arme? Oder der Person, die seine Leiche verschwinden ließ?

Mit schweißnasser Hand drücke ich die Klinke der Haustür runter und trete ein. Drinnen ist es kaum kühler als draußen, doch wenigstens bin ich vor der Sonne geschützt.

Der kleine Raum wird von einem Empfangstresen eingenommen, hinter dem eine ältere Dame sitzt. Mit der runzligen Haut, den wässrigen Augen und den streng nach hinten gesteckten Haaren könnte sie glatt als Lady Violet Crawley aus Downton Abbey durchgehen.

»Hallo, Liebes«, begrüßt mich die Frau, als würden wir uns seit Jahren kennen. Ihr Blick wandert über mein Gesicht.

»Hallo.«

»Wie kann ich dir weiterhelfen?«, fragt Lady Crawley, deren Namensschild sie als *Rose Turner* ausweist. Rose … passt zu diesem Ort.

»Ich gehe aufs Graham College in Mayfair und soll ein Referat über Einäscherungen halten«, spule ich das ab, was ich mir auf der Busfahrt hierher überlegt habe.

Miss Turner zieht überrascht die Augenbrauen hoch, was den

Look der Witwe des Earl of Grantham sogar unterstreicht. »So etwas lernt ihr am College?«

»In Bio, ja. Wir behandeln, was mit dem Körper nach dem Tod passiert.«

»Verstehe«, sagt sie, klingt aber schockiert. »Du hast Glück, dass heute nicht viel los ist, nur zwei Beerdigungen. Ansonsten hättest du eine Voranmeldung gebraucht.«

»Sorry, bin total spät dran, ich weiß.« Ich setze ein entschuldigendes Lächeln auf. »Aber wenn ich morgen das Referat nicht halte oder nur Infos aus Wikipedia vortrage, lässt Mister Cater mich durchfallen.«

»Also gut.« Seufzend greift Miss Turner nach dem Telefonhörer und drückt zwei Tasten. »Albert? Ich bin es, Rose!«, sagt sie in den Hörer. »Hier ist ein Mädchen, das sich für deine Arbeit im Krematorium interessiert. Hättest du Zeit, ihr eine kleine Führung zu geben?« Sie nickt, lächelt, nickt und streckt mir einen erhobenen Daumen entgegen. »Okay, bis gleich!« Sie legt auf. »Albert holt dich in fünf Minuten ab. Er ist der technische Betriebsleiter im Krematorium.«

»Cool, danke.« Mein Herzschlag schaltet wieder in den Turbo. Ist dieser Albert derjenige, den ich suche? Und woran erkenne ich, ob er es ist?

»Viel Zeit hat er nicht. Er meinte, er bringt dich zu einer Einäscherung. Dann kannst du dir die Abläufe mal anschauen.«

Die kenne ich leider schon viel zu gut, aber das werde ich ihr natürlich nicht auf die Nase binden.

»Okay.« Ich versuche, mich möglichst unauffällig umzusehen. Links und rechts vom Empfangsraum gehen weiß gestrichene Holztüren ab. Die rechte steht offen, und ich kann einen Blick auf Regale voller Aktenordner erhaschen. Die andere ist verschlossen. Wohin sie wohl führt?

»Darf ich kurz zur Toilette? Die Busfahrt war so lang und …«

»Natürlich, Liebes!« Miss Turner deutet auf die verschlossene Tür. »Da durch und die erste rechts.«

Ich unterdrücke ein Jubeln. Perfekt!

Hinter der Tür befindet sich ein kurzer Flur, von dem zwei weitere Türen abgehen. Auf der ersten steht *Ladys*, auf der zweiten *Gents*. Am Ende des Flurs führt eine Treppe nach oben.

So leise wie möglich steige ich die Stufen hinauf. Mein Herz rast, in meinen Ohren setzt ein Rauschen ein, wie das eines reißenden Flusses. Wenn mir jetzt jemand entgegenkommt, habe ich keine Ausrede.

Die Treppe endet vor einer weiteren Tür. *Private* verrät ein Schild.

Ich presse mein Ohr gegen das Holz. Angestrengt lausche ich auf jedes Geräusch: Stimmen, ein Husten, das Rücken von Stühlen, Schritte ... Nichts ist zu hören.

Ob Docs Leiche immer noch dahinter auf einem Stuhl sitzt? Müsste man den Verwesungsgeruch dann nicht bis hier draußen riechen? Der Gedanke lässt mich erschaudern.

Ich klopfe an.

Schockiert starre ich auf meine eigene Hand. Habe ich das gerade wirklich getan? Was mache ich, wenn jemand öffnet? Panik kriecht in mir hoch.

Die Sekunden vergehen, niemand öffnet. Keine Geräusche. Erleichtert atme ich auf.

Gut, alles oder nichts! So eine Gelegenheit bekomme ich bestimmt nicht wieder.

Vorsichtig drücke ich die Klinke nach unten.

Abgeschlossen.

Ich weiß nicht, ob ich erleichtert oder enttäuscht sein soll. Für beides habe ich definitiv keine Zeit. Ich bin schon viel zu lange weg! Da kommt mir ein neuer Gedanke: Ich muss den Pretty Pennies schreiben, dass sie zu dem anderen Friedhof fahren soll–

SHIT! Mein Handy! Warum hab ich nicht daran gedacht, das von Pat auszuleihen?!

Bacons Handy fällt mir ein. Aber ich mache mir gar nicht erst die Mühe, es rauszuholen. Warum auch? Immerhin haben Evie, Vince und Pat schon vergeblich versucht, den Swype-Code zu knacken.

»Okay, ganz ruhig!«, murmle ich mir selbst zu. »Dann musst du dich eben beeilen.« Auf Zehenspitzen haste ich die Treppe runter und gehe zurück in den Empfangsraum.

Am Tresen steht ein Mann um die fünfzig mit Vollbart und einem stattlichen Bauch, der sein schwarzes T-Shirt spannen lässt. Die langen weißgrauen Haare hat er im Nacken zusammengeknotet.

»Hallo, junge Dame!« Er streckt mir die Hand entgegen. »Albert«, stellt er sich vor.

Sein Händedruck ist fest und warm, aber nicht so verschwitzt wie meiner. »Lynn.«

Er lächelt mir so entwaffnend zu, dass ich ihn sofort von meiner Liste der potenziellen Drogenboss-Handlanger streiche. Natürlich ist das vorschnell, denn ob jemand illegal Leichen beseitigt, kann man nicht in ein paar Sekunden an einem Lächeln ablesen. Doch das stetige Ticken in meinem Kopf sagt mir: Ich habe zu wenig Zeit, um mein Bauchgefühl zu ignorieren.

Miss Turner winkt zum Abschied. Wenn ich ihr jetzt stecken würde, dass in einem der Räume direkt über ihr vor Kurzem noch ein blutüberströmter Mann an einen Stuhl gefesselt war, würde ihr das Lächeln sofort aus dem Gesicht fallen.

Wir verlassen das Office und gehen den breiten Weg hinauf, der auf die beiden Kapellen zuführt. Links und rechts reiht sich Rosenbäumchen an Rosenbäumchen. Grab an Grab.

»Endlich lernt ihr mal etwas Vernünftiges in der Schule!« Albert scheint in Plauderlaune zu sein. »Die meisten Leute weigern sich, über den Tod nachzudenken, bis es zu spät ist. Und ihre Angehörigen dürfen sich dann neben dem Schock und der Trauer auch noch damit auseinandersetzen, ob ihre Liebsten eingeäschert werden sollen oder nicht.«

Ich krame einen Stift und das kleine Notizbuch aus meiner Schultasche, in das ich normalerweise die Hausaufgaben eintrage. Immerhin recherchiere ich hier gerade für ein Referat!

»Haben Sie viele Mitarbeiter?«, frage ich.

»Zehn Vollzeitkräfte, fünf Halbzeit und drei Aushilfen. Wir arbeiten im Schichtbetrieb. Gestorben wird jeden Tag.« Das klingt nüchtern. Wahrscheinlich gewöhnt man sich einfach an den Tod, wenn man ihm Tag für Tag gegenübersteht. Irgendwie beneide ich Albert ein bisschen um diese Sichtweise.

»Wohnen manche davon auch hier auf dem Gelände?«

Die Frage bringt mir einen verwunderten Seitenblick ein, aber ich bin froh, dass ich sie gestellt habe.

»In der Tat. Derzeit teilen sich zwei junge Männer die kleine Wohnung über dem Office. Der Friedhof beteiligt sich an einem Wiedereingliederungsprogramm für ehemalige Junkies und Kriminelle.«

Ich strenge mich an, meine Gesichtszüge unter Kontrolle zu behalten, bin mir aber nicht sicher, ob es mir gelingt. Diese Antwort hatte ich definitiv nicht erwartet!

»Das ist ja interessant!«, sage ich und tue so, als würde ich mitschreiben. »Gibt bestimmt Extrapunkte für mein Referat.«

»Jeder, der in das Programm aufgenommen wird, kümmert sich um die Einäscherungen der Sozialfälle.«

»Obdachlose?«

»Auch, ja. Manchmal gibt es einfach keine Hinterbliebenen.«

»Kommt das häufig vor?«, will ich wissen, teils aus Neugier, teils, weil es zu meiner Fassade gehört, Fragen zu stellen.

Albert kratzt sich am Kopf. »Ich sag's mal so: Den beiden Jungs wird nicht langweilig. Meist übernehmen sie die Abendschichten, nachdem die Beerdigungszeremonien zu Ende sind.«

Das klingt, als wäre es ziemlich einfach, hin und wieder eine Leiche einzuäschern, die auf keinem Terminplan aufgeführt ist. Abends, im Schutz der Dunkelheit, wenn alle anderen Friedhofsmitarbeiter längst zu Hause sind.

Wir folgen dem breiten Kiesweg, der sich wie ein grauer Fluss durch die Gräberlandschaft zieht. Rosenstämme werden von verwitterten Grabsteinen und halb zerfallenen Grüften abgelöst. Die Gräber stehen viel zu dicht beieinander. So wie in London gelebt wird, so wird gestorben.

Wir erreichen die beiden Kapellen. *Bitte nicht in die linke!*, flehe ich innerlich.

Wir betreten die linke – wie sollte es anders sein? Drinnen ist es gespenstisch still. Das Licht der Sonne fällt durch die Buntglasfenster und lässt ein Farbenspiel über den Steinboden tanzen. Es riecht nach Lilien, und ich entdecke mehrere Blumengestecke neben dem Altar.

Ich ertappe mich dabei, dass ich unfreiwillig flacher atme, so als könnte das Geräusch meiner Atemzüge die Seelen der Toten wecken, die hier bestattet wurden. Auch die von Dad.

Bloody Jacky weint nicht. Sie hat keine Tränen mehr, und das ist gut so. Sonst könnte ich meine genauso wenig zurückhalten.

Albert geht den Mittelgang hinunter, ich folge ihm zögernd.

»Während des Beerdigungsgottesdiensts steht der Sarg auf dieser Totenbahre.« Er nickt zu einem breiten Marmorsockel rüber, in den oben längliche Metallrollen eingelassen sind. »Danach wird er durch den Schacht dort hinten geschoben.« Jetzt zeigt er auf ein rechteckiges Loch in der Steinwand. »Ins Krematorium.«

Ich weiß, hätte ich beinahe gesagt, kann mir aber noch rechtzeitig auf die Zunge beißen. Die Stelle, auf die ich mir vorhin gebissen habe, beginnt böse zu pochen.

»Viele Trauernde ertragen den Anblick nicht, deshalb gibt es hier einen Vorhang.« Er deutet zu einem schweren Samtvorhang, der rings um den Marmorsockel zugezogen werden kann.

»Aber es gibt auch Leute, die bei der Einäscherung zusehen wollen«, sage ich leise. Keine Frage, ich kenne die Antwort schon.

»Wird immer seltener, doch es kommt vor. Die Hinterbliebenen haben dann das Gefühl, ihre geliebten Menschen bis zum Schluss nicht allein zu lassen.«

Schnell mache ich mir ein paar unleserliche Notizen, damit er nicht bemerkt, wie glasig meine Augen geworden sind.

»Und jetzt kommen wir zum spannenden Teil.« Albert klingt geradezu beschwingt – wie ein kleiner Junge, der sein neuestes Spielzeug präsentiert.

Wir verlassen die Kapelle durch eine Seitentür, gehen ein paar Meter an der Außenmauer entlang und nehmen die nächste Tür, die in einen Anbau führt.

Das Krematorium hat schon bei meinem ersten Besuch durch den tristen Charme einer Fabrikhalle bestochen. Alles sieht noch genauso aus wie vor eineinhalb Jahren. Natürlich, was sollte sich auch verändert haben?

Vor den beiden Verbrennungsöfen befindet sich je eine breite Metallschiene, ebenfalls mit Rollen in der Mitte. Auf der hintersten steht ein Sarg, den ein junger Mann gerade in den offenen Verbrennungsofen dahinter schiebt. Die Rollen geben ein leises Rattern von sich. Aus dem Ofen dringt ein orangefarbenes Flackern.

»Jetzt kannst du gleich eine echte Einäscherung mitverfolgen.« Albert deutet an mir vorbei. »Normalerweise müsste ich dich in den Raum für Angehörige schicken. Aber ich mache mal eine Ausnahme.« Er zwinkert, als wären wir Komplizen bei einem Raubüberfall.

Ich folge seinem Fingerzeig. Bevor mein Blick auf den kleinen Raum hinter der riesigen, bodentiefen Glasscheibe trifft, weiß ich, was mich erwartet. Es fühlt sich an wie gestern, als ich selbst auf der mit grünem Stoff überzogenen Sitzgarnitur neben Mum gesessen habe. Ich weiß noch, wie unwirklich ich diesen Raum empfunden habe. Als hätten Mum und ich uns zu einem gemütlichen Netflix-Abend getroffen. Das Fenster war der Fernseher. Was lief, war ein Drama, basierend auf wahren Begebenheiten, ohne Happy End.

Momentan sitzt niemand dort.

Neben dem Raum für Angehörige hängt ein kleiner, rechteckiger Samtvorhang an der Wand. Dahinter befindet sich das Loch, das Kapelle und Krematorium miteinander verbindet.

»Hey, Dominic!«, ruft Albert dem jungen Mann zu, der gerade auf dem Bedienfeld des Verbrennungsofens eine Taste drückt. Die Metalltür schließt sich beinahe geräuschlos. Nicht zum ersten Mal erinnert mich der Anblick an einen Speiseaufzug.

Ich spüre, wie ich wegdrifte, in den Memory Palace flüchten will. Dort wird es auch keinen Trost für mich geben, das weiß ich. Also bleibe ich, wo ich bin.

»Das ist Lynn, sie recherchiert für ein Schulreferat«, sagt Albert.

Der junge Mann am Verbrennungsofen dreht sich zu uns um und erstarrt. Genau wie ich.

Das kann nicht sein!

Unmöglich!

»Erzähl ihr bitte, was es beim Einäscherungsprozess zu beachten gilt«, spricht Albert weiter, so als hätte die Welt gerade nicht mit einem Ruck angehalten. »Ich muss noch rüber zu Nummer vier, die zickt mal wieder rum! Und danach bin ich weg. Du weißt schon, Theateraufführung von der Kleinen.«

Albert verschwindet aus meinem Sichtfeld. »Viel Erfolg mit deinem Referat, Lynn!«, ruft er zum Abschied.

Ich antworte nicht, habe keine Stimme, keine Worte mehr.

Schritte entfernen sich, aber ich drehe mich nicht zu Albert um, bedanke mich nicht für seine nette Führung, winke nicht zum Abschied.

Eine Tür fällt ins Schloss.

Da waren's nur noch zwei.

Ein harter Blick aus stahlgrauen Augen hält mich fest. Auch die ältere Version von Bacon wirkt wie jemand, den man während eines Schulausflugs an der Raststätte vergisst. Die Ähnlichkeit ist einfach zu krass. Und doch ist es nicht Bacon. Sondern eine billige Kopie. Ein paar Jahre älter.

Ich winde mich aus seinem Blick, befehle meinen Augen, seine Hände anzuvisieren.

Die linke ruht auf der Metallschiene. Nichts Außergewöhnliches ist daran zu erkennen.

Die rechte verharrt immer noch an dem Bedienfeld des Verbrennungsofens.

Sie ist bandagiert.

Der kleine Finger fehlt.

»Every dog has his day.«

East London Cemetery and Crematorium, West Ham

»Du lebst?!«, zische ich Bacons Bruder an, als wäre die bloße Tatsache, dass er noch atmet, eine Straftat. Ganz automatisch wandert mein Blick zu seinem Hals. Die Kehle hat keinen einzigen Kratzer. Klar. Doc hat seinen Tod nur vorgetäuscht!

Alles um mich herum dreht sich: die Verbrennungsöfen, der Raum mit der grünen Sitzgarnitur hinter der Glasscheibe, Doc. Nichts scheint mehr einen festen Platz zu haben. In mir drin wütet Chaos. Ich fühle mich, als würde ich selbst darin verloren gehen.

Doc seufzt. »Glaub mir, Lynn, ich wünschte, es wäre anders ... Wenn ich mit meinem Bruder tauschen könnte, würde ich es sofort tun!«

Natürlich kennt er meinen Namen! Aber das ist es nicht, was mich zusammenzucken lässt, sondern der Klang seiner Stimme. Ich kenne sie. Es ist nur knapp eine Stunde her, seit ich sie gehört habe.

»Du hast die Sprachaufnahme geschickt?! Du willst eine Million von den Pretty Pennies erpressen!«

Docs Blick huscht zur Tür und wieder zurück. »Nicht so laut, verdammt!« Er hebt beschwichtigend die Hände.

Wie paralysiert starre ich auf den weißen Verband und die Stelle, an der eigentlich sein kleiner Finger sein sollte. Hat er ihn sich etwa selbst abgeschnitten? Um den vorgetäuschten Mord glaubhaft zu machen?

Wut und Chaos kochen in mir hoch. Beide vertragen sich nicht besonders miteinander. Genauso gut könnte man in einem brennenden Raum ein Fenster öffnen. Die tobenden Flammen in mir gieren nach Sauerstoff, und den bekommen sie!

Mit festen Schritten gehe ich auf Doc zu. »Ich spreche, so laut ich will!« Jetzt benehme ich mich wirklich wie eine waschechte Pretty Penny – ganz in Bockiges-Kind-Manier. Aber das ist mir echt scheißegal! Ich kenne Bacons Bruder nicht, und doch hasse ich ihn schon abgrundtief. Egal, was er zu sagen hat, seine Worte können niemals gutmachen, was geschehen ist!

Ich stoppe vor dem Verbrennungsofen. Nur noch die Metallschiene zwischen uns hält mich davon ab, auf Doc loszugehen.

»Hätte ich gewusst, was Bacon passieren würde ...«

Bacon? Sogar sein eigener Bruder nennt ihn so? Ich muss wenigstens nur im Graham und in der Nähe der Pretty Pennies LYNN sein. Aber kaum bin ich zu Hause, fällt LYNN von mir ab wie eine zweite Haut. Bacon scheint nicht so viel Glück gehabt zu haben.

»Was hättest du dann getan?«, fahre ich Doc an.

»Ich hätte mich niemals mit diesen Typen eingelassen!«

»Welche Typen? Ich will endlich Antworten!«

Doc reibt sich mit dem Verband über die Stirn. Er schwitzt, genau wie ich. Die Temperaturanzeige am Verbrennungsofen sagt, dass er über siebenhundert Grad heiß ist. Zum Glück haben die Türen keine Glaseinsätze, sonst würde ich jetzt sehen, wie der Sarg von Flammen zerfressen wird. Obwohl: Heute kann mich wahrscheinlich echt nichts mehr schocken!

»Na die, denen ich die neunzig Riesen geschuldet hab!«

»Und warum sollte Bacon glauben, dass du ermordet wurdest? Erzähl mir endlich, was hier abgeht!« Ich bin es leid, mir aus Brotkrumen ein körniges Bild zusammenzubasteln! Ich brauche mehr als das.

Seufzend lehnt Doc sich an die Wand neben dem Verbrennungsofen. »Ich hab Stoff für diese Typen vertickt. Nach und nach wurden die Lieferungen immer größer. Ich dachte, das bedeutet, sie vertrauen mir. Und dann kam die letzte Übergabe. Die war total strange. Sie haben mir viel zu viel Stoff angedreht. Hätte gleich auf mein Bauchgefühl hören sollen – das meinte nämlich, die Sache stinkt zum Himmel. Tja, kaum bin ich raus aus dem Laden, schon werd ich überfallen und ausgeraubt. Bin mir sicher, das war alles eingefädelt. Jedenfalls wollten sie natürlich trotzdem die Kohle von mir. Zuerst waren es nur Sechzigtausend … Was soll ich sagen, diese Typen sind halt keine Bank, bei der man ein paar Prozent Zinsen zahlt.«

Er lächelt, ich nicht.

»Und weiter?«

»Ich wusste, im Graham laufen fast nur stinkreiche Kids rum. So viele Möglichkeiten, an die Kohle zu kommen. Gleichzeitig war mir klar, dass Bacon mir nicht freiwillig helfen würde.«

»Vielleicht hättest du ihn einfach mal fragen sollen«, gebe ich patzig zurück.

»Du verstehst das nicht! Dieses Stipendium hat ihm einfach alles bedeutet.«

Das verstehe ich viel besser, als er ahnt, doch das behalte ich für mich. Es ist nicht wichtig, nicht mehr. Dieses verdammte Stipendium hat Bacon und mir nur Unglück gebracht. Am Ende sogar ihm mehr als mir.

»Er hätte es niemals aufs Spiel gesetzt. Nicht für mich! Jeden Tag hat er sich den Arsch aufgerissen, um von unserem Dad und mir wegzukommen. Er wollte nicht so werden wie wir, und ich kann's ihm nicht mal verübeln.«

Endlich geht mir ein Licht auf. Doch das, was ich in der Helligkeit erkennen kann, gefällt mir ganz und gar nicht. »Also hast du ihn bedroht. Denn wenn er nicht für dich versucht, an die Kohle ranzukommen, dann wenigstens für sein eigenes Leben, nicht wahr? Und damit er die Sache ernst nimmt, hast du deinen Tod vorgetäuscht und deinen Finger als Beweis geschickt.«

Doc rührt sich nicht. Ich sehe die Schuldgefühle in seinen Augen. Die Farbe mag zwar hart wie Stahl sein, aber die roten Ränder verraten mir, dass Doc aus einem ganz anderen Material gemacht ist. Auch wenn er und Bacon kein Dream-Team waren, seinen Tod hat er bestimmt nicht gewollt. Er hätte ihn niemals in die Sache reinziehen dürfen.

»Hätte ich bloß so getan, als wäre ich entführt worden, wäre er höchstens zu den Bullen gegangen. Ich wollte ihn nur ein bisschen motivieren. Mir ist die Zeit weggerannt. Bacon war meine letzte Chance, an die Kohle zu kommen.«

»Aber dann ist die Aktion mit dem Tesla schiefgelaufen.«

Doc nickt. »Als Stiff mir davon erzählt hat, wusste ich, die Sache war gelaufen.«

Ich begreife, was das bedeutet: Stiff hat die ganze Zeit gewusst, dass Doc noch lebt.

»Und weiter?«

Doc gibt ein Glucksen von sich, das ich nicht genau einordnen kann. »Dann kam Bacon mit einem Mörderplan um die Ecke. Hab meinen kleinen Bruder echt unterschätzt!« Fassungslos starre ich ihn an. Alles ist so schrecklich schiefgelaufen, und trotzdem höre ich Stolz in Docs Stimme mitschwingen.

»Bacons Room?«, frage ich, kenne die Antwort jedoch bereits.

»Er hat Stiff erzählt, er will eine Weile untertauchen, um die Pretty Pennies mit dem Überwachungsvideo zu erpressen. Er wollte ihnen seinen TLE-Room schicken, und alle sollten denken, er wäre tot.«

Mir wird schon wieder schwindlig, so schnell prasseln die Informationen auf mich ein. »Und wer hat Bacon dann vor die Tube gestoßen?«

Doc lässt seine Schultern sinken. Jetzt sieht er aus wie ein getretener Hund. »Ich war mir sicher, dass der Plan funktionieren könnte, aber dafür hätte ich mehr Zeit gebraucht. Also hab ich den Drogenbossen davon erzählt. Ich musste es tun, um sie noch eine Weile hinzuhalten.«

Mir dämmert, was er damit sagen will. Obwohl Bacon nun nichts Schlimmes mehr geschehen kann, überkommt mich Angst. »Und da haben die Typen gedacht, die Sache geht schneller, wenn sie sie selbst in die Hand nehmen?«

Doc presst die Lippen aufeinander, sein Kinn zittert ganz leicht. »Sie wussten, tot bringt Bacon ihnen mehr.«

Die Worte erreichen mich, tun weh, hallen in mir nach, tun noch mehr weh.

Bacon musste sterben, damit die Pretty Pennies erpressbar sind. Er dachte, er könnte sein Ziel mit einem Trick erreichen. Magic Bacon. Er wollte ein Zauberer sein. Doch er hat nicht damit gerechnet, dass ein *echter* Toter schwerer wiegt als eine Illusion.

»Und was soll das mit der Million?« Ich verschränke die Arme vor der Brust.

»Glaubst du echt, ich mach das für mich?« Empört schüttelt Doc den Kopf. »Ich häng genauso in der Sache drin wie ihr. Als die Typen gerafft haben, wie schnell ihr an die Kohle gekommen seid, haben sie Blut geleckt. Ich bin nur noch der Mittelsmann für die Drecksarbeit.«

»Drecksarbeit?«

»Allein wär ich bestimmt nicht so dumm gewesen, euch eine Sprachnachricht zu schicken, ohne Stimmverzerrer oder so. Damit ich schön am Arsch bin, falls ihr doch zu den Bullen geht! Die kassieren ab, und ich halte brav den Kopf hin.«

Okay, diese Typen – wer auch immer sie sind – machen vor nichts und niemandem halt. Und jetzt sind sie hinter den Pretty Pennies her. Eigentlich sollte mir dieser Gedanke Angst machen, aber das tut er nicht. Ich spüre, dass ich nichts von den Erpressern zu befürchten habe. Weder bin ich auf der Überwachungsaufnahme in Pats Garage zu sehen, noch beschuldigt Bacon mich ganz gezielt in seinen Videos. Er nennt nur MEINEN Namen. Selbst wenn die Drogenbosse rausfinden, dass ich dahinterstecke, werden sie sehr bald kapieren: Bei mir gibt es nichts zu holen.

»Wie hast du mich eigentlich gefunden?« Docs Kinn hat aufgehört zu zittern.

»Hab das Foto von dir in Bacons Zimmer entdeckt. Und im Hintergrund war der Friedhof zu sehen.«

»Ah!« Doc macht eine Kopfbewegung in Richtung Tür. »Wen hast du hier beerdigt?«

»Woher weißt du …?«

»Wie sonst hättest du genau diesen Friedhof so schnell finden können?«

Ich überlege, was ich sagen soll, entscheide mich für die Wahrheit. Wozu soll ich lügen?

»Meinen Dad«, antworte ich ganz leise. Zum ersten Mal brauche ich keine Maske, kann ganz ich selbst sein. Leider fühlt es sich nicht ansatzweise so befreiend an, wie ich es mir erhofft hatte.

Doc nickt nur. Kein Beileid, kein Mitleid, er hat sein eigenes Päckchen zu tragen.

»Hast du mein Handy noch?«, frage ich. Mein eigentlicher Plan ist in so weite Ferne gerückt, beinahe hätte ich ihn vergessen. Aber vielleicht brauche ich ihn jetzt auch gar nicht mehr. Die Pretty Pennies werden bald ganz andere Probleme haben, und ich kann mich entspannt zurücklehnen und die Show genießen.

Doc nickt. »Willst du es etwa wiederhaben?«, fragt er mit einem Grinsen, das schon beim bloßen Ansehen schmerzt.

»Ich brauche nur das Überwachungsvideo.«

»Wozu?«

»Ist das wichtig?«

Er legt den Kopf leicht schief, ein Grinsen huscht über seine Züge. »Du willst Trittbrettfahrerin spielen.«

Steht mir das auf der Stirn geschrieben, oder hat Stiff ihm davon erzählt?

Doc zieht mein Handy aus der Hosentasche. Ich erkenne es sofort an der Macke rechts oben am Display. Erstaunt beobachte ich, wie er eine PIN eintippt. Es geht zu schnell, als dass ich mir die Zahlenkombination hätte merken können. Aber eins steht fest: Meine PIN ist es nicht mehr.

»Ich schick dir das Video per Mail«, murmelt Doc.

Eigentlich müsste ich mich jetzt freuen oder wenigstens erleichtert sein. Ich habe mein Ziel erreicht. Warum also verspüre ich nichts als ... Leere?

Doc stutzt. »Sieh mal einer an, dein Sunnyboy, Mister Anwaltssohn hat geschrieben!«

Vince? Was? Warum das denn? Er weiß doch, dass ich mein Handy nicht habe. Oder wollte er den Erpresser über den Gruppenchat erreichen?

»Was hat er denn ...«

»Dieser kleine Bastard!«

Ich zucke zusammen. Das letzte Wort hat Doc so laut gebrüllt, dass es von den nackten Wänden widerhallt. Wie passend.

»Was ist?«, frage ich, will die Antwort aber eigentlich gar nicht hören. Kann der beschissene Teil dieses Tages nicht endlich vorbei sein?!

»Komm mit, ich zeig es dir!« Doc eilt zu der Tür, die zum Raum für Angehörige führt.

Ich zögere. »Was willst du mir zeigen?«

Ungeduldig winkt er mich heran. »Komm schon, ich beiß dich nicht, versprochen.«

Ich folge ihm in den Raum, den ich in meinem ganzen Leben nie wieder betreten wollte. Kaum bin ich drin, überfällt mich das

Gefühl, keine Luft mehr zu bekommen. Die große Glasscheibe, die Sitzgarnitur, die Box mit Taschentüchern auf dem Beistelltisch – sie alle haben die Trauer so vieler Hinterbliebener in sich aufgesogen. Genau wie meine und die von Mum.

Hier wurde LYNN Bailey geboren. Ohne sie hätte ich es niemals so weit geschafft.

Ich sinke auf die grün bezogenen Polster. Auf der Sitzfläche hat sich eine leichte Kuhle gebildet. Wie viele Menschen hier schon saßen und Taschentuch um Taschentuch aus der Pappbox gezogen haben?

»Was wolltest du mir zeigen?« Ich drehe mich um, doch Doc ist verschwunden.

Die Tür fällt ins Schloss.

Ein Klicken.

»Hey!« Ich springe auf, stolpere zur Tür, rüttle am Griff. Er hat mich eingeschlossen! »Was soll das?«

Eine Bewegung in meinem Augenwinkel.

Ich fahre herum, sehe Doc auf der anderen Seite der Glasscheibe. Panisch hämmere ich dagegen. »Lass mich raus!« Die Wände um mich werden lebendig, rücken näher und näher, die Luft wird dünn.

Doc hebt mein Handy. Fotografiert er mich etwa?

»Was soll der Scheiß?«, schreie ich. Kann er mich hören?

Er tippt etwas auf dem Handy.

Die Wände sind jetzt so nah, dass ich sie berühren könnte, wenn ich meine Arme ausstrecke, da bin ich mir ganz sicher. Und sie kommen immer näher. Völlig geräuschlos. Sie werden mich zerquetschen. Und dann wird Doc meine Überreste zusammenkratzen und in einen der Verbrennungsöfen schaufeln. Hier, wo LYNN geboren wurde, stirbt sie auch. Und mit ihr sterbe ich – obwohl ... um genau zu sein, bin ich an diesem Ort schon einmal gestorben. Zumindest ein Teil von mir.

Ein Klopfen gegen die Scheibe reißt mich aus meinen Gedanken. Doc. Er hält mir das Display entgegen.

Der Gruppenchat ist geöffnet. Vince hat ein Foto hochgeladen. Es zeigt Stiff. Blut läuft ihm aus einer geplatzten Braue übers Gesicht. Das Auge ist so zugeschwollen, er dürfte kaum noch etwas sehen.

Darunter steht eine Textnachricht von Vince:

> Dein kleiner Kumpel hat geplaudert. Gib uns Lynns Handy und die Adresse der Typen, die unsere Kohle haben, dann passiert ihm nichts mehr.

Als Antwort hat Doc das Foto von mir in den Chat gestellt. Ich erkenne mich darauf kaum wieder.

Ich habe die Fäuste erhoben, sie sind zu fleischigen Schlieren verschwommen, so schnell hämmere ich damit gegen die Glasscheibe. Mein Gesicht glänzt vor Schweiß, ist fleckig rot und nackte Panik schreit aus meinen Augen.

Unter dem Bild steht:

LYNN:
> Das mit dem Handy könnt ihr vergessen. Aber ich hab etwas anderes, das ihr vielleicht gerne wiedersehen wollt ... Tauschen?

»One man's meat is another man's poison.«

East London Cemetery and Crematorium, West Ham

Ich bin in einem Déjà-vu gefangen. Noch nie hat dieser Satz so perfekt gepasst wie jetzt. Ich sitze auf demselben Platz wie vor eineinhalb Jahren und starre hinaus zu den Verbrennungsöfen. Nur ist es dieses Mal nicht Dad, der darin von Flammen zernagt wird. Trotzdem quält mich meine Fantasie mit Bildern davon.

Zeit verliert an Bedeutung. Ob Mum sich Sorgen macht? Ich betrachte den Platz neben mir. Bis auf meine Schultasche, die ich dort abgelegt habe, ist er leer. Irgendwie hätte es mich nicht gewundert, wenn Mum dort sitzen würde. Aber so verrückt bin ich nicht. Noch nicht.

Bloody Jacky räuspert sich unüberhörbar.

Mum Tag für Tag etwas vorzumachen, ist am schwersten. Wüsste sie, wie sehr mich mein täglicher Weg zum Graham quält, würde sie mir sofort verbieten, auch nur einen Tag länger dorthin zu gehen.

Doc durchquert mein Sichtfeld. Er schiebt eine Rollbahre zum rechten der beiden Verbrennungsöfen. Wie kann er jetzt einfach so weiterarbeiten?

Auf der Bahre liegt eine große, längliche Pappschachtel. Soll das etwa ein Sarg sein?

Alberts Worte fallen mir ein. In dem Pappsarg muss ein Sozialfall liegen. Wahrscheinlich ein Obdachloser, für den es die billigste Einäscherung gibt, die das Krematorium zu bieten hat. Niemand wird meine Hilferufe hören. Außer die Toten.

Und was ist mit den Pretty Pennies? Wo bleiben die? Dass sie einen Abstecher zur Polizei machen, wage ich zu bezweifeln. Werden sie überhaupt hier aufkreuzen? Gestern hätte ich diese Frage eindeutig mit Ja beantwortet, heute bin ich mir da nicht mehr so sicher.

Doc betätigt einen Schalter. Die Metalltür des zweiten Verbrennungsofens gleitet zur Seite. Drinnen glüht alles orangerot. So habe ich mir als Kind die Hölle vorgestellt. Bis ich gelernt habe, dass das Leben schon grausam genug ist. Die Hölle kann mir nichts mehr anhaben, selbst wenn sie existiert.

Ich beobachte Doc dabei, wie er den Pappsarg in die Hölle schiebt. Funken sprühen, im hinteren Teil des Ofens jagt eine Stichflamme empor, der Karton beginnt zusammenzuschrumpeln.

Ich will den Blick abwenden, schaffe es aber nicht.

Die Metalltür schließt sich. Endlich.

Doc bei der Arbeit zuzusehen, wirkt seltsam beruhigend. Vielleicht, weil er die Ruhe weghat. Dass die Pretty Pennies seinen Kumpel überfallen haben, scheint ihn nun, da ich hier drin festsitze, nicht mehr aus der Fassung zu bringen.

Er geht zu dem anderen Ofen, gibt etwas auf dem Tastenfeld ein. Die Tür öffnet sich. Drinnen liegt ein schwach vor sich hin glühender Aschehaufen. Ein paar größere Brocken sind noch zu erkennen. Sind das Knochenreste?

Doc nimmt eine Art Metallbesen und kehrt die Asche zu einem Loch im Boden des Ofens. Dann löst er einen Metalleimer aus seiner Verankerung darunter. Von Dads Einäscherung weiß ich, dass sich darin nun die Asche befindet. Sie muss auskühlen und wird anschließend in ein Mahlwerk geschüttet, das die größeren Überreste zu feinem Pulver zer– Da! Die Tür öffnet sich! Ein orangefarbener Lichtstrahl fällt in den Raum, umgibt die Silhouette einer Person!

Ich springe auf und trete so nah wie möglich an die Scheibe heran. Das Licht der untergehenden Sonne blendet mich.

Ist Albert doch noch mal zurückgekommen? Nein, die Gestalt ist viel größer und dünner. Der Schatten, den sie in den Raum wirft, reicht bis zur Rückwand des Krematoriums. Er sieht gruselig aus wie ein deformiertes Skelett.

Stiff!

Konnte er sich befreien? Oder haben die Pretty Pennies ihn hier abgeladen?

Doc dreht sich zur Tür um. Als hätte er damit die unsichtbaren Seile gekappt, die Stiff aufrecht gehalten haben, sackt das Skelett auf die Knie.

Zwei Gestalten drängen sich hinter ihm durch die Tür. Sie schirmen das Sonnenlicht ab, endlich kann ich mehr erkennen.

Evies Miene ist immer noch so verschlossen wie vor wenigen Stunden. Jeder Mensch hat eine Maske, unter der er seine Gefühle zu verstecken versucht. Evies sieht aus wie die einer Barbie. Wunderschön, aber unbewegt, ohne Seele.

Im Gegensatz zu Evies Gesicht tobt in Pats ein Gewitter aus negativen Emotionen. Er hat die Augen verengt, die Brauen hängen wie dunkle Regenwolken darüber, die Lippen sind leicht angehoben, geben den Blick auf zusammengebissene Zähne frei.

Er streckt den rechten Arm aus. In der Hand hält er eine ... Pistole. Sie ist schwarz, genau wie dieser Moment, und ich erkenne sie sofort wieder. Die Mündung ist direkt auf Stiffs Hinterkopf gerichtet.

Docs Kumpel sieht übel zugerichtet aus. Das Foto im Gruppenchat hat mir bereits einen Vorgeschmack auf seine Verletzungen gegeben, aber in echt scheinen sie zehnmal schlimmer zu sein. Das Gesicht ist inzwischen so zugeschwollen, dass ich nicht deuten kann, was sich außer Schmerz sonst noch darin spiegelt. Vermutlich Wut. Hass. Da geht es uns ähnlich.

Vince drängt sich an Evie vorbei. Sein Blick irrt durch das Krematorium, bis er an meinem hängen bleibt. »Lynn«, formen seine Lippen. Erleichterung hellt seine Miene auf.

Mein Herz macht einen verräterischen Hüpfer, will rausspringen zu Vince. Er ist gekommen, um MICH zu retten. Die Sehnsucht, einfach alles für immer zu vergessen, was mich zu den Pretty Pennies getrieben hat, wird unbändig.

Pat richtet die Waffe auf Doc. Nur eine kleine Bewegung, doch mit großer Durchschlagskraft.

Ganz langsam stellt Bacons Bruder den Eimer mit der Asche ab und hebt beide Hände.

Vince sagt etwas, das ich nicht verstehe, und nickt zu mir rüber. Daraufhin greift Doc in seine Hosentasche und zieht einen Schlüsselbund hervor. Er verschwindet aus meinem Sichtfeld. Ich höre ein Klackern an der Tür, dann wird die Klinke nach unten gedrückt.

Doc steht mir gegenüber. Von der Ruhe, die er zuvor ausgestrahlt hat, ist nichts mehr übrig.

Ich bin hin- und hergerissen. Einerseits will ich bloß weg hier, andererseits kann ich Doc und Stiff nicht mit den Pretty Pennies allein lassen. Wer weiß, was die drei vorhaben! Irgendetwas hat sich verändert. Sie haben sich verändert. Ich kann sie nicht mehr einschätzen, habe keine Ahnung, wozu sie fähig sind. Wollen sie Stiff und Doc nur Angst einjagen? Oder Schlimmeres?

»Ihr müsst abhauen!«, zische ich Doc aus dem Mundwinkel zu, als ich an ihm vorbeigehe.

»Ich weiß!«, flüstert er und tritt mir in den Weg. »Sorry, aber ich muss das jetzt tun!« Er packt meine Schulter und wirbelt mich zu sich herum. Ich spüre etwas Spitzes, Hartes gegen meine Kehle drücken.

»Was …?«

»Spiel einfach mit, und dir passiert nichts«, sagt Doc ganz leise an meinem Ohr, presst sich von hinten gegen mich, schiebt mich hinaus ins Krematorium.

Das Herz schlägt mir bis zum Hals. Jedes Wummern drückt leicht gegen die Klinge. Leben und Tod, so nah beieinander.

Das Bild von Docs blutüberströmter Kehle schießt mir durch den Kopf. Alles nur fake! Zumindest damals. Aber heute?

Doc schiebt mich wie einen lebendigen Schutzschild vor sich her. Bei den Verbrennungsöfen bleibt er stehen und packt mich noch fester an der Schulter, damit ich es ihm gleichtue. Die Eingangstür zum Krematorium ist wieder verschlossen. Kein warmes Sonnenlicht mehr, nur der kühle Schein der Deckenstrahler.

»Nimm das Messer runter!«, blafft Vince Doc an. Sein Blick huscht zwischen mir und Bacons Bruder hin und her. Er hat die Kontrolle verloren – eine Lage, in der er nur selten ist.

Doc rührt sich nicht.

»Lynn, bist du okay?« Evies Stimme ist genauso glatt wie ihr Gesichtsausdruck. Ob die Sorge in ihrer Frage ernst gemeint ist, kann ich nicht abschätzen. Vince scheint wirklich gekommen zu sein, um mich zu befreien, bei Evie bin ich mir da nicht so sicher.

Ich nicke, bereue es aber sofort, als die Klinge in meine Haut schneidet. Ein warmes Rinnsal fließt an meinem Hals hinunter.

»Was jetzt?«

Klick. Pat hat die Waffe entsichert und drückt sie nun wieder gegen Stiffs Hinterkopf. Das Skelett kniet auf dem Boden wie ein Gefangener vor einem Erschießungskommando. Ich suche Pats Blick, doch er sieht mich nicht an.

»Alter, mach keinen Scheiß!« Stiffs unverletztes Auge weitet sich, blanke Panik spiegelt sich darin.

»Wenn du ihm noch ein einziges Haar krümmst, ist euer vierter Penny Geschichte!«, knurrt Doc Pat zu.

»Lass Lynn gehen!«, fordert Vince.

»Das kann sie, sobald dein Kumpel die Knarre auf den Boden gelegt hat.«

Schweigen.

Niemand rührt sich.

So kommen wir nicht weiter.

Ein Schrei zersprengt die Stille. Stiff lässt sich auf den Boden fallen, rollt zur Seite und tritt mit dem Fuß nach Pats Hand, in der er die Waffe hält.

Ein KNALL!

Ein weiterer Schrei, der von purem Schmerz gezeichnet ist.

Blut spritzt über den Boden.

»People in glass houses shouldn't throw stones.«

East London Cemetery and Crematorium, West Ham

»Der Pisser hat mir ins Bein geschossen!« Stiff umklammert seinen Oberschenkel, die Hose hat an der Stelle bereits einen dunklen Fleck, groß wie eine Apfelsine, und er breitet sich weiter aus, erreicht die Größe einer Grapefruit, Honigmelone … verdammt viel Blut für so ein dürres Skelett.

Metallisches Klappern. Doc lässt von mir ab und stürzt auf seinen Kumpel zu. Erst da begreife ich, dass der Druck an meiner Kehle verschwunden ist. Auf der Metallschiene vor dem Verbrennungsofen liegt ein aufgeklapptes Butterflymesser, Doc muss es fallen gelassen haben.

»Langsam!« Pat richtet die Waffe auf Doc, der schlitternd stehen bleibt.

Stiff gibt ein schmerzverzerrtes Wimmern von sich. Er hat mit beiden Händen seinen Oberschenkel umklammert, doch der Blutfleck breitet sich immer weiter aus.

Doc kniet sich neben seinen Kumpel auf den Boden und begutachtet die Verletzung. »Du hast seine Oberschenkelarterie getroffen, du kleiner Pisser!«, spuckt er Pat entgegen.

Pats Blick huscht zwischen Doc und Stiff hin und her, darin kämpfen Panik und Wahnsinn miteinander. »Hätte er sich ruhig verhalten, wäre das nicht passiert.« Die Worte könnten eine Rechtfertigung sein, klingen aber mehr nach einer Entschuldigung.

Mir tut alles weh. Mein Magen, meine Kehle, mein Herz. Ich weiß nicht mal, warum. Immerhin bin ich unverletzt. Und trotzdem bin ich erfüllt von Schmerzen. Als würde mein Körper den innerlichen Kampf gegen diesen beschissenen Tag verlieren.

Vince kommt zu mir und schließt mich in die Arme. Was als beruhigende Geste gedacht war, bereitet mir Qualen. Nicht körperlich, tief in mir drin. Dort, wo alle Gefühle zusammenlaufen, wo ICH ich bin. Noch nie war mir so schmerzlich bewusst, dass Vergessen keine Option für mich ist. Ich gehöre nicht hierher, und damit meine ich nicht nur Vince' Arme.

»Jetzt wird alles wieder gut!«, murmelt er in meine Haare.

Zu gerne würde ich ihm glauben. Aber ich kann nicht, schon allein, weil er er ist. Ein Pretty Penny. Ohne die drei wäre keiner von uns heute hier.

Ohne die drei hätte ich das Stipendium fürs Graham bekommen.

Dann wäre Bacon noch am Leben.

Stiff hätte keine Schusswunde.

Die Pretty Pennies würden sich nicht verhalten wie in die Enge getriebene Raubkatzen.

Und Dad wäre …

Ich löse mich von Vince. Er drückt mir einen Kuss auf die Stirn und hinterlässt einen feuchten Abdruck. Ich fühle mich schmutzig, markiert als Eigentum der Pretty Pennies.

»Shit, was machen wir denn jetzt?« Evies Stimme ist drei Oktaven höher. Sie knotet sich ihre Haare zu einem Dutt zusammen, als würde sie sich für einen Kampf vorbereiten.

Erneut hebt Pat die Waffe. Dieses Mal zielt er auf Doc. »Gib uns dein Handy! Sofort! Und Lynns! Das von deinem Kumpel haben wir schon.«

»Ja, ja!« Doc zieht mein Handy aus der Hosentasche und ein weiteres aus der anderen.

Evie schnappt sich die beiden Handys. »Läuft das Ding?«, fragt sie und deutet auf den Verbrennungsofen, in den Doc den Pappsarg geschoben hat.

Er nickt.

»Wie öffnet man es?«

»Schwarzer Knopf ganz rechts.«

Evie donnert ihre Handfläche darauf. Die Aufzugtür zur Hölle schiebt sich zur Seite. Von der Leiche darin sind nur noch wenige Knochen zu sehen. Evie wirft die beiden Handys ins Feuer und schließt die Tür wieder.

Ich muss schlucken. Die letzte Chance, an das Überwachungsvideo ranzukommen, wird gerade von Flammen geschmort. Obwohl ... eigentlich brauche ich das Video nicht mehr, die Pretty Pennies stecken auch so bis zum Hals in der Scheiße. Aber es zu haben, hätte mir ein Gefühl von Sicherheit gegeben.

»Gibt es Kopien?«, fragt Vince.

»Natürlich!«, lacht Doc. »Oder habt ihr Bacon's Last Will etwa schon vergessen?«

»Der Room ist offline.« Evie lächelt, was ausnahmsweise ganz und gar nicht perfekt aussieht, eher gruselig. Sie versucht, die Toughe zu spielen – ohne Erfolg. Die Angst steht ihr zu deutlich ins Gesicht geschrieben.

Doc hebt ruckartig den Kopf. »Erzähl das den Typen, die jetzt den Zugang haben!«

»Du glaubst doch hoffentlich nicht, wir kaufen euch die Story mit den ach-so-bösen Drogenbossen noch ab?! Diese ganze Scheiße ist auf eurem Mist gewachsen!«

Stiffs Stöhnen wird leiser, sein Kopf sackt auf den Boden, die Augen sind nur einen Spalt geöffnet.

»Hey, Kumpel! Lass mich nicht hängen, hörst du!« Doc tätschelt Stiff die eingefallenen Wangen, aus denen jegliche Farbe gewichen ist.

»Was ist los?« Pat kickt mit dem Fuß gegen Stiffs unverletztes Bein. Er reagiert nicht.

»Geh weg von ihm!«, schreit Doc.

»Das ... das ist doch nur eine Fleischwunde«, stottert Pat.

In meinem Bauch bildet sich ein Knoten aus Angst. Ist Stiff tot? Ich starre auf seine Brust. Sie bewegt sich ganz leicht auf und ab. Er atmet. Noch. Aber der Blutsee, der sich um Docs Füße ausgebreitet hat, sagt, dass Stiffs letzte Minuten angebrochen sind. Oder Sekunden?

Doc legt beide Hände über die Schusswunde und drückt zu. »Wir müssen uns beeilen, sonst ist es zu spät. Seht ihr nicht, wie viel Blut er verloren hat?!«

Die Pretty Pennies werfen sich Blicke zu. Mich lassen sie dabei aus.

»Vielleicht sollten wir wirklich ...«

»Bist du nicht mehr ganz dicht?«, unterbricht Vince Pat schroff. »Dann landen wir im Knast.«

Verzweiflung ist etwas, das ich noch nie zuvor in Vince' Stimme gehört habe. Es gibt wohl für alles ein erstes Mal.

»Aber ... aber ...«, stottert Evie.

Vince bringt sie mit einer wirschen Handbewegung zum Schweigen. »Selbst wenn du mit Sozialstunden und Bewährung davonkommst, was glaubst du, wie viele deiner Follower zu dir halten, sobald sie wissen, was wir getan haben?« Vince nickt rüber zu Stiff und Doc, aber uns allen ist klar, dass er damit auch Bacon meint. »Wer wird noch deine Mum als Model buchen, nachdem euer Name erst mal durch den Dreck gezogen wurde?«

»Kann dein Dad uns da nicht irgendwie raushauen?«, mischt Pat sich ein.

»Mein Dad?« Vince stößt etwas aus, das vermutlich ein Lachen sein soll, jedoch mehr wie ein verzweifelter Aufschrei klingt. »So wie die Beweise aussehen, wird er mich verstoßen, um seine

Kanzlei zu retten. Wahrscheinlich unterstützt er sogar die Staatsanwaltschaft.« Er deutet auf Stiff am Boden. »Es gibt keinen Weg zurück.«

Evie und Pat schweigen. Und da dämmert mir, wie weit die drei gehen werden, um sich zu schützen.

Bis ans Ende.

Das Einzige, was sie zu tun brauchen, ist warten. Bis Stiffs letzte Sekunden abgelaufen sind.

»Steh auf und geh da rüber!« Vince deutet von Doc zur Glasscheibe, hinter der sich der Raum für Angehörige befindet. Jetzt wirkt er beinahe wie ein Zufluchtsort auf mich, nicht mehr wie ein Gefängnis.

Doc runzelt verwirrt die Stirn. »Aber ich muss die Blutung stoppen!«

Niemand sagt etwas.

»Leute?«, frage ich leise. »Das ist doch total verrück–« Der Rest des Wortes steckt in meinem Hals fest, verhindert, dass genügend Sauerstoff in meiner Lunge ankommt. Ich atme schneller.

Vince' Miene ist verhärtet, wie in Stahl gefräst. Evie weicht meinem Blick aus. Und Pat hat mich offenbar gar nicht gehört. Keine Ahnung, welcher Film vor seinen Augen abläuft, aber momentan scheint er ganz weit weg zu sein. Nicht hier, wo ein Mensch vor seinen Füßen verblutet.

Vince schaut zu Doc und deutet erneut zur Glasscheibe. »Ich hab gesagt, du sollst da rübergehen!«

»Damit kommt ihr nicht durch!« Langsam nimmt Doc die blutverschmierten Hände von Stiffs Oberschenkel, richtet sich auf und spuckt vor Pats Füße.

Die Hand, in der Pat die Waffe hält, zuckt. »Mach das noch mal und ...«

»Und was?«, knurrt Doc.

Die Luft im Krematorium scheint aufgeladen zu sein, so angespannt ist jeder Einzelne von uns. Es würde mich nicht wundern, wenn wir bald alle einen elektrischen Schlag bekommen.

Was soll ich bloß tun? Reden wird nichts bringen. Von dem Punkt, an dem Worte noch etwas bewegt hätten, sind die Pretty Pennies meilenweit entfernt.

Wieder starre ich auf Stiffs Brust, warte darauf, dass sie sich hebt.

Warte.

Warte.

Sie verharrt an Ort und Stelle.

»Ist er …?«, würge ich hervor. Mit zitternder Hand deute ich auf Stiff.

Der Angst-Knoten in mir platzt. Die nachtschwarze Flüssigkeit darin spritzt in alle Richtungen, infiziert meine Eingeweide, mein Herz, wird von dort in mein Blut abgegeben und jagt durch die Adern in jeden Winkel meines Körpers. Bis ich nur noch aus Angst bestehe.

»Nein!« Doc fällt neben seinem Freund auf die Knie, drückt mit der einen Hand wieder auf die Wunde, mit der anderen fühlt er seinen Puls am Hals.

Sekunden vergehen. Oder Minuten? Ich weiß es nicht.

Doc lässt Stiffs Bein los. »Ihr habt ihn umgebracht«, flüstert er. Plötzlich macht er einen Satz und springt auf Pat zu.

Ein dumpfer Schlag ertönt, und Doc sackt mit einem Ächzen zu Boden. Pat hat ihm den Griff der Pistole auf den Kopf gedonnert. Reglos bleibt Bacons Bruder liegen.

Pats Hand mit der Waffe zittert. Nicht vor Anstrengung, das ist bei seinen vielen Muskeln klar. Nein, er hat Angst.

»Mach schon, Babe!«, bettelt Evie. »Bring es zu Ende!«

Ich sehe sie an, begreife nicht, was sie da sagt.

Vince nickt. »Ja, Bro, er weiß zu viel.«

Er weiß zu viel.

Doc. Pat soll ... ihn erschießen.

Ich will schreien, die Tür aufreißen und einfach weglaufen. Aber ich bleibe stocksteif stehen. Weil auch ich zu viel weiß. Und sobald die Pretty Pennies kapieren, dass ich ihnen gefährlich werden könnte ...

Meine Hand wandert zu meiner neuen Halskette. Wenn diese Nacht vorbei ist, bin ich eine Pretty Penny. Eine echte. Ob ich will oder nicht, ob ich reich bin oder nicht, ob sie mein wahres Ich entdecken oder nicht. Dann gibt es keinen Weg mehr zurück in mein altes Leben. Selbst wenn ich das Überwachungsvideo hätte, könnte es mir nicht helfen. Kein golden key der Welt kann mir die Tür zur Vergangenheit öffnen.

»Ich ... ich hab schon den anderen erledigt. Jetzt ist einer von euch dran!« Die Pistole zittert so sehr, dass Pat sein Handgelenk mit der freien Hand zu stabilisieren versucht. Das Zittern wird weniger, verschwindet aber nicht – zu tief sitzt der Schock in Pats Knochen. Immer war er der Starke, der es nicht abwarten konnte, in die Fußstapfen seines Dads zu treten. Davon ist kaum etwas übrig.

Die Blicke von drei Augenpaaren richten sich auf mich. »Was ...?«

»Du bist uns noch was schuldig, schon vergessen?«, sagt Pat trocken.

»Dein Anteil an der Erpressersumme«, ergänzt Evie, als wüsste ich selbst nicht ganz genau, worauf Pat hinauswill.

Ist das der Preis eines Menschenlebens? Dreißigtausend Pfund? Die Penny-Kette schnürt sich erneut um meinen Hals. Was soll ich tun? Wenn ich mich weigere, verliere ich das Vertrauen MEINER Freunde und werde dadurch für sie zum Problem. Und ich weiß ja jetzt, wie sie auf Probleme reagieren. Wenn ich es tue ... nein, daran kann ich nicht mal denken!

Beides ist keine Lösung, so viel steht fest. Aber was bleibt mir übrig? Mein Blick fällt auf die Waffe in Pats immer noch zitternder Hand.

DAS IST ES!

Warum bin ich nicht viel früher darauf gekommen?!

Ich löse mich aus meiner Starre, straffe die Schultern und setze eine neue Maske auf. Eine Pretty-Penny-Maske. Sie ist mehr schlecht als recht auf die Schnelle zusammengebastelt, drückt schwer auf mein Gesicht, sitzt nicht richtig. Aber für den Moment wird sie reichen!

»Okay! Ich mach's!«, sage ich leise und zugleich bestimmt.

In Pats Augen sehe ich Überraschung und Erleichterung aufblitzen.

»Bist du dir sicher?« Vince kommt zu mir und streicht mir über den Rücken. Seine Worte sind eine Frage, doch seine Berührung fühlt sich an wie eine Belohnung. Als wäre ich ein Hund, der ein Leckerli bekommt, weil er sich auf Kommando im Kreis gedreht hat.

Die Berührung schmerzt, brennt sich durch mein Hemd direkt in meine Haut. Vince hätte vieles sagen können: dass ich die Letzte bin, die diesen Schritt gehen sollte. Dass wir eine andere Lösung finden. Dass er die Drecksarbeit übernimmt, um mich zu beschützen. Aber er tut es nicht. Er streicht einfach weiter über meinen Rücken und macht es mir damit leichter, an meiner Entscheidung festzuhalten.

»Ich bin jetzt eine von euch, schon vergessen?« Die Maske auf meinem Gesicht bekommt Risse. Sie wird nicht lange halten.

»Natürlich nicht.« Vince beugt sich zu mir herunter und küsst mich. Ich lasse es zu, küsse ihn sogar zurück. Dieses Mal nicht, um zu vergessen, sondern um mich zu erinnern. Ich bin gekommen, weil ich das Leben der Pretty Pennies zerstören wollte. Daran hat sich nichts geändert. Ihretwegen haben genügend Menschen gelitten. Jetzt ist Schluss damit!

Als ich mich von Vince löse, lächelt er zufrieden. Ich auch, aber aus einem ganz anderen Grund.

»Hier, nimm!« Pat hält mir die Waffe entgegen, den Griff in meine Richtung. Zwischen uns liegt der bewusstlose Doc. »Sei vorsichtig, sie ist entsichert.«

Ich tue so, als würde ich zögern.

Dann greife ich danach.

Die Pistole ist leicht, zu leicht für das, was man damit anstellen kann. Der Griff ist warm und schmiegt sich in meine Handfläche, ist wie für mich gemacht.

Die Schwärze in mir brodelt durch meine Adern, wird mit jedem Herzschlag durch meinen Körper gepumpt. Aber das Gefühl, das sie transportiert, ist keine Angst mehr.

Es ist Macht.

Endlich habe ich mein Ziel erreicht! Ganz ohne das Überwachungsvideo. Die Waffe ist viel besser. Ich muss keine Trittbrettfahrerin spielen, jetzt kann ich den Pretty Pennies direkt ins Gesicht sagen, wie sehr ich sie hasse. Und wie sehr ich mich dafür hasse, dass ein Teil von mir zu ihnen gehören wollte.

Bloody Jacky gibt ein aufgeregtes Kieksen von sich.

Zum ersten Mal, seit ich den Pretty Pennies begegnet bin, befürchte ich nicht mehr, sie könnten mein wahres Ich entdecken. Und das werde ich auch nie wieder!

Ich mache zwei Schritte zurück, hebe die Pistole und lasse im selben Moment die Penny-Maske fallen.

»What goes around comes around.«

East London Cemetery and Crematorium, West Ham

Pat reißt die Arme hoch. »Hey, Lynn, pass auf, wo du hinzielst!«

Ich muss lächeln. Darüber, dass Pat denkt, ich würde die Pistole versehentlich auf ihn richten.

»Lynn?« Vince streckt die Hand nach mir aus.

»Ja, Vincent?« Ich schwenke mit der Waffe in seine Richtung, stemme beide Beine hüftbreit in den Boden, um einen sicheren Stand zu bekommen.

Vince zuckt zurück. Sein Blick wandert von meinem Gesicht zur Waffe. Hoch und runter, hoch und runter. Er wartet auf ein Lachen, das ihn erleichtert aufatmen lassen kann. Diesen Gefallen werde ich ihm nicht tun.

»Was soll der Scheiß, Lynn?«, kreischt Evie.

»Was soll der Scheiß, Lynn?«, äffe ich sie nach.

Evies glatter Gesichtsfilter verrutscht. Empört reißt sie die Augen auf. Als hätte ich ihr verkündet, sie würde in ihrer letzten Insta-Story fett aussehen. »Das ist nicht witzig!«

»War es nie.« Ich gehe noch ein paar Schritte nach hinten, um möglichst weit von den Pretty Pennies entfernt zu sein.

Vince sucht meinen Blick. Ich entdecke die Erkenntnis in seinen Augen. Er hat es kapiert. Das Blatt hat sich gewendet. Aber er versteht nicht, warum. Bald wird sich auch das ändern.

»Wisst ihr eigentlich, wie lange ich schon auf diesen Moment warte?« Es fühlt sich so unendlich gut an, keine Maske mehr tragen zu müssen. Mein Gesicht spannt, die Augen brennen, die Muskeln um den Mund tun weh, als hätte ich stundenlang gleichzeitig gelacht und geweint.

Evie, Pat und Vince werfen sich verwirrte Blicke zu. Dieses Szenario ist besser als alles, was ich mir jemals in meinen Träumen ausgemalt habe.

»Würdest du uns bitte mal aufklären?«, fragt Evie, die sich nun wieder einigermaßen unter Kontrolle hat.

»Gehörst du etwa zu denen?« Erneut kickt Pat mit dem Fuß gegen Stiffs Bein.

»Das hier«, ich mache mit der Waffe eine kreisende Bewegung, die das Krematorium und alle Leute darin einschließt, »hat nichts mit mir zu tun. Weder mit Lynn noch mit Jacklynn.«

»Hä? Wer zur Hölle ist denn jetzt Jacklynn?« Evies Augen verengen sich zu Schlitzen.

Ich richte die Waffe auf Vince, weil ich das Gefühl habe, dass er mir am gefährlichsten werden kann – er ist einfach zu nah. »Natürlich sagt euch der Name nichts, die Bewerbungsunterlagen für das Stipendium wurden ja anonymisiert.«

»Diese Jacklynn war also im Bewerbungsverfahren«, schlussfolgert Vince. »Aber was hat das mit uns zu tun? Oder mit dir?«

»Das hat verdammt viel mit euch zu tun. Ihr durftet als Schülervertreter mitentscheiden, wer das Stipendium bekommt. Was für ein Zufall, dass diese Ehre ausgerechnet den drei reichsten Kids am College zuteilwurde. Und am Ende habt ihr euch für Bacon entschieden.«

»Na und? Er war eine arme Sau aus der Gosse«, sagt Pat trocken. »Wie hätten wir ihn da nicht nehmen sollen?«

»Aber er hatte das schlechtere Zeugnis von uns beiden!«

Ich beobachte, wie meine Worte den Verstand der drei erreichen und sich Erkenntnis auf ihren Gesichtern breitmacht.

»Du hast dich auf das Stipendium beworben?« Evie sieht mich

von oben bis unten an und rümpft die Nase. Sie kann nicht anders, es ist ein Reflex.

»Wozu braucht sie ein Stipendium, ihr Dad ist do–«

»Sie hat gelogen, Babe!«, schneidet Evie Pat das Wort ab. »Das ganze Gelaber von ihrem ach-so-geheimen Dad war nur Bullshit!« Sie funkelt mich an.

Wieder reden die Pretty Pennies über mich, als wäre ich nicht da. Nur dieses Mal muss ich meine Wut über ihr Verhalten nicht unterdrücken. »Ich hatte dieses Stipendium verdient!«

»Bacon aber noch mehr als du«, sagt Vince.

»Ach ja? Warum habt ihr ihn dann wie Scheiße behandelt? Warum wolltet ihr ihn unbedingt vom Graham ekeln? Für euch war das doch alles nichts weiter als ein krankes Spiel.«

»Er hat uns ans Bein gepisst, das weißt du ganz genau!«

»Nur weil ihr gehört habt, dass er in der Nähe von Miss Wilsons Büro war? Für mich sieht es eher so aus, als hättet ihr das Stipendium an den gegeben, der das bessere Opfer abgibt.«

»Er hat uns verpetzt!«, schreit Pat. »Wegen ihm mussten wir eine Woche lang Scheißjobs erledigen! All meine Sachen haben nach Müll gestunken. Nach dem Praktikum hab ich sie in einer Tonne im Garten verbrannt.«

»Selbst wenn es so war, gibt euch das noch lange nicht das Recht, Gott zu spielen!«

»Und was ist mit dir?« Evie deutet auf mich. »Wen spielst du gerade?«

»Zum ersten Mal seit Monaten ... niemanden.«

»Und wozu das ganze Theater?«, fragt Pat.

»Ihr habt mir alles weggenommen!«

»Alles? Du bist doch jetzt am Graham. Wo ist das Problem?«

Sie verstehen es nicht! Wie auch? Sie haben keine Ahnung, was die Absage für das Stipendium ausgelöst hat. Wie groß der Stein war, den sie ins Rollen gebracht hat. Und wie tödlich er war.

»Evie, gib mir dein Handy!«, sage ich und genieße das Gefühl, nicht mehr scheißfreundlich zu ihr sein zu müssen.

»Wozu?«

»Wir drehen jetzt eine kleine Story für Evies Beauty Paradise. Und darin werdet ihr schön brav erzählen, was ihr Bacon und Stiff angetan habt.«

Rote Flecken erblühen auf Evies Hals wie Mohnblumen. »Du machst Witze, oder?«

»Sieht das für dich nach einem Witz aus?« Ich richte die Waffe auf sie. »Das ist meine Chance, euch endlich loszuwerden! Ihr sollt bezahlen, und zwar nicht mit Geld – davon habt ihr zu viel, ein bisschen weniger würde euch nicht wehtun. Die einzige Währung, die euch wirklich killt, ist die Wahrheit!«

»Du weißt, dass wir das nicht tun können.« Vince' Hände zucken in meine Richtung, als wollte er mich berühren.

»Bleib bloß weg von mir!«, fauche ich ihn an.

»Und wenn nicht?« Er macht einen Schritt auf mich zu. »Erschießt du mich dann? Kaltblütig?«

Mein Arm wird schwer, die Waffe beginnt zu zittern. »Willst du es ausprobieren?«

»Mag sein, dass du uns die ganze Zeit was vorgemacht hast, aber alles kann nicht gespielt gewesen sein.« Er macht noch einen Schritt und noch einen. »Du hast nicht das Zeug dazu, abzudrücken.«

Hat er recht? Ein Schweißtropfen läuft an meiner Schläfe runter. Ich will ihn wegwischen, wage es jedoch nicht, mich zu rühren. »Zwing mich nicht dazu«, flüstere ich.

Vince' Blick sucht meinen, hält mich fest. »Du bist ein guter Mensch, Lynn.«

»Ich heiße nicht Lynn.«

»Das könntest du aber.«

Meine Umgebung verschwimmt. Vince' Blick ist so stark, gibt

mir Halt. Und obwohl ich das nicht will, hilft er mir, durchzuatmen.

»Du kannst eine Pretty Penny sein. Eine von uns. Wir finanzieren dich und übernehmen deine Collegegebühren. Mit unserer Unterstützung bekommst du einen Platz an den besten Unis der Welt.«

»Darum geht es doch gar nicht!« Ich schüttle den Kopf, reiße mich von seinem Blick los. »Ihr habt meinen Dad getötet!«

Eine Bewegung im Augenwinkel.

Pat stürzt auf mich zu.

Ich schwenke mit der Waffe in seine Richtung.

Hände packen meine Arme, drücken sie nach unten. Vince steht plötzlich neben mir.

Pat kracht gegen uns. Wir fallen zu Boden. Der Aufprall quetscht die Luft aus meiner Lunge. Ich verwende all meine Konzentration darauf, zu atmen und gleichzeitig die Waffe festzuhalten.

Finger versuchen, meine aufzubiegen, vom Griff der Waffe zu lösen. Ich reiße sie nach oben.

Ein Knall.

Schmerz zerfetzt meinen Kopf.

Memory Palace

Keller

ICH stehe vor MEINER Kellertür. Jemand hämmert von der anderen Seite dagegen. ICH weiß, dass es Bloody Jacky ist. Und sie weiß, dass ICH hier bin. Sie spürt MEINE Nähe und ICH ihre. Es ist, als könnte ICH sie riechen. Den leichten Schweißgeruch, der sie umgibt, wenn sie Angst hat – und die hat sie immer.

Das Vorhängeschloss poltert bei jedem Schlag gegen die Tür.

ICH wende MICH ab und will zur Kellertreppe gehen, doch sie ist unter einem Berg aus Schutt und Geröll verschwunden. Natürlich, MEIN Memory Palace ist zerstört, nur der Keller ist heil geblieben.

Der einzige Weg führt durch die Tür, an der Bloody Jacky nun rüttelt. Ein Schild klebt am Holz – eben war es noch nicht da. EXIT steht darauf, in fetten schwarzen Großbuchstaben.

Jede Faser MEINES Körpers zieht MICH fort von dieser Tür und doch ist MIR klar, dass ICH sie öffnen muss. ICH taste MEINEN Hals ab, weiß, dort hängt ein goldener Schlüssel, bevor MEINE Finger ihn berühren.

A golden key can open any door.

Er passt ins Schloss. Natürlich.

Ein Klicken, die Tür schwingt auf.

Ich trete ein, gehe wie ferngesteuert zu dem freien Stuhl vor Mister MacMillans Schreibtisch und lasse mich darauf fallen. Neben mir sitzt ein Mädchen. Ashley. Sie drückt ein Knäuel blutgetränktes Klopapier gegen ihre Nase. Ihr Blick tötet mich, versucht es zumindest.

»Gewalt wird an unserem College nicht geduldet«, sagt Mister MacMillan. »Ich habe bereits deinen Vater angerufen, Jacklynn. Er kommt und holt dich ab.«

»Meine Mum wird dafür sorgen, dass du fliegst, Bloody Jacky!«, zischt Ashley.

Ich zittere am ganzen Körper, die Wut kommt wieder zurück. Sie ist ein Bumerang, den ich heute zum ersten Mal geworfen habe. Weil ich es nicht mehr ertrage! Das Lachen, die Blicke. Es ist Jahre her, dass ich am falschen Tag eine weiße Hose getragen habe – wie die junge Kate aus der Netflix-Serie Firefly Lane, nur dass ich keine Tully hatte, die mir ihre Kleider lieh. Und wäre ich zu dem Zeitpunkt beliebt gewesen, hätten den Vorfall vermutlich nach ein paar Tagen alle vergessen. Aber ich war nicht beliebt. Ich wurde nicht vergessen, auch wenn ich mir noch so sehr wünschte, unsichtbar zu sein.

Und genau deshalb wollte ich weg. Nicht wieder an ein öffentliches College. Irgendwohin, wo meine Chancen für die Zukunft besser stünden. Nur wie sollte ich mir das leisten? Und dann wurde das Stipendium ausgeschrieben. Fürs Graham. Dort hätte niemand mich Bloody Jacky genannt.

»Sie hat mich provoziert!« Ich verschränke die Arme vor der Brust.

»Ich hab nur gesagt, dass die am Graham wohl keine Lust auf Jacklynn hatten. Sonst hätte sie wohl das Stipendium bekommen. Immerhin prahlt sie ständig damit, dass sie die besten Noten unseres Jahrgangs hat.«

Ich sehe Ashley an und ziehe die Augenbrauen hoch. »Der Inhalt passt, bloß die Wortwahl war eine ganz andere. Soll ich es für Mister MacMillan wiederholen oder willst du selbst?«

»Schluss jetzt, ihr beiden!« MacMillan schlägt mit der flachen

Hand auf den Tisch. »Ich werde mich mit den Kollegen über euren Fall beraten. Sobald wir eine Entscheidung getroffen haben, melden wir uns bei euren Eltern.« Er dreht die Uhr an seinem Handgelenk, damit das Zifferblatt nach oben zeigt, sieht mich an. »Seltsam, dein Vater wollte schon vor einer halben Stunde hier sein.«

Ein merkwürdiges Gefühl kratzt von innen an meinem Brustkorb. Etwas stimmt nicht. Dad kommt sonst nie zu spät.

Ich hole mein Handy aus meiner Schultasche. »Darf ich ihn anrufen?«

MacMillan nickt.

Ich drücke auf Dads Kontakt, den ich auf meinem Startbildschirm als Kurzwahl eingerichtet habe.

Es klingelt und klingelt und klingelt.

Ein Klicken in der Leitung. »Schätzchen?« Eine Frauenstimme, sie klingt gepresst, fast hätte ich sie nicht erkannt.

»Mum? Bist du das?« Warum geht sie an Dads Handy? Das Kratzen in meiner Brust wird stärker. Ich beginne zu bluten.

»Schätzchen, ich bin im Krankenhaus.« Ein Schluchzen. »Dein Dad ... er ... hatte einen Unfall.«

Der Wut-Bumerang brettert mir gegen die Brust. Der Aufprall lässt mein Herz husten und meine Atmung stocken.

»Die Ärzte meinen, er hatte einen Herzinfarkt. Er ist hinterm Lenkrad zusammengebrochen, über eine rote Ampel gerast und ...« Schluchzer nehmen ihr die Worte aus dem Mund und tragen sie fort.

Jemand streicht MIR beruhigend über die Schulter.

ICH sehe auf, sehe einer Kopie von mir selbst ins Gesicht – na ja, zumindest, soweit das bei dem strähnigen Haarvorhang geht, der Bloody Jacky tief ins Gesicht fällt. Glaubt sie echt, sich dahinter verstecken zu können?

»Endlich bist du ... gekommen«, sagt sie mit brüchiger Stimme. Zwischen den einzelnen Strähnen erkenne ich Tränen in ihren Augen glitzern.

»Ich musste. Das ist der einzige Weg hier raus!«

»Dann komm, wir gehen.« Sie deutet auf Ashley und Mister MacMillan, die wie eingefroren dasitzen. »Ich kann nicht länger hierbleiben und diesen Moment immer wieder durchmachen.«

Sie wirkt, als würde sie nur aus Schmerz bestehen. Genau so habe ich mich damals in MacMillans Büro gefühlt. Deshalb habe ICH sie hier drin eingesperrt. Um weitermachen zu können.

»Es tut mir leid, ich musste dich einfach loswerden.«

Bloody Jacky nickt, wobei der Haarvorhang auf- und abwippt. »Aber jetzt brauchst du mich.«

»Warum?«

»Um hier rauszukommen.« Sie zieht eine Halskette unter ihrem Shirt hervor, daran baumelt ein silberner Schlüssel.

ICH schaue zur Bürotür, die nun wieder verschlossen ist. Dieses Mal befindet sich an der Innenseite das EXIT-Schild. Darunter erkenne ich zwei Schlösser, ein goldenes und ein silbernes.

»Gib mir deinen Schlüssel!« ICH strecke Bloody Jacky MEINE Hand hin. »Später komm ich zurück und hol dich. Nur jetzt geht das nicht.«

Bloody Jacky lächelt traurig. »So funktioniert das aber nicht.«

»Warum nicht?«

Sie zuckt mit den Schultern. »Ich hab die Regeln nicht gemacht.«

»Wer sonst?«

In den Lücken des Haarvorhangs sehe ich, dass sie die Augenbrauen hochzieht, als läge die Antwort auf der Hand. Und da dämmert mir, was sie meint.

»Du meinst, ich war das?«

»Das hier ist dein Memory Palace, oder etwa nicht?«

»Aber ich will dich nicht mitnehmen!«, protestiere ich.

»Warum bist du dann hergekommen?«

»KEINE AHNUNG, VERDAMMT!«

»Du weißt es, Jacky-Schatz!«

»Nenn mich nicht so!«

»Warum nicht? Weil Dad dich so genannt hat?«

»Sprich nicht von ihm!«

»Du hast mich hier unten mit der Erinnerung an ihn allein gelassen. Wenn jemand von ihm sprechen darf, dann ja wohl ich!«

ICH zucke zurück.

»Während du da draußen deine kleinen Rachespielchen abgezogen hast, war ich hier drin und hab den schlimmsten Moment unseres Lebens immer wieder durchlebt. Nur damit du es nicht tun musst! Weißt du eigentlich, wie verdammt schwer das war?!«

»Ich durfte mich nicht ablenken lassen. Die Pretty Pennies müssen bezahlen!«

»Da könntest du genauso gut alle Schmetterlinge auf der Erde töten.«

»Wie bitte?«

»Wer weiß, vielleicht hat der Flügelschlag eines Schmetterlings Dads Herzinfarkt verursacht. Oder du verklagst die Londoner Verkehrsbehörde wegen der Ampelschaltung.«

»Ampel... was?«

»Na, wäre die Ampel grün gewesen, wäre Dads Auto nicht mitten auf der Kreuzung gerammt worden. Und was ist mit Ashley? Hätte sie dich nicht provoziert, hättest du ihr keine reingehauen und Dad wäre nicht auf dem Weg zu dir gewesen. Oder –«

»Hör auf damit!«, schreie ICH, presse MIR die Handflächen auf die Ohren und fange an zu summen.

Bloody Jacky geht vor MIR in die Hocke und sieht MICH an. Langsam nehme ICH MEINE Hände wieder runter.

»Die Pretty Pennies sind an Dads Tod genauso wenig schuld wie ein Schmetterling, die Ampel, Ashley ... oder du.«

Das letzte Wort lässt das Kratzen zu MEINEM Herz durchdringen. ICH verblute innerlich, und das ist okay.

»Aber ... was mache ich denn dann?« *Wenn ich mich nicht an meiner Rache festhalten kann?*

»Du lässt den Schmerz zu und besiegst ihn.«

»Klar, wenn's sonst nichts ist? Und danach?«

»Lebst du weiter.«

Das klingt einfach, doch wir wissen beide, dass es das nicht ist. Ein Schluchzer windet sich aus MEINER Kehle. Zu lange steckte er dort schon fest, und umso schmerzhafter ist es, jetzt, da er raus ist. »Wie soll ich das schaffen?«

»Indem du einfach du selbst bist. Niemand anderes.«

Auch das klingt einfach. Aber kann ICH das? Jemals wieder ich selbst sein? Nicht ICH?

»Komm!« Bloody Jacky streckt MIR die Hand entgegen.

ICH zögere.

»Keine Angst, ich beiß dich nicht!«

»Warum sollte ich dir glauben?«

»Weil ich nicht die Lügenkönigin von uns beiden bin.«

»Punkt für dich.« Vorsichtig ergreife ICH ihre Hand. Sie ist angenehm warm.

Zusammen gehen wir zur Tür.

ICH stecke meinen Schlüssel ins goldene Schloss, sie ihren ins silberne.

Wir sehen uns an.

»Bereit?«, fragt sie.

Ich zucke mit den Schultern, habe keine Antwort. Die Angst vor dem, was mich draußen erwartet, ist übermächtig. Und plötzlich bin ich froh, nicht allein zu sein.

Gleichzeitig drehen wir die Schlüssel.

Klick, klick.

Die Tür springt auf.

The London Eyes

- Jumper at Aldych Cross
- Crime & Investigate
- Status: open
- 150 £
- MisterCop, DaddyP
- 13
- 178.556
- Monday, 14th June

MisterCop: Leute, es gibt News!
AlexxA: Schieß los 😶
I_hate_people: 😱 😱 😱 Ja, Mann! Mach's nich so spannend!
MisterCop: Die Spurensicherung hat gerade verkündet, dass der Junge schon tot war, bevor er von der Tube erfasst wurde.
TamyK_19: Hä? 😳
SuperFatLady: Hä???
BeeMyHero: HÄ?
TamyK_19: Ist er vorher an einem Herzanfall gestorben, oder was? 😜
MisterCop: Ne, er war schon viel früher tot. Ein paar Tage
I_hate_people: 😱😱😱
TamyK_19: @I_hate_people aber echt!
AlexxA: Was ist mit dem Video aus der Tube?
MisterCop: Scheint alles inszeniert zu sein. Mehr weiß ich leider noch nicht

NoArmsNoCookies: Das ergibt doch überhaupt keinen Sinn! Warum wirft jemand eine Leiche auf die Gleise? Warum nicht in die Themse? Hätte auf jeden Fall weniger Aufmerksamkeit erregt
MisterCop: Vielleicht wollte der Mörder genau das: Aufmerksamkeit
AlexxA: Sehr mysteriös! 🫣
Henry**Svengali**: 51°31'37.8"N 0°00'51.4"E
SuperFatLady: Äh? Alles klar bei dir @Henry**Svengali**?
MisterCop: Das sind Koordinaten

Henry**Svengali** hat eine Liveübertragung gestartet.
£ 00£ pro View

AlexxA: Holy shit!
NoArmsNoCookies: 😨 Alter, ist das …?

»The end justifies the means.«

East London Cemetery and Crematorium, West Ham

Ein hohes Pfeifen, das wahrscheinlich sonst nur Hunde hören können, schrillt durch meinen Kopf. Meine linke Gesichtshälfte fehlt, mein Ohr ist abgerissen, die Knochen liegen blank. Zumindest fühlt es sich so an.

Ich betaste mein Gesicht. Alles noch da, genau wie der Schmerz, der aufglüht, als ich eine fette Beule an meiner Schläfe ertaste. Wurde ich niedergeschlagen?

Mein Gehörgang scheint innerlich zu pulsieren. Ich höre meinen eigenen Atem, der die Luftröhre hinauf- und hinunterströmt. Dumpf, als würde ich mir eine Muschel ans Ohr drücken und dem entfernten Rauschen der Wellen lauschen.

Ich blinzle.

Das Krematorium ist umgekippt. Alles liegt auf der Seite.

Ich blinzle erneut, richte mich stöhnend auf, rücke die Welt wieder gerade.

Was ich sehe, gehört in einen Horrorfilm, aber nicht in mein Leben. Die Pretty Pennies umringen eine der Metallschienen. Darauf liegt ein Körper. Stiff.

Panik erfasst mich, und ein Kloß drückt von innen gegen meine Kehle. Ich schlucke gegen ihn und die Panik an. Ein Meer aus Gefühlen droht, mich zu überwältigen, und das fühlt sich so unglaublich ... gut an.

Ich horche in mich hinein. Doch da ist nichts. Kein Wimmern, kein Schluchzen. MEIN Keller ist leer, Bloody Jacky ist fort, und zugleich spüre ich sie in jeder Zelle meines Körpers. Zum ersten Mal seit Monaten habe ich das Gefühl, am Leben zu sein. Die ganze Zeit habe ich versucht, mir einzureden, ich müsste ein gefühlskalter Zombie sein, um zu überleben. Wie dumm ich doch war!

Vince hält Doc die Pistole an die Schläfe. Kurz durchzuckt mich Erleichterung: Doc lebt! Haben es sich die Pretty Pennies anders überlegt?

Doc betätigt den Knopf, der die Tür zur Hölle öffnet. Aus dem Verbrennungsofen flackert der orangefarbene Schein.

»Babe, fass mal mit an!« Pat schiebt Stiff mit dem Kopf voran in den Ofen. Zwar sind auf der Schiene Rollen befestigt, damit die Särge einfach in den Ofen geschoben werden können, mit einem bloßen Körper scheint das nur nicht besonders gut zu klappen.

»Ihr verdammten Schweine! Das werdet ihr bereuen!«

Zu gerne würde ich Doc zustimmen, aber noch haben die Pretty Pennies nicht bemerkt, dass ich aufgewacht bin. Vielleicht kann ich das für mich nutzen.

Als die Leiche bis zur Hälfte in der Öffnung steckt, schießt eine Stichflamme heraus. Der Gestank von versengten Haaren und verbranntem Fleisch breitet sich aus.

Schnell wende ich den Blick ab und sehe mich im Krematorium um. Die Tür ist nur wenige Meter von mir entfernt. Wenn ich es schaffe, unbemerkt bis dorthin zu kommen, kann ich abhauen. Draußen ist es bestimmt schon dunkel. Ich könnte im Schutz der Grabsteine zum Tor laufen und Hilfe holen. Einen Versuch ist es wert!

Ich stemme mich auf die Beine. Das Pfeifen in meinem Kopf ist immer noch da, und auch die Muschel hängt weiterhin an meinem Ohr – ansonsten scheint es mir gut zu gehen.

Ich schiele rüber zu den Pretty Pennies. Sie sind damit beschäftigt, Stiffs Füße in den Höllenofen zu schieben.

Jetzt oder nie!

Ich hechte zur Tür, packe die Klinke, drücke sie hinunter und – knalle dagegen.

»Abgeschlossen!«, ruft Evie hinter mir. »Für wie blöd hältst du uns eigentlich, Jaaacklynn?«

Langsam drehe ich mich um. Mein Blick huscht zu dem kleinen Samtvorhang, der das Loch verbirgt, über das die Särge aus der Kapelle ins Krematorium geschoben werden. Der Vorhang befindet sich ungefähr auf Brusthöhe an der Wand. Vielleicht kann ich ...

»Denk nicht mal dran!«, fährt Vince mich an.

Mein Mut sinkt.

Stiffs Füße sind nicht mehr zu sehen. Die Tür zur Hölle schließt sich, verschluckt das flackernde Schattenspiel, das die Flammen auf die Wände geworfen haben.

»Was habt ihr jetzt vor?«

»Hmm, was denkst du denn?«, blafft Pat mich an. »Ist ja nicht so, als hätten wir viele Möglichkeiten zur Auswahl.«

»Wenn ich einfach so verschwinde, werden sie nach mir suchen. Und früher oder später finden sie das Überwachungsvideo.« Angriffslustig recke ich das Kinn vor.

Evie klopft gegen die Metallfront des Verbrennungsofens. »Dein Handy brutzelt dadrin vor sich hin.«

»Kann schon sein«, sage ich. »Aber das ändert nichts daran, dass meine WhatsApp-Chats automatisch in einer Cloud synchronisiert werden.«

Lüge.

Mein Element.

»Die will nur ihren Arsch retten!«, zischt Evie den Jungs zu.

»Und was, wenn nicht? Wollt ihr dann einfach jeden umbringen?«

Doc wischt sich mit dem Handrücken ein Blutrinnsal von der

Wange, das aus seinem Haaransatz läuft. »Die Sache mit Stiff, die war ein Unfall. Niemand wird rausfinden, was hier geschehen ist. Wir verteilen seine Asche auf ein paar andere Urnen, und er bleibt für immer verschwunden.«

»Du scheinst dir das ja wunderbar zurechtgelegt zu haben«, sagt Pat mit einem gehässigen Unterton.

»Ihr seid doch keine Killer, verdammt!«, schreit Doc.

»Sind wir auch nicht.« Evie dreht sich zu Vince. »Wenn die Beweise nicht so übel sind, wie sie momentan aussehen, würde dein Dad uns dann vertreten?«

Vince nickt zögernd. »Denke schon.«

Was ist denn jetzt los? Die Beweise sind übel, daran können die Pretty Pennies nichts ändern … oder?

»Kommt mal kurz her, ich hab eine Idee!« Evie winkt Pat und Vince zu sich. Die drei stecken die Köpfe zusammen. Während Evie den Jungs etwas zuflüstert, zielt Vince mit der Waffe über Pats Schulter auf Doc. Nicht, dass er auf blöde Gedanken kommt …

Ich versuche zu verstehen, was gesprochen wird. Aber das Pfeifen in meinem Kopf ist zu laut.

Als sie wieder auseinandergehen, nicken sie sich verschwörerisch zu. Das kann nichts Gutes bedeuten.

Alle drei tippen etwas auf ihren Handys.

»Was habt ihr vor?«, frage ich, unsicher, ob ich die Antwort hören will. Doch darüber brauche ich mir keine Sorgen zu machen, die drei ignorieren mich einfach.

»Gelöscht!«, sagt Vince und steckt sein Handy wieder weg.

»Ich auch!« Evie lächelt.

Pat nickt. »Hab kurz den Rest überflogen, sollte hinhauen!«

Den *Rest*? Welcher Rest? Wovon reden die drei? Und was haben sie gelöscht?

»Also, bis später, Jungs!« Evie winkt Vince und Pat zu.

»Und denk dran, warte auf mein Zeichen!«, ermahnt Vince sie.

Zeichen? Ich verstehe überhaupt nichts mehr.

Evie stapft auf mich zu, bückt sich, streckt ihre Hand aus und packt meinen Hals. Erschrocken zucke ich zurück, da merke ich, dass sie mich nicht erwürgen will, sie hat die Penny-Kette gepackt. »Die brauchst du ja jetzt nicht mehr.« Ein fester Ruck und die Kette reißt ab.

Ohne ein weiteres Wort wendet sie sich ab. Das Klirren von Schlüsseln ist zu hören. Evie schließt die Eingangstür auf und verschwindet nach draußen. Die Tür fällt hinter ihr zu, das Schloss gibt ein Knacken von sich, als Evie von der anderen Seite abschließt. *Da waren es nur noch vier.*

»Na, dann los!« Pat zückt ein Messer und lässt die Klinge aufschnappen. Ich erkenne Docs Butterflymesser.

»Was soll das werden?«, frage ich, oder zumindest glaube ich, dass ich es gefragt habe. Meine Stimme ist so leise, ich kann sie über das Pfeifen hinweg kaum hören.

Pat geht zu Doc, der vor ihm zurückweicht.

»Hey, Kumpel, wir können das bestimmt auch anders klären.« Doc stößt mit dem Rücken gegen die Metallfront des Verbrennungsofens.

Pat packt ihn am Arm. Es kommt zum Gerangel. Ich kann nicht genau sehen, was passiert, es geht viel zu schnell. Doc gibt ein schmerzerfülltes Stöhnen von sich.

»Lass ihn in Ruhe!«, kreische ich.

»Ich hab's doch gesagt: Sie ist ein guter Mensch!« Vince lächelt zufrieden. War das ein Test? Ich scheine ihn jedenfalls bestanden zu haben, aber das fühlt sich alles andere als gut an.

»Ihm passiert nichts!« Pat steht nun hinter Doc. Er hat ihm einen Arm auf den Rücken gedreht und hält ihm mit der anderen Hand das Messer an die Kehle. »Du musst nur tun, was wir dir sagen, *Lynn*.« Pat spuckt meinen Namen aus, als wäre er ein Schluck vergorene Milch.

Vor wenigen Minuten – oder Stunden? – war ich es, die von Doc mit ebendiesem Messer bedroht wurde. Jetzt ist alles anders und doch irgendwie nicht.

»Was soll ich machen?«, frage ich, diesmal lauter.

Vince streckt mir die Pistole entgegen. Mir fällt auf, dass er sie nicht mehr am Griff hält, sondern vorne am Lauf, um den er ein Taschentuch gewickelt hat. »Nimm!«, fordert er.

»W... Was?«

»Mach schon!«, schreit Pat.

Doc gibt ein Ächzen von sich. »Wenn du noch ein bisschen fester drückst, kannst du später behaupten, du hättest mich auch aus Versehen getötet!«, knurrt er Pat an.

Hastig schließe ich meine Hand um den Pistolengriff. Die Waffe erscheint mir irgendwie leichter als zuvor. Das Gefühl von Macht durchströmt mich erneut. Ich müsste die Pistole nur nach oben reißen und abdrücken. Vince steht so dicht vor mir, er hätte keine Chance. Aber ... bin ich fähig, jemanden zu erschießen? Und was ist dann mit Doc? Würde Pat ihm wirklich die Kehle aufschneiden?

Ich sehe auf und bemerke Vince' wissendes Lächeln. »Mach dir keine falschen Hoffnungen!« Er hebt die Hand. Darin hält er ebenfalls ein Taschentuch, in dem sich ein länglicher, schwarzer Gegenstand befindet. »Das Magazin hab ich natürlich rausgenommen. Bin ja nicht lebensmüde.«

Natürlich.

»Na los, nicht so zaghaft!« Pat starrt mich über Docs Schulter hinweg an. Sein Blick verrät ganz deutlich, was passiert, wenn ich nicht gehorche. »Deine Fingerabdrücke müssen überall sein!«

Darum geht es also!

Prompt fangen meine Hände wieder an zu zittern. Als würde mein Körper hoffen, die Abdrücke auf der Pistole zur Unkenntlichkeit verwischen zu können.

»Damit werdet ihr nicht durchkommen!«, sage ich, tue aber, was sie von mir verlangen.

»Das sollte reichen!« Vince nimmt mir die Waffe aus der Hand. Dabei achtet er penibel darauf, nur das Taschentuch zu berühren, das um den Lauf gewickelt ist. Mit einem Klicken schiebt er das Magazin zurück an seinen Platz. Dann geht er zur Tür und klopft dreimal dagegen.

Ist das das Zeichen, von dem er gesprochen hat?

Will er nach draußen? Wartet Evie dort auf ihn?

Aber die Tür öffnet sich nicht.

»Ja, hallo? Ich brauche dringend Hilfe!«, ertönt Evies schrille Stimme gedämpft durch die Tür. Sie spricht so laut, dass ich sie sogar durch das allmählich leiser werdende Pfeifen in meinen Ohren verstehen kann.

»Mein Name ist Evie Watson. Ich bin auf dem East London Cemetery.« Die Verzweiflung, die in ihrer Stimme liegt, ist beinahe filmreif. »Meine Freundin Lynn ... Lynn Bailey ist total verrückt geworden. Sie hat heute Morgen einen Jungen von unserer Schule auf die Gleise bei Aldych Cross gestoßen und dann mich und meine Freunde damit erpresst. Wir sind ihr heute Abend auf den Friedhof gefolgt, aber sie hat uns entdeckt. Sie hat eine Pistole. Ich konnte entwischen, aber meine Freunde, Vince und Pat, sind noch bei ihr im Krematorium. Ich hab einen Schuss gehört. Bitte schicken Sie schnell Hilfe! Ich kann nicht mehr lange reden, mein Akku–«

Sie bricht mitten im Satz ab.

Da habe ich meine Antwort!

Mein Mund klappt auf, keine Worte kommen heraus. Ich habe jede Macht über meinen Körper verloren, sacke in mich zusammen und rutsche an der Wand hinter mir herunter auf den Boden.

Vince setzt sich an die Wand gegenüber von mir. »Ich mochte dich wirklich, Lynn. Oder soll ich dich jetzt Jacklynn nennen?«

Er sieht mich mit einem Gesichtsausdruck an, der vermutlich Bedauern ausdrücken soll. Doch er wirkt eher, als hätte er gerade bemerkt, dass die Milch, die er in seinen Tee geschüttet hat, sauer ist.

In der Ferne sind Sirenen zu hören.

»Äh ... das ging aber schnell?« Pat klingt alarmiert.

»Ne, kann nicht sein. Die wollen bestimmt woandershin. Entspann dich!«

»Und was ist mit mir?«, fragt Doc. »Soll ich mich auch *entspannen*?«

»Du bleibst am Leben und musst nicht erklären, was du mit dem Tod deines Bruders zu tun hattest«, sagt Vince, ohne ihn anzusehen.

»Und was muss ich dafür tun?«

»Die richtige Geschichte erzählen.«

»Und die wäre?«

»Lynn ist hier aufgekreuzt und hat Stiff erschossen. Du hast sie dabei beobachtet. Als sie dich entdeckt hat, hat sie dich gezwungen, Stiffs Leiche zu verbrennen.« Vince rattert die Worte so emotionslos runter wie ein auswendig gelerntes Gedicht, dessen Bedeutung er nicht geschnallt hat.

»Und was ist mit meinem Bruder?«

»Der hat dir erzählt, dass er sich heute Morgen mit Lynn an der Aldych Cross Haltestelle treffen wollte.«

»Und weiter?«

»Nichts weiter. Mehr weißt du nicht.«

»Wer soll euch das abkaufen?« Ich stoße ein Schnauben aus, das eigentlich verächtlich klingen sollte, aber meine Stimme macht einen Kiekser, der meine Verzweiflung nur so herausschreit.

Täusche ich mich oder werden die Sirenen lauter?

»Alle«, sagt Vince ganz einfach. »Dein Wort wird gegen das von uns vier stehen. Was denkst du wohl, wem sie glauben werden? Einem Mädchen, das allen etwas vorgemacht und seine Freunde im Gruppenchat erpresst hat? Oder Bacons Bruder und drei gesetzestreuen Jugendlichen, die von der erfolgreichsten Anwaltskanzlei Londons vertreten werden?«

»Die Pistole gehört Pat!«, schreie ich verzweifelt.

Pat zuckt unbeeindruckt mit den Schultern. »Du hast sie mir gestohlen.«

»Das ist eine Lüge!«

»Sagt die Meisterin der Lügen?«

»Im Gruppenchat wird deutlich, dass das nicht ich bin, die da schreibt.«

»Du hast im Chat einfach behauptet, du wärst jemand anderes.«

»Aber am Ende befindet sich ein Foto, auf dem ich zu sehen bin, eingesperr–« Das Wort stellt sich in meiner Kehle quer. Ich muss daran denken, dass die Pretty Pennies gerade alle etwas von ihren Handys gelöscht haben. Waren es die letzten Nachrichten im Chat? Das Foto von mir, eingesperrt im Raum für Angehörige? »Und was ist mit dem Überwachungsvideo?«, schieße ich hinterher.

»Das ist der einzige Punkt, an dem wir wohl oder übel nicht um die Wahrheit rumkommen. Nur dem Rest werden wir ein paar kleine Schönheitskorrekturen verpassen.« Vince seufzt. »Du hast die Aufnahme gestohlen, Bacon zu Aldych Cross gelockt und ihn auf die Gleise gestoßen. Weil du es nicht verkraftet hast, dass Bacon *dein* Stipendium bekommen hat. Und weil du uns mit seinem Tod erpressen wolltest.«

»Ihr seid total verrückt!«, schreie ich, obwohl ein Teil dieses Lügenmärchens sogar der Wahrheit entspricht.

»Verrückt?« Pat lacht. »Am Ende werden das alle von dir behaupten!«

Die Sirenen werden wirklich lauter. Vor wenigen Minuten

hätte dieses Geräusch Erleichterung in mir ausgelöst. Jetzt ist es Panik.

»Und warum sollte ich Stiff töten?«

»Das wissen wir nicht.« Vince zuckt mit den Schultern, als würde er schon für seinen Auftritt proben. »Vielleicht war er dein Komplize, und du wolltest ihn beseitigen, weil er zu viel wusste? Am Ende ist es Aufgabe der Cops, diese Fragen zu klären.«

»Da gibt es nichts zu klären! Niemand wird euch diese Story glauben!«

Pats Oberlippe zuckt. »Du hast immer noch nicht kapiert, wie reich wir sind, oder?«

»Ich finde, unsere Version der Wahrheit klingt nicht halb so verrückt wie das, was du zu sagen hast!« Vince nickt, als müsste er sich selbst zustimmen. »Und das wird auch mein Dad so sehen.«

»Und wie wollt ihr Docs Finger erklären, den die Polizisten sicher schon in Bacons Zimmer gefunden haben?«

»Haben sie?« Vince lächelt. »Oder hat Stiff uns erzählt, dass er ihn im Klo runtergespült hat, als die Cops bei Bacons Dad waren?«

Ein Klicken an der Tür. Hat Evie sie aufgeschlossen? Die Sirenen sind jetzt ganz nah. Knirschender Kies. Motorengeräusche. Autotüren werden zugeschlagen. Schritte.

»Sie sind dadrin!«, schreit Evie. »Lynn hat eine Pistole.«

Hämmern an der Tür.

»Polizei! Kommen Sie mit erhobenen Händen heraus!«

Vince steht auf und kommt zu mir. »Nach dir, Lynn!« Wieder hält er mir die Waffe hin.

»Du kannst mich mal!«

»Nimm sie oder unser kleiner Erpresser hier muss dran glauben!«

Ich funkle Vince an. »Das würde Pat nicht tun.«

»Bist du dir da sicher?«, zischt Vince.

Nein, verdammt, bin ich nicht!

Ich sehe zu Pat. Sein Blick ist ganz leer, er ist wieder die Maschine, die er immer sein wollte.

»Und wenn er mit ihm fertig ist«, raunt Vince mir zu, »schlage ich dich k.o. und drück dir das Messer in die Hand.«

»Aah!« Docs Augen quellen hervor. Ein dünnes Blutrinnsal läuft über seinen Kehlkopf. »Mach schon, Lynn!«, bettelt er.

»Polizei!«, ruft die Stimme von draußen. »Kommen Sie sofort heraus! Hände dort, wo wir sie sehen können!«

Panik überwältigt mich. Was soll ich nur tun? Wie oft habe ich mich das in den letzten Stunden gefragt? Und wie viele Male bin ich danach falsch abgebogen?

Nehme ich die Waffe, bin ich verloren. Tue ich es nicht, riskiere ich, dass Doc diese Entscheidung mit dem Leben bezahlt. Und damit würde nur ein weiterer Mord auf meinem Konto landen. Denn anders als Pat glaubt, habe ich sehr wohl kapiert, wie reich die Pretty Pennies sind. Ihre Familien haben Einfluss. Ich bin nur eine arme, kleine Lügnerin.

Wie ich es drehe und wende, das Resultat bleibt beschissen. Also nehme ich die Waffe, stecke sie hinten in den Bund meines Faltenrocks und öffne die Tür.

»All's fair in love and war.«

East London Cemetery and Crematorium, West Ham

Zuckendes Blaulicht blendet mich. Vor mir stehen im Halbkreis vier Streifenwagen und ein roter Tesla. Klar, irgendwie mussten die Pretty Pennies ja Stiff herbringen.

Ganz langsam hebe ich meine Hände und spreize die Finger. Jetzt bloß keine hektischen Bewegungen machen!

Inzwischen ist die Sonne untergegangen, doch der Himmel will von der Nacht nichts wissen. Seine Farbe erinnert mich an Porridge.

»Sie da hat eine Pistole!«, Evie deutet auf mich.

»Hände oben lassen!« Ein Polizist kommt zu mir und klopft mich ab. »Waffe gesichert!«, ruft er seinen Kollegen zu, als er die Pistole aus meinem Rockbund zieht.

»Ist da noch jemand drin?«, fragt ein anderer Polizist.

»Pat?« Evie stürzt durch die offen stehende Tür nach drinnen.

»Babe, geht es dir gut?«, ertönt Pats Stimme aus dem Krematorium.

»Hey!« Vier Polizisten setzen Evie nach.

Ich sehe dem Polizisten, der mir die Waffe abgenommen hat, fest in die Augen. »Sie müssen mir glauben! Egal, was die ihnen erzählen, es ist gelogen.« Tränen schießen in meine Augen, und zum ersten Mal an diesem Tag mache ich mir nicht die Mühe, sie aufzuhalten. »Das ist nicht meine Waffe! Ich habe niemanden damit getötet. Die wollen mir das alles anhängen.«

»Ganz ruhig«, sagt der Polizist harsch. »Das klären wir auf der Wache.«

Die Pretty Pennies kommen zu uns raus, gefolgt von Doc und den Polizisten.

»Warum haben Sie der Verrückten nicht längst Handschellen angelegt?«, schreit Evie hysterisch.

»Sie ist gefährlich!« Vince zeigt auf mich.

Einer der Polizisten, die im Krematorium waren, deutet hinter sich. »Dadrin liegt die Leiche eines Mannes im Verbrennungsofen. Die Jungs hier behaupten, das Mädchen hätte dem Kerl ins Bein geschossen und daraufhin wäre er verblutet.«

Tränen laufen mir über die Wangen. Ich will etwas sagen, mich erklären, aber jeder Satz, der mir einfällt, lässt mich wie eine Verrückte klingen. Ich muss meine Worte sehr bedacht wählen, und das geht nur, wenn ich einen klaren Kopf habe. Und von dem trennen mich momentan Welten.

Kies knirscht. Im Augenwinkel bemerke ich jemanden. Ich blinzle die Tränen weg, um besser sehen zu können. Ein Polizist, jünger als die anderen, den Blick auf sein Handy gerichtet. Er hebt den Kopf. Den ... den kenne ich doch! Von der Tube-Haltestelle, an der Bacon ... Wie hat sein Boss ihn genannt? Henderson?

»Wer von euch ist Henry Svengali?« Er nickt zu Pat und Vince rüber.

Verwirrtes Stirnrunzeln ist die Antwort, und auch ich verstehe nur Bahnhof.

»Svengali? Wie ... der Strippenzieher? Ist das überhaupt ein echter Nachname?«, weicht Vince aus.

Evie tritt unruhig von einem Bein aufs andere. Die Frage gefällt ihr nicht, weil sie keine Antwort darauf hat.

Der Einzige, der lächelt, ist Doc.

Ich bemerke eine Bewegung in der Türöffnung.

Jemand steht dort, lehnt sich lässig gegen den Rahmen.

Ich blinzle.

Nein.

Ich reibe mir erneut über die Augen, wische die restlichen Tränen weg, die mir bestimmt einen Streich gespielt haben.

Das Bild bleibt das gleiche.

Aber das kann nicht sein. Unmöglich!

Jetzt drehen sich auch die Pretty Pennies um.

Evie schnappt nach Luft.

Pat macht ein Geräusch, als hätte er gerade einen Faustschlag in die Magengrube kassiert.

Vince gibt keinen Mucks von sich.

»Ich bin Henry Svengali«, sagt Bacon und lächelt.

SATURDAY, 19TH JUNE

Fünf Tage nach Bacon's Last Will

*»I learned long ago, never to wrestle with a pig.
You get dirty, and besides, the pig likes it.«*
                                    Georg Bernard Shaw

»Where there's a will, there's a way.«

Mister Sandman's Café, Southwark

Seufzend lässt sich Henry auf seinem Platz am Fenster nieder und hängt die Hundeleine über die Stuhllehne. Peanut rollt sich neben dem Tisch zu einem Fellball zusammen.

Henry sieht sich um, entdeckt Jacklynn. Sie kassiert gerade einen Opa mit schlohweißen Haaren ab, die ihm wie fluffige Zuckerwatte von den Seiten abstehen. Bestimmt ein Nachfahre von Einstein.

»Bis bald!« Jacklynn dreht sich um. Ihr Blick begegnet dem von Henry. Sie reißt die Augen auf.

Zögernd hebt Henry die Hand. War es eine gute Idee, herzukommen? Er ist sich immer noch nicht sicher. Am Ende war es nicht nur die Gewohnheit, die ihn hergetrieben hat. Er schuldet Jacklynn eine Erklärung und eine Entschuldigung. Vielleicht sogar in dieser Reihenfolge.

Sie nickt ihm zu und verschwindet hinter dem Tresen. Kümmert sie sich um eine Bestellung? Die Leute an den anderen Tischen scheinen alle versorgt zu sein.

Mit zwei Vanillemilchshakes kommt Jacklynn an seinen Tisch. Sie stellt die beiden Gläser ab, zieht den Stuhl zurück und nimmt Platz.

»Ich dachte, du wolltest nie wieder hierherkommen?«, begrüßt sie ihn.

»Und ich dachte, du würdest mich sofort rausschmeißen.«

»Du bist tot, wie könnte ich dich da rausschmeißen?« Sie sieht ihn nicht an, trinkt einen großen Schluck und wischt sich mit dem Handrücken Sahne von der Oberlippe.

»Um ehrlich zu sein, hast du mich auf die Idee mit dem vorgetäuschten Selbstmord gebracht.«

Jacklynn verschluckt sich und bekommt einen Hustenanfall. Henry überlegt, ob er ihr auf den Rücken klopfen soll, lässt es aber doch lieber bleiben.

»Ich?«, keucht sie, nachdem sie sich wieder gefangen hat.

»Weißt du noch, was du letzten Samstag zu mir gesagt hast? Ich hab dich gefragt, wie du die Pretty Pennies davon überzeugt hast, dass du die Tochter von diesem London-Eyes-Typen bist.«

Sie zuckt mit den Schultern. Endlich sieht sie ihn an. In ihrem Blick liegt etwas, das Henry nicht deuten kann. Wut? Erleichterung? Weiß sie es wirklich nicht mehr, oder will sie es einfach von ihm hören?

»Du hast gesagt, die Pretty Pennies glauben, was sie glauben wollen. Man muss sie nur dazu bringen, das Geheimnis selbst zu entdecken.« Er nimmt einen Schluck von seinem Milchshake, der um Welten besser schmeckt als beim letzten Mal.

»Also hast du die Leiche eines Obdachlosen aus dem Krematorium gestohlen und sie vor die Tube geworfen?«

»Nicht ich, Stiff.«

»Das hört man in den Nachrichten, aber stimmt es auch?«

»Ja. Dafür durfte er ein paar Tausend auf die Erpressersumme draufschlagen.« Dass er Stiff bei der Aktion mit der Leiche doch ein bisschen geholfen hat, behält Henry für sich.

Anfangs hatte er gar nicht fassen können, wie einfach es war, die Pretty Pennies glauben zu lassen, er wäre der tote Junge auf den Gleisen. Alles, was Stiff dafür tun musste, war, dem Toten die Haare abzurasieren, ihm eine Schuluniform anzulegen und einem befreundeten Tätowierer den doppelten Preis zu zahlen, damit der die Londoner Straßenkarte und einen Leberfleck auf dem Oberarm der Leiche verewigte. Wenn die Kohle stimmt, stellt niemand unnötige Fragen. So war es auch mit dem Grafikdesigner, dem er ein Foto von sich schickte und beauftragte, seinen Kopf aussehen zu lassen, als wäre er von einer Tube abgetrennt worden. Das Ergebnis musste er dann nur noch einem TLE-User zuspielen. Der durfte im Gegenzug dafür, dass er behauptete, das Foto selbst gemacht zu haben, alle Einnahmen behalten. Hundert Pfund pro View – da ist bestimmt ein nettes Sümmchen rumgekommen.

Bei diesen unschlagbaren Beweisen spielte es nicht mal eine Rolle, dass der Tote in Wahrheit Mitte dreißig und einige Zentimeter größer als Bacon war. Es ging sowieso alles viel zu schnell, als dass man viel auf dem Video hätte erkennen können. Und dass der Tube-Führer seine Dashcam anhatte, war ein Pluspunkt, mit dem Henry nicht gerechnet, aber über den er sich umso mehr gefreut hatte. So konnte er als Henry**Svengali** – der Strippenzieher – auf TLE behaupten, der Tote sei Bacon, ein Schüler vom Graham College. Henrys Mitarbeiterkarte, die Stiff bei der Leiche platziert hatte, tat ihr Übriges. Zum Glück lag die vor Jahren geschlossene Haltestelle Aldych Cross auf Lynns Strecke. Eine überfüllte Haltestelle hätte die ganze Aktion zum Scheitern verurteilt. Ganz so easy war es trotzdem nicht, einen Toten in einem Rollstuhl durch halb London zu kutschieren – das hatte er Stiff nicht allein machen lassen können. Vor allem der Abstieg zum stockdunklen Bahnsteig war der absolute Horror gewesen. Beinahe hätten Stiff und er auf der Treppe runter zum Geisterbahnhof die Kontrolle über den Rollstuhl verloren. So nah wie in dieser Nacht will Henry nie wieder einem Toten kommen.

Er hatte gewusst, das Zeitfenster würde sehr klein sein, bis die Info durchdrang, dass der Tote auf den Gleisen schon tot gewesen war. Deshalb musste die Geldübergabe kurz nach dem angeblichen Jumper-Vorfall passieren, bevor die Wahrheit durch die Medien ging. Damit alles klappte, mussten die Pretty Pennies möglichst schnell rausfinden, dass der angebliche Selbstmord ein angeblicher Mord war.

So ziemlich alles war wie am Schnürchen gelaufen, bis Jacklynn im Krematorium aufkreuzte. Der eigentliche Plan hatte vorgesehen, die Pretty Pennies noch ein Weilchen schmoren zu lassen. Sie hatten ihn zu ihrem Vergnügen gequält, aber dass sie wirklich in der Lage wären, jemanden zu töten, hätte er niemals gedacht.

»Also gibt es sie wirklich, die fiesen Drogenbosse?«, reißt Jacklynn ihn aus seinen Gedanken.

»Leider. Nur von unserem Plan wussten sie nichts.« Henry gluckst. »Sonst hätten sie mich vielleicht echt vor die Tube geschubst und Bacon's Last Will an sich gerissen.«

»Was hast du der Polizei gesagt?«

»Dass Stiff mich in seiner Wohnung auf dem Friedhof eingesperrt hat, nachdem ich ihm von der Überwachungsaufnahme in Pats Garage erzählt hab. Er hat eine Chance gerochen, die reichste Truppe am College zu erpressen. Er musste euch nur glauben lassen, ich hätte mich euretwegen umgebracht. Bacon's Last Will, die gestohlene Leiche ... alles seine Idee.«

»Und wie war es wirklich?«

Henry muss grinsen. Natürlich weiß Jacklynn, dass auch diese Version eine Lüge ist. Doch was hätte er anderes sagen sollen? Ein schlechtes Gewissen hat er trotzdem. Stiff ist für einen Racheplan und ein paar Kröten draufgegangen. Er soll wenigstens nicht umsonst abgetreten sein.

Henrys Ziel hat sich nicht geändert: Er muss am Graham einen bombastischen Abschluss hinlegen. Nur so schafft er es aus dem Vierzimmer-Loch im East End. Dieses Ziel wird ihm niemand wegnehmen, und schon gar nicht die Pretty Pennies!

»Als mein Versuch, Pats Tesla zu klauen, so grandios schiefgelaufen ist, bin ich zu Stiff auf den Friedhof gegangen. Eigentlich wollte ich ihm nur erzählen, was passiert ist, nachdem er abgehauen ist.«

»Er war also dein Komplize?«

»Irgendjemand hätte das Teil ja fahren müssen. Na ja, aber als er Pat gesehen hat, hat er schnell einen Abflug gemacht.«

»Und was ist dann passiert? Auf dem Friedhof?«

»Rate mal, wer mir dort direkt in die Arme gelaufen ist.«

Jacklynn überlegt, scheint zu kapieren, auf wen er hinauswill. »Doc.«

»Mein verdammter, angeblich toter Bruder.« Henry schnaubt. »Er hat mich diese ganze Scheiße durchmachen lassen, nur um seinen Arsch zu retten.«

»Und da habt ihr euch den Plan mit der Tube überlegt?«

»Doc war total am Arsch. Den kleinen Finger haben die Typen ihm wirklich abgezwickt. Als Nächstes wär seine Hand dran gewesen.«

»Und du dachtest, du könntest die Pretty Pennies gleich ein bisschen mitbluten lassen?«

»Sie sollten bezahlen, für das, was sie mir angetan haben und antun wollten. Ich konnte nicht riskieren, mein Stipendium zu verlieren.«

Jacklynn nickt. Wenn jemand die Sache mit dem Stipendium nachvollziehen kann, dann sie.

»Das mit deinem Dad tut mir leid.« Henrys Hand zuckt nach vorne, will sich auf ihre legen, doch er schafft es gerade noch, sie zurückzuhalten.

Jacklynn blinzelt schnell. »Die Pretty Pennies haben bezahlt – im wahrsten Sinne des Wortes. Und sie werden nie wieder einen Fuß ins Graham setzen.«

Henry trinkt von seinem Milchshake. »Der eigentliche Plan hätte viel harmloser geendet.«

»Ach ja?«

»Ich wollte am nächsten Tag ins Graham spazieren, als wäre nichts gewesen.« Er hatte sich so sehr auf die Gesichter der Pretty Pennies gefreut. Ihr Anblick wäre unbezahlbar gewesen.

»Aber?«

»Stiff und Doc … die beiden wurden gierig. Nachdem die Schulden bei den Drogenbossen bezahlt waren, wollten sie nicht aufhören.«

»Also forderten sie eine Million.«

»Die Vollidioten! Ich schwöre, ich wusste nichts davon, sonst hätte ich sie aufgehalten!« Henry strafft die Schultern. Jetzt kommt der schwere Teil der Unterhaltung, doch er hat sich vorgenommen, sich nicht davor zu drücken. »Es tut mir leid«, sagt er schnell. »Nicht nur das mit deinem Dad. Alles. Ich hätte dich niemals in die Sache reinziehen dürfen. Anfangs dachte ich, es wäre nicht so schlimm, weil ich Bacon's Last Will sowieso nie freischalten wollte.«

Sie nickt, lächelt zu seiner Verwunderung auch. »Du hast mir den Arsch gerettet. Ohne deine Aussage und die Videoaufnahme aus dem Krematorium wäre ich jetzt im Gefängnis.«

Henry erinnert sich noch ganz genau an den Moment, als er den ersten Schuss gehört hat. Er hatte sich in Stiffs Zimmer über dem Friedhofsempfang eingeschlossen und war während einer Wiederholung von *Shameless* auf dem Sofa eingepennt. Der Knall riss ihn aus dem Schlaf. Er dachte, es wäre eine Fehlzündung im Wohngebiet gewesen, und hatte die Serie weitergeschaut. Doch dann kam der zweite Knall. Als er aus dem Fenster sah, entdeckte er auf dem Friedhof, zwischen den beiden Kapellen, ein rotes Auto. Kein Leichenwagen. Die Form des Teslas war ihm nur allzu vertraut.

Er rannte dorthin – den Cops erzählte er später, es wäre ihm gelungen, sich aus Stiffs Wohnung zu befreien. Am Krematorium presste er sein Ohr gegen die Tür. Henry wusste, dass er nicht einfach reinplatzen konnte, nicht, wenn einer der Pennies eine Knarre hatte.

Also schlich er in die Kapelle und kletterte in den Schacht, durch den die Särge rüber ins Krematorium transportiert werden. Er schob den Vorhang ein paar Millimeter zur Seite und hatte perfekte Sicht auf Stiff und die riesige Blutlache, die sich um ihn ausgebreitet hatte. Jacklynn lag nicht weit entfernt auf dem Boden, und Doc wurde von Vince mit einer Knarre in Schach gehalten.

Henry bekam Panik. Er wusste, das Spiel war vorbei. Er wollte Hilfe holen, wagte aber zugleich nicht, sich zu bewegen. Wenn die Pretty Pennies ihn entdeckten, wäre alles aus. Wie sollte er also die Cops rufen, ohne die Cops zu rufen? Es gab nur eine Möglichkeit! Er stellte seine Koordinaten in den TLE-Chat und streamte live aus seinem Versteck, was im Krematorium vor sich ging.

»Da können die drei die besten Staranwälte haben, gegen ein Video kommen auch die nicht an.«

»Scheint so, als würde am Ende alles perfekt passen.«

»Nicht ganz, es sind noch eine Menge Fragen offen.« Henry zuckt mit den Schultern.

»Und warum beunruhigt dich das nicht?«

»Die Leute glauben, was sie glauben wollen. Man muss sie nur dazu bringen, das Geheimnis selbst zu entdecken.« Er zwinkert Jacklynn zu.

Zwei Frauen kommen ins Café und setzen sich an einen Tisch in der Mitte.

»Sieht so aus, als müsstest du los.«

Jacklynn steht auf, bleibt aber stehen. »Henry?«

»Jacklynn?«

»Ich bin froh, dass du lebst.«

»Und ich erst! Nur der arme Bacon musste leider dran glauben.«

»Schade, dabei hab ich gerade angefangen, ihn zu mögen.«

»Das hätte ihn bestimmt gefreut. Am Graham kann man Freunde gut gebrauchen.«

Jacklynn beißt sich auf die Unterlippe. Henry kann ihr ansehen, dass ihr etwas auf dem Herzen liegt, aber er bohrt nicht nach, lässt ihr Zeit.

»Ich war echt grauenvoll zu dir«, sagt sie ganz leise. »Tut mir leid. Es hat mich einfach so ... so wütend gemacht. Wegen ... wegen meinem Dad. Und ich wollte dir und den Pretty Pennies die Schuld daran geben.«

Henry winkt nicht ab, zuckt nicht mit den Schultern, schüttelt nicht den Kopf. Er weiß, sie hat viel mehr durchgemacht als er, und eigentlich hat er ihr längst verziehen. »Du schuldest mir noch was.« Er streckt ihr seine leere Hand hin.

Jacklynn starrt darauf, ihre Augen werden groß. »Willst du etwa ...?«

»Mein Handy zurück?«, beendet er ihren Satz und muss laut lachen. »Dein Blick – einfach unbezahlbar!«

Jacklynn kramt in ihrer Schürze und legt sein Handy auf den Tisch.

»Trägst du das die ganze Zeit mit dir rum?«

»Ich hatte da so ein Gefühl, dass du heute aufkreuzen würdest.« Sie schiebt ihm das Handy zu. »Ich schwöre, das wird die letzte Übergabe sein, die hier je zwischen uns stattgefunden hat.«

Henry kann sich ein Grinsen nicht verkneifen. »Schade, ich hab mich schon dran gewöhnt, jeden Samstag ins Sandman's zu kommen.«

»Der geht aufs Haus!« Jacklynn deutet auf Henrys Milchshake. »Aber nächstes Mal bezahlst du, ja?«

Henry runzelt verwundert die Stirn. »Nächstes Mal?«

»Ja, nächstes Mal.« Ein leises Lächeln huscht über ihre Lippen. Dann dreht sie sich um und geht zu den neuen Gästen.

Danke

Schreiben gehört für mich zum Leben dazu wie Atmen. Damit ich weiter atmen ... äh ... schreiben kann, braucht es Menschen, die mich auf meinem Weg begleiten. Allen voran mein Mann Mario: größter Unterstützer, persönlicher Cheerleader und bester Freund. Dicht gefolgt von meinen Eltern, die mich nicht für verrückt gehalten haben (oder nur ein bisschen), als ich unbedingt Bücher schreiben wollte.

Danke auch an meine Testleserinnen und Mitdenkerinnen: Anna B., Anna H., Anne, Hannah, Lisa und Jill von @letterheart_buecherblog.

Ein ganz lieber Dank geht an meine Agentin Birgit, an Katharina und Isabella von Moon Notes und an meine Lektorin Yvonne, die immer dann auf Bäume gezeigt hat, wenn ich schon längst den Wald nicht mehr sehen konnte.

Ein großes Dankeschön gilt Anne Freytag und Lara von @_bookaholicgroup_ für eure Begeisterung und eure wundervollen Worte zu »Pride & Pretty«.

»Pride & Pretty« ist mein Herzensbuch. Ich wollte unbedingt eine Geschichte erzählen voller menschlicher Abgründe, mit einem Funken Hoffnung in der Dunkelheit. Wer Lust hat, kann mir gerne auf Insta @chriskaspar.books erzählen, ob mir das gelungen ist. Das Feedback, das mich bisher zu meinem Debüt »Watched. Du sollst nicht lügen« erreicht hat, war unglaublich beflügelnd. Eure lieben Nachrichten, Rezensionen, Stories, Videos und Fotos zaubern mir immer wieder ein fettes Grinsen ins Gesicht. Danke.

Triggerwarnung

In diesem Buch finden sich folgende Themen, die triggernd wirken könnten:

- Suizid
- Mobbing

Moon Notes

Chris Kaspar
Watched. Du sollst (nicht) lügen
Spannung

ISBN 978-3-96976-013-0

Nur ein perfides Spiel?
Rena ist schuld am Tod ihres Freundes Joe. Niemand möchte mehr etwas mit ihr zu tun haben. Niemand außer dem Unbekannten, der ihr über WhatsApp Aufgaben schickt. Wenn sie diese nicht erfüllt, wird einer ihrer Liebsten dafür büßen. Rena bleibt keine andere Wahl, sie muss gehorchen. Wie kann sie das teuflische Spiel beenden?

»Ein perfides Spiel rund um die Sieben Todsünden, aus dem es kein Entrinnen gibt und bei dem man einfach jeden verdächtigt.« Stefanie Hasse

**Join our community:
www.moon-notes.de**